AF175654

# WOSSI

## Alles wieder auf Anfang

Roman-Biografie

Petra Barlow

# Wossi

## Alles wieder auf Anfang

Roman-Biografie

Bibliografische Information der Deutschen
Nationalbibliothek:
Die Deutsche Nationalbibliothek verzeichnet diese
Publikation in der Deutschen Nationalbibliografie;
detaillierte bibliografische Daten sind im Internet über
http://dnb.dnb.de abrufbar.

Herstellung und Verlag: BoD – Books on Demand,
Norderstedt

ISBN: 978-3-7562-2038-0

*Prolog*

Fremde Gegend, fremde Menschen, ein fremdes System - alles ist nun anders. Nach der Flucht über die ungarische Botschaft befindet sich Petra mit ihren beiden minderjährigen Kindern nun auf der anderen Seite Deutschlands, der damaligen BRD.

Alles wieder auf Anfang - Wohnung, Arbeit, Partner.

Petras Freund, der schon seit einiger Zeit hier lebt, lässt sie jetzt, wo sie seine Hilfe so dringend gebraucht hätte, im Stich.

Auf der Suche nach Liebe, Wärme, Verständnis und einen Job, der sie erfüllt, erlebt Petra Enttäuschungen, hinterfragt Entscheidungen, vergleicht, will verstehen.

Anhand von Tagebuchnotizen und Erinnerungen versuche ich wiederzugeben, wie ich mit meinen beiden Kindern nach unserer Flucht 1989 in unserer neuen Heimat nach und nach Fuß fasste, welche Hürden zu überwinden waren, wie sich Beziehungen gestalteten und im Laufe der Jahre veränderten.

Dabei auch immer wieder auf der Suche nach mir selbst und dem Gefühl, endlich angekommen zu sein.

Dieses Buch soll niemanden anklagen, sondern meinen Weg, meine Gedanken und meine Gefühle aufführen.

Immer wieder versuchte ich Markus telefonisch zu erreichen. Er hatte versprochen Urlaub zu nehmen, um für uns da zu sein, wenn wir von Ungarn ausreisen würden. Auch Carmen sagte mir am Telefon, dass sie ihn bisher nicht angetroffen habe.

Da fuhren wir nun, suchten auf fremden Schildern und fremden Straßen nach dem Weg zu unserem zukünftigen Zuhause, mein kleiner, großer Philipp neben mir und meine kleine Laura schlafend auf dem Rücksitz.

Ich war Carmen und ihrem Freund Leonhard sehr dankbar, dass sie sich zu so später Stunde noch auf den Weg machten, um uns abzuholen.

Wir trafen uns an einer Raststätte. Es war ein unbeschreibliches Glücksgefühl, nach allem endlich eine vertraute Person in die Arme schließen zu können. Carmen stieg dann zu uns in das Auto und wir fuhren ihrem Freund hinterher. Wir hatten unheimlich viel zu erzählen, sodass uns die lange Fahrt eher kurz erschien.

Es war bereits nach Mitternacht, als wir ankamen, neugierig versuchte ich im Dunkeln das Ortsschild zu lesen. Carmen stellte uns zunächst ihre Wohnung zur Verfügung, sie wollte bei ihrem Freund schlafen. Laura schlief noch immer fest auf der Rückbank des Autos. Carmen trug sie in die Wohnung und legte Laura angezogen ins Bett. Mein Philipp war auch total übermüdet und legte sich gleich daneben. Carmen und ich gingen noch ins Wohnzimmer, wir hatten uns noch so viel zu erzählen. Gegen Morgen ging sie dann. Wir sollten erst mal ausschlafen, sie würde am späten Vormittag nach uns schauen.

Dann ging auch ich ins Bett, erschöpft und doch noch so aufgedreht, erschlagen und überwältigt von den sich überstürzenden Ereignissen.

Am Vormittag weckte uns Carmen. Es war der erste Tag in unserem neuen Zuhause, der 13. September 1989. Carmen hatte uns frische Brötchen mitgebracht und wir frühstückten erst einmal alle zusammen, auch Leonhard war mitgekommen.

Carmen teilte mir dann mit, dass sie wieder erfolglos versucht hatte, Markus telefonisch zu erreichen. Da wir uns polizeilich in der Gemeinde melden mussten, wollte sie das dann mit uns tun. Auch musste Philipp für die Schule angemeldet werden. Also dann – zurück auf LOS, alles auf Anfang! Ich fühlte mich ähnlich wie damals, als wir ein Stück Land gepachtet hatten, wo wir zunächst noch sehr viel Arbeit reinstecken mussten, um irgendwann Früchte ernten und alles genießen zu können.

Als ich die Gemeinde bei Tageslicht sah, war ich hellauf begeistert – alles war so schön sauber, ordentlich und ruhig, hier würden wir uns sicher wohlfühlen.

Carmen klärte dann auf dem Gemeindeamt auch ab, dass sie uns ihre Wohnung vorübergehend zur Verfügung stellen würde. Markus wollte ja in der Zeit, wo wir noch in Ungarn im Lager waren, sich um eine größere Wohnung bemühen, sodass wir dann zusammen ziehen könnten, er hatte nur eine Einzimmerwohnung.

Aber auch in den darauf folgenden Tagen erreichten wir Markus nicht, sodass Carmen auch alle weiteren notwendigen Anmeldungen und Wege mit uns erledigte: zum Arbeitsamt fahren, wo ich mich zunächst weiter arbeitslos melden musste, zum Sozialamt, um zunächst einen Antrag auf Sozialhilfe zu stellen, zur Sparkasse, wo ich ein Giro-Konto eröffnen sollte, da von den Ämtern kein Bargeld ausgezahlt wurde, und zur Schule, um Philipp anzumelden.

Sie machte mich mit dem Ort und vertraut und zeigte mir, wo sich die Kindergärten befanden und wo ein Hausarzt seine Praxis hatte.

Als wir gemeinsam einkaufen gingen, war ich von den vollen Regalen, der Fülle der Angebote und den schönen, ansprechenden Aufmachungen dieser vollkommen überrollt. Ohne Carmen wäre ich hier total hilflos gewesen. Und – ein Tipp von Carmen – ich sollte beim Einkaufen die DDR-typische Frage „Haben Sie …?" aus meinem Wortschatz streichen.

Für die Anerkennung meines Berufes musste Carmen mit mir in eine weiter entfernte, größere Stadt fahren, auch, um Flüchtlingshilfe zu beantragen.

Es war sehr viel zu organisieren, aber Carmen und ihr Freund Leo nahmen uns förmlich an die Hand und standen uns die ganze Zeit hilfreich zur Seite. Auch luden sie uns immer wieder mal zum Essen ein. Ohne sie wäre mir der Anfang wohl um ein Vielfaches schwerer gefallen. Ich bin ihnen noch heute sehr dankbar dafür!

Philipp hatte in der DDR die fünfte Klasse abgeschlossen. Nun ging es bei der Schulanmeldung darum, ob er einen Übergang in die sechste Klasse problemlos schaffen würde, da ihm ja ein ganzes Jahr Englischunterricht fehlte – in der DDR wurde stattdessen Russisch gelehrt. Auch gab es sicher in den Fächern Geografie und Geschichte bezüglich der Lehrpläne in Ost und West einige Unterschiede, die ihm den Einstieg erschweren könnten.

Mit Philipps Einverständnis wurde er dann für die fünfte Klasse eingetragen. Das neue Schuljahr hatte bereits begonnen. Bezüglich Eingewöhnung machte ich mir bei Philipp keine Sorgen, er war kontaktfreudig und hatte aufgrund seines sympathischen Wesens immer sehr schnell Freunde gefunden.

In der Gemeinde gab es zwei Kindergärten, einen evangelischen und einen katholischen. Wir schauten uns beide an. Der katholische lag an einer Hauptstraße, auch der Garten, in dem die Kinder spielten. Das sagte mir schon nicht besonders zu, obwohl es der kürzere Weg war. Die Inneneinrichtung war schön, das Personal sehr nett. Was aber erschwerend hinzukam, war, dass die Kinder mittags abgeholt werden mussten, der Kindergarten öffnete erst wieder am Nachmittag. Ich konnte mir nicht vorstellen, wie ich das hätte umsetzen sollen, da ich vorhatte Vollzeit zu arbeiten.

Der evangelische Kindergarten war etwas weiter entfernt, aber ringsherum war Grün, nur eine kleine Zufahrtsstraße führte dahin. Der Garten war riesig, genug Auslauf für die Kinder und die Spielzimmer stießen sofort auf helle Begeisterung bei Laura. Hier konnten die Kinder bei Bedarf den ganzen Tag über bleiben, bekamen ein Mittagessen und hatten auch einen kleinen Schlafraum. Die Kosten waren erschwinglich, so dass ich nicht mehr überlegen musste und Laura anmeldete. Da ich noch keine Arbeit hatte, wollten wir mit einer langsamen Eingewöhnung anfangen, was mir sehr entgegen kam, da Laura eher schüchtern war.

Als alles soweit organisiert war, tauchte Markus plötzlich auf. Er sei halt unterwegs gewesen, verteidigte er sich – er war als Monteur tätig.

Markus wohnte nicht in dieser Gemeinde, sondern in einer Kleinstadt, nur wenige Kilometer entfernt. Wir fuhren mit zu ihm, denn ursprünglich wollten wir ja zusammenziehen.

Die Kleinstadt gefiel uns gut. Dann zeigte uns Markus seine Wohnung. Sie war von der Aufteilung her schön, zwar gab es leider nur ein Zimmer, aber dieses war sehr groß und l-förmig. Für den Anfang wäre es möglich gewesen, dachte ich, wir hätten das Zimmer abteilen können. In meiner Phantasie stellte ich die Möbel um und richtete es ein – so etwas hat mir schon immer Spaß gemacht und ich war voll in meinem Element und teilte es Markus mit. Und – obwohl er die meiste Zeit der Woche unterwegs war, kam es für ihn überhaupt nicht in Betracht, dass wir zusammen hier wohnen könnten. Auch meinte er, dass sein Vermieter da sicher nicht einverstanden sein würde. Bezüglich einer größeren Wohnung habe er lediglich seinen Vermieter gefragt, aber ohne Erfolg.

Ich war enttäuscht.

Markus war dann schon bald wieder beruflich unterwegs und ich richtete mich mit den Kindern mehr und mehr in der kleinen Gemeinde ein. Philipp hatte schon bald Freunde gefunden und auch Laura gefiel es im Kindergarten. Ich hatte den Eindruck, dass sich meine Kinder wohl fühlten. Noch war ich arbeitslos, hatte viel Zeit für meine Kinder und das tat uns allen sehr gut.

Ich genoss diese Zeit sehr. Es war alles sehr entspannt. Am Vormittag brachte ich Laura zur Eingewöhnung in den Kindergarten, bereitete dann das Mittagessen vor, holte Laura wieder ab und nachdem Philipp aus der Schule gekommen war, konnten wir alle zusammen essen. Oft war Carmens Sohn nach der Schule mit bei uns, die beiden Jungen machten dann zusammen Hausaufgaben und ich konnte bei Bedarf helfen.

Dass wir bei null anfangen mussten, war mir bewusst, denn durch die Flucht hatten wir ja lediglich unsere Urlaubssachen, mehr nicht. Ich versuchte auch meinen Kindern – hauptsächlich Philipp - zu vermitteln, dass es eine Weile dauern würde, bis wir nicht mehr so sehr auf das Geld schauen müssten und uns auch einige Extras leisten könnten. Schließlich hatten sie ja auch nichts mehr von ihren Spielsachen, lediglich ein paar Kleinigkeiten, die wir in den Urlaubskoffer gepackt hatten. Für Philipp war das schwieriger als für Laura, denn in der Klasse trugen einige Kinder Markenklamotten, erzählte er. Aber er reagierte verständnisvoll, als ich erklärte, dass ich ihm solche Kleidungsstücke nur zu besonderen Anlässen kaufen könnte.

In einer Gemeinde spricht es sich schnell herum, wenn plötzlich neue Gesichter auftauchen. Und Carmen berichtete auch ihren Arbeitskollegen von uns. Schon bald wurden wir angesprochen, ob wir Kleidung benötigen würden. Eine Kollegin von Carmen hatte ebenfalls einen Jungen und ein Mädchen, die jeweils wenig älter waren als meine Kinder. Wir nahmen die Kleidung dankbar an. Ein Kollege bot uns Besteck an und ein älterer alleinstehender Mann fragte an, ob ich ihm die Wohnung einmal gründlich durchputzen würde, im Gegenzug bot er an, uns aus der Metzgerei, wo er arbeitete, Wurst und Fleisch mitzubringen.

Als uns Carmen und Leo wieder einmal eingeladen hatten, waren auch ihre Geschwister mit Partnern bei ihnen zu Besuch. Carmens Schwägerin bot mir dann an, ihre Putzstelle zu übernehmen, um eigenes Geld zu verdienen, aber das lehnte ich ab. Nicht, dass ich keine Achtung vor den Leuten habe, die dieser Tätigkeit nachgehen, aber ich wollte etwas tun, was mich auch geistig zufriedenstellte. Wozu hatte ich Abitur und studiert?

Mein Outfit musste ich dann auch etwas anpassen. In meinem ehemaligen Wohnort in der DDR, eine große Stadt, war ich es zum Beispiel gewohnt, mit Absatzschuhen zur Arbeit zu gehen und trug diese auch in der Freizeit gern. Hier in der Gemeinde fiel ich damit unangenehm auf – Leos Schwester sagte es mir. Man würde solche Schuhe nur zu festlichen Anlässen oder wenn man tanzen ging tragen. Ich musste mich also an flache Schuhe gewöhnen.

Eines Nachts hatte ich einen ganz üblen Traum, in welchem mein Vater gestorben war. Ich konnte mich kaum beruhigen, da wir uns getrennt hatten, ohne uns zu versöhnen - es tat unsagbar weh! Selbst als ich erwacht war, hielt dieser Schmerz noch an. So etwas wollte ich in der Realität nie erleben, ich hoffte sehr, dass wir irgendwann wieder ein gutes Verhältnis zueinander haben würden.

Das nächste Problem war, dass wir – bedingt durch die Flucht - keinerlei Zeugnisse hatten, die ich aber für Bewerbungen dringend benötigte. Ich sprach mit Carmen darüber, die mir eine Adresse gab, an welche ich diese schicken lassen konnte. Noch immer hatte ja in der DDR die Stasi ihre Finger überall, so dass wir da nicht vorsichtig genug vorgehen konnten. Ich schrieb dann eine ehemalige Schulfreundin an, ob sie sich diesbezüglich an eine meiner Schwestern wenden könnte.

Und es hat dann auch alles sehr gut geklappt. Carmen brachte mir schon bald unsere Zeugnisse – Philipps Schulzeugnisse und meine Schul-, Abschluss- und Arbeitszeugnisse. So konnte ich schließlich eine Initiativbewerbung an eine Firma in der Gemeinde schicken, erhielt aber leider eine Absage.

Vom Arbeitsamt ging dann auch ein Schreiben ein. Uns Übersiedlern wurde ein vierwöchiger Kurs empfohlen, der uns das „Fußfassen" in der neuen Heimat etwas erleichtern sollte. Im Anschluss war eine mehrmonatige Anpassungsfortbildung auf kaufmännischem Gebiet geplant und ein Computerkurs mit Abschluss eines Computerscheines. Der 1. Kurs sollte im Januar des folgenden Jahres beginnen.

Markus war in der Regel nur an den Wochenenden da. Und eine Hilfe war er mir sowieso nicht, im Gegenteil. Er tauchte wie selbstverständlich auf, brachte seine Schmutzwäsche mit, aß mit, hatte aber angeblich kein Geld, als ich von ihm eine finanzielle Beteiligung verlangte. Aber er kam mit einem BMW vorgefahren - beschämend! Wir erhielten noch Sozialhilfe und diese wurde genau berechnet und war für mich und meine beiden Kinder.

Die Anerkennung als Flüchtling erhielten wir übrigens nicht. Begründung: Es sei vielen Ostdeutschen so ergangen wie uns.

Ich sah es nicht so, beließ es aber dabei.


An einem Wochenende fuhren wir mit Markus in eine Ortschaft, die sich unmittelbar an der Grenze zur DDR an einem Fluss befand. Ursprünglich wurde diese durch den Fluss geteilt. Früher, als es noch kein geteiltes Deutschland gab, seien die Menschen über die Brücke auf die andere Seite zur Arbeit gegangen, stand auf einem Schild. Mir war nicht wohl, als ich auf der anderen Seite in einem leerstehenden Gebäude immer wieder Soldaten mit Gewehren auf und ab gehen sah, ich hatte Angst. Markus lachte nur über mich – was sollten die mir anhaben können, meinte er. Aber ich hatte ein unwahrscheinlich beklemmendes Gefühl in der Brust und Angst, Angst um mich und meine beiden Kinder, die unbeschwert am Fluss hin und her rannten, Angst, dass einer aus irgendeiner Laune heraus schießen könnte. Ich wollte nur weg, und das so schnell wie möglich.

Bei den Nachrichten sahen wir dann immer wieder Menschen, die versuchten aus der DDR über die tschechische Botschaft zu flüchten. Es wurden immer mehr und die Zustände in der Botschaft wurden immer dramatischer. Und als dann ein Flüchtlingszug über die DDR fahren musste und dort viele Stunden hielt, blieb uns vor Angst um diese Menschen -darunter auch viele Kinder - fast das Herz stehen. Und wir weinten mit ihnen, als sie endlich die Grenze überquert hatten und keiner Gefahr mehr ausgesetzt waren.

Es dauerte dann nicht mehr lange und am 09. November 1989 wurde plötzlich bei den Nachrichten die Öffnung der DDR-Grenzen mitgeteilt. Es war kaum zu glauben, wurde von dem Mitglied des Politbüros, der das verlas, selbst ungläubig wiederholt, aber es stand wohl so geschrieben. Unfassbar! Es dauerte eine Weile, bis ich registriert hatte, dass das kein Film war, sondern Realität. Ein Glücksgefühl über diese Mitteilung stellte sich nicht so schnell ein, nur mehr und mehr ein großes, unfassbares Erstaunen, dann eine langsam aufsteigende Freude, die ich aber immer wieder ungläubig hinterfragte und anzweifelte. Hatte ich das tatsächlich gerade erlebt? Ein Ereignis, welches so plötzlich nicht zu erwarten gewesen war, trotz dass es sich schon lange abgezeichnet hatte.

Ja, es hatte immer heftiger gebrodelt, viele DDR-Bürger waren bereits geflüchtet, die Menschen ließen sich nicht mehr einschüchtern, es waren inzwischen so viele geworden und wurden immer mehr, die sich zur Wehr setzten. Und andererseits feierten die Staatsführung und ihr treu ergebene Anhänger den 40. Jahrestag der DDR und versuchten damit alles zu bagatellisieren und ignorieren, was das Volk wirklich bewegte. Ein großer Fehler, der somit zum eigenen Sturz führte.

Ein einschneidendes geschichtliches Ereignis, welches – Gott sei Dank – friedlich verlaufen war! Wir freuten uns mit allen, für die diese Grenzöffnung eine Erlösung war.


Wenig später schon kam meine Schwester Regina mit Familie zu uns, sie hatten die Gelegenheit der Grenzöffnung sofort genutzt. In der Gemeinde holten wir das Begrüßungsgeld ab, welches Besuchern aus der DDR geschenkt wurde, natürlich, um ein paar Waren einzukaufen, die man in der DDR nicht oder nur selten erhielt.

Bei der Rückreise fuhren sie dann mit meinem Auto und ließen ihren alten Trabi bei mir stehen, wollten ihn später mal abholen. Ich konnte hier im Westen eh nicht mehr mit meinem Auto fahren, hatte keinen TÜV gekriegt. Ich hätte Investitionen tätigen müssen, die sich nicht mehr lohnten, das Auto war zu alt – abgesehen davon, dass ich das Geld dafür nicht gehabt hätte. In der DDR war das kein Thema, da fuhren viele alte Autos, da auf neue eine lange Wartezeit war.

Die Riesenwelle von Menschen, die die Möglichkeit der Grenzöffnung genutzt hatte, machte sich natürlich in den Geschäften bemerkbar, denn wir waren nicht weit von der Grenze entfernt. Im Fernsehen hatten wir die Schlangen von Autos an den Grenzen gesehen, sie rissen nicht ab. Und in den Supermärkten gab es auf einmal leere Regale, ein Zustand, den Westbürger nicht kannten.

Und eines Tages stand Wolfgang plötzlich vor unserer Tür.

„Wolfgang!?"

„Hallo!"

Wolfgang schaute mich ernst und zugleich triumphierend an.

Philipp und Laura kamen zaghaft aus dem Wohnzimmer, dann stürmten sie zu ihrem Vater.

„Papa, Papi!"

Wolfgang umarmte beide, ihm standen Freudentränen in den Augen.

„Komm doch rein", sagte ich. „Bist du allein?"

„Nein, meine Freundin wartet draußen im Auto."

„Sie muss doch nicht im Auto sitzen, kann gerne reinkommen."

Wolfgang rief seine Freundin. Ihr schien es nicht so angenehm zu sein, aber sie kam herein.

Wolfgang wirkte zunächst sehr angespannt, sein Blick war vorwurfsvoll, so, als hätte ich ihm durch meine Flucht die Kinder vorenthalten wollen, was nie meine Absicht war. Aber ich empfing ihn freundlich, die Kinder bestürmten ihn regelrecht und schon bald war es eine angenehme Atmosphäre.

Wir vereinbarten nun auch, dass die Kinder in den Ferien gemeinsam mit Wolfgang Urlaub machen könnten und so wurde es für alle Seiten ein angenehmes Treffen.

Auch Wolfgangs Eltern besuchten uns schon bald. Sie hatten immer ein gutes Verhältnis zu den Kindern gehabt und freuten sich, sie durch die Grenzöffnung nun auch wieder öfter sehen zu können.

Und bald schon stand Weihnachten vor der Tür, unser erstes Weihnachten in unserer neuen Heimat. Ich hatte bisschen Geld gespart und konnte Philipp und Laura ein paar Geschenke machen, worüber sie sich sehr freuten. Philipp bekam einen Jogginganzug, den er sich gewünscht hatte und eine Autorennbahn, Laura einen Puppenwagen für ihre Puppe, die meine Tante ihr geschickt hatte und einen kleinen Spielzeugkoffer mit Puppengeschirr und Frisierzeug.

Wie meine Eltern und Geschwister die plötzliche Wende erlebt hatten, weiß ich nicht.

Zu meinen Eltern hatte ich damals noch keinen Kontakt. Und viel später, als ich meine Eltern besuchte (das ließen sie lange Zeit gar nicht zu), hatte ich immer wieder das Gefühl, als würden sie ihren ganzen Frust, ihre ganze, große Enttäuschung, dass sich alles entgegen ihren Vorstellungen entwickelt hatte (sie waren überzeugte Kommunisten), nun gegen mich richten.

Abgesehen davon, dass Regina die Grenzöffnung sofort für einen Besuch zu mir nutzte, worüber ich mich ganz sehr gefreut hatte, hüllten sich meine Schwestern mir gegenüber zunächst eher in Schweigen, sodass ich letztendlich über Berichte und Dokumentationen im Fernsehen versuchte mir über die Entwicklung in der DDR ein Bild zu machen.

Auch das Thema meiner Flucht wurde in meiner Familie totgeschwiegen. Keiner fragte danach, keiner äußerte etwas dazu – als hätte es diese nie gegeben. Und auch ich war zu feige es anzuschneiden.

Carmen beobachtete schon lange Markus' Verhalten und erklärte mir eines Tages, dass er in ihrer Wohnung – in der wir uns ja noch immer befanden – nichts mehr zu suchen hat. Ich war zunächst wie vor den Kopf geschlagen, da er ja mein Freund war. Aber es war ihre Wohnung, sie hatte das Recht zu entscheiden, wer sich darin aufhielt.

Dann öffnete sie mir auch die Augen. Es stimmte, er war nie für mich da gewesen, als ich ihn brauchte. Und auch jetzt nutzte er mich nur aus. Ich hatte noch kein selbstverdientes Geld, lebte noch immer von Sozialhilfe und er kam an den Wochenenden zu uns, brachte seine Schmutzwäsche mit, ließ sich versorgen und bewirten, ohne sich auch nur annähernd entsprechend finanziell zu beteiligen. Carmen hatte vollkommen Recht.

Dann waren wir auf Wohnungssuche. Einmal besichtigten wir eine Wohnung im Neubauviertel der Gemeinde, in einem Hochhaus. Abgesehen davon, dass ich Hochhäuser nicht mag, war die Miete für mich nicht erschwinglich. Ich fragte auch bei der Gemeinde nach, da deren Wohnungen preiswerter sind, aber es gab keinen freistehenden Wohnraum.

Auch im Kindergarten wurde einmal eine Wohnung frei. Ich bekundete mein Interesse, aber die Vergabe war an eine Hausmeistertätigkeit gebunden und an eine evangelische Konfession, die ich zu diesem Zeitpunkt nicht hatte.

Später war ich auf Carmens Anraten auch mal in die Kirche gegangen und war von der Predigt des Pfarrers begeistert. Er war viel auf aktuelle politische Ereignisse eingegangen und plädierte für die Unterstützung von Flüchtlingen aus der DDR. Ich unterhielt mich anschließend persönlich mit ihm und folgte auch einer Einladung zu einem weiteren Gespräch. Besonders beeindruckt hatte mich seine tolerante Haltung und, dass er mir zuhörte ohne zu bewerten. Das tat gut!

Ein neues Jahr hat angefangen.

Philipp machte sich gut in der Schule, nur im Mathematikunterricht sei er unaufmerksam, teilte mir seine Klassenlehrerin mit. Kein Wunder, den Stoff hatte er schon in der DDR gehabt, er langweilte sich sicher.

Laura hatte sich auch gut im Kindergarten eingewöhnt, hatte eine Freundin, die bei uns in unmittelbarer Nachbarschaft wohnte und deren Bruder auch Philipps Freund war. Auch ich verstand mich mit den Eltern sehr gut.

Mittlerweile hatte auch mein erster Kurs vom Arbeitsamt begonnen, sodass ich nun täglich, nachdem ich Laura in den Kindergarten gebracht hatte, mit dem Zug in die nächst größere Ortschaft fahren musste und erst am Nachmittag wieder zurückkam. Philipp war sich nun nach dem Unterricht selbst überlassen, aber ich musste mir um ihn keine Sorgen machen. Eigentlich hatte ich noch Aufsichtspflicht, denn er war noch keine 12 Jahre alt, aber er hielt sich dann meistens bei seinem Freund auf, was für seine Eltern, meine neuen Freunde, auch in Ordnung war.

Nun, da ich ja einen vom Arbeitsamt vermittelten Kurs absolvierte, erhielt ich auch Arbeitslosengeld und keine Sozialhilfe mehr. Was mich allerdings ärgerte, war, dass ich dieses nur für einen halben Tag erhielt und nicht wie die anderen in meinem Kurs für einen ganzen Tag. Als ich daraufhin beim Arbeitsamt vorsprach, erklärte man mir, ich müsste ja auch eine Arbeit annehmen, die 20 km von meinem Wohnort entfernt sei. Und da ich ein Kind im Kindergarten habe, welches bis zu einer bestimmten Zeit abgeholt sein müsste, sei eine Vollzeitbeschäftigung nicht in jedem Fall gewährleistet, zumal ich kein eigenes Auto hätte und dies mit dem Zug nicht zu schaffen sei.

Leider nachvollziehbar.

Dann machte uns Carmen das Angebot, in ihrer Wohnung zu bleiben, sie würde endgültig mit ihrem Freund zusammenziehen. Und wir hatten Glück, es wurde von der Gemeinde bewilligt.

So hatten wir nun unsere eigene Wohnung - welch ein Glücksgefühl! Allerdings kamen nun andere Probleme auf mich zu – wir hatten keine Möbel!

Und ein noch größerer Schock war es für mich, als Carmen den Ölofen mitnahm, er würde ihr gehören. Ich verstand es zunächst nicht, aber mir wurde dann auch von der Gemeinde mitgeteilt, dass der Ofen nicht zur Wohnung gehörte.

Es war Winter und brutal kalt, wie sollte ich die Wohnung warmbekommen? Auf mein Drängen stellte mir die Gemeinde vorübergehend einen Kanonenofen aus einem Bauwagen zur Verfügung. Leo holte ihn ab, stellte ihn auf und schloss ihn an. Aber wo sollte ich Brennmaterial herbekommen?

Wieder halfen Carmen und Leo aus, auch ein Mann aus der Nachbarschaft schenkte mir ein paar Kohlen. In der folgenden Woche sollte ich mir welche im Supermarkt kaufen.

Carmen hatte mir zudem ihre gesamte Kücheneinrichtung mit Herd, Kühlschrank, Geschirr und Töpfen für wenig Geld überlassen, auch den Öltank im Keller. Und sie ließ das Schlafzimmermöbel und ihre Waschmaschine vorerst noch stehen, wofür ich sehr dankbar war.

Als erstes kaufte ich dann Auslegeware für das Wohnzimmer, der nackte Boden war sehr kalt und sah auch nicht schön aus. Zufällig war gerade Sperrmüll und in der Nachbarschaft wurden zwei schöne Sessel rausgestellt. Philipp rollte sie sofort mit seinem Freund zu uns. Gefiel mir auch gut, so ein großes, leeres, nur mit Teppichboden ausgelegtes Zimmer, als Möbelstücke lediglich zwei Sessel, konnte ja aber keine Endlösung sein.

Carmen erzählte Verwandten und Bekannten von uns, dadurch bekamen wir wieder von vielen Seiten Hilfe angeboten. Von Carmens Kollegin, die uns bereits mit Kinderkleidung versorgt hatte, erhielten wir eine Couchgarnitur, von anderen einen Couchtisch. Und alles wurde uns sogar in die Wohnung geliefert! Die Mutter meines Zahnarztes bot uns ein Schlafzimmer plus eine zusätzliche Liege an, als Gegenleistung bat sie uns auf dem nahegelegenen Friedhof ein Grab zu pflegen, da sie außerhalb wohnte.

Bald schon wurde dann auch unsere bestellte Waschmaschine geliefert. Und in der Zeitung fanden wir ein günstiges Angebot für einen Ölofen. Diesen hatte dann sogar mal Markus mit seinem Auto abgeholt.

Aber die Beziehung zu Markus hatte ich dann auch schon bald beendet. Wenn ich mir heute überlege, dass ich damals in der DDR mit ihm beim Standesamt war, bin ich nur froh, dass – wer auch immer da seine Hand im Spiel hatte – diese Hochzeit durch die Genehmigung seiner Ausreise verhindert worden war.

Unsere nächste Anschaffung sollte dann ein Radio sein. Leo empfahl uns, dieses bei einem Händler im Ort zu kaufen, da dieser qualitativ hochwertige Ware hätte. Und so kauften wir dort unser erstes Radio (welches bis auf die Kassettendecks noch heute funktioniert!).

Da nun die Grenzen offen waren, hatten auch wir die Gelegenheit, unsere Verwandten in der DDR zu besuchen. Ursprünglich hätten wir irgendwann nur Treffen in der Tschechoslowakei mit ihnen vereinbaren können, so wie wir es damals mit Carmen gemacht hatten, nun hatte sich das – Gott sei Dank – erledigt. Trotzdem hatten wir gemischte Gefühle bei diesem Gedanken. Wie würden die Grenzsoldaten reagieren? So ganz wohl war uns nicht dabei.

Ich war dann ziemlich angespannt, als wir uns der Grenze näherten, aber es verlief alles problemlos.

Und somit fuhren wir wieder innerhalb der DDR. Sofort fiel uns der schlechte Zustand der Straßen auf, dann auch die smoghaltige Luft, die ins Auto eindrang. Wir durchquerten zunächst Gebiete, zu denen wir damals wohl gar keinen Zugang gehabt hätten, da sie sich in unmittelbarer Grenznähe zur Bundesrepublik befanden, also in der Schutzzone. Alles wirkte düster, die Häuser grau und in schlechtem Zustand. Jetzt nahmen wir das alles noch viel deutlicher wahr.

Schließlich kamen wir in unserer alten Heimatstadt an. Wir hielten vor dem Haus, in dem wir vor einem halben Jahr noch gewohnt hatten. Die Haustür war nicht verschlossen und somit stiegen wir die vielen Treppen zu unserer ehemaligen Wohnung hinauf. Ein eigenartiges Gefühl überkam mich dabei, so vertraut und doch auch fremd! Unsere Wohnungstür war noch versiegelt. Eine Hausbewohnerin sagte mir, man habe die Wohnung noch nicht wieder vermieten können, da kein Schlüssel dafür vorhanden sei.

Ich hatte den Wohnungsschlüssel noch und hatte ihn auch dabei. Total aufgeregt brach ich das Siegel, welches von der Stasi angebracht worden war, und steckte den Schlüssel in das Schloss. Er passte! Ich schloss auf.

Und dann standen wir wieder in unserer ehemaligen Wohnung. Gähnende Leere strotzte mir aus allen Zimmern entgegen, bis auf ein paar einzelne Gegenstände. In Lauras Zimmer ein Berg von Wäsche, die man wohl einfach aus den Schränken gezerrt hatte, als diese aus der Wohnung geholt wurden, im Bad noch der Behälter mit unserer letzten Schmutzwäsche darin. Einige Kleidungsstücke suchten wir uns heraus, um sie mitzunehmen.

Ich schaute aus dem Fenster – alles so vertraut. Für einen kurzen Moment überkam mich das Gefühl, wieder zu Hause zu sein. Endlich Ruhe, endlich alles hinter mir lassen! Es hatte mich so wahnsinnig viel Kraft gekostet! Fallen lassen, schlafen, endlich nicht mehr kämpfen! ...

Nach einer Weile gingen wir wieder. Ein letzter schwermütiger Blick, dann verschlossen wir endgültig unsere ehemalige Wohnung und übergaben die Schlüssel der Nachbarin.

Ich wollte nun hauptsächlich noch kurz zu meinen Geschwistern, wir mussten spätestens am Abend zurückfahren.

Damals hatte ich aus Ungarn über eine Telefonzelle Carmen angerufen und ihr mitgeteilt, dass wir uns in einem Lager der Deutschen Botschaft befänden und ob sie vielleicht Peter, meinen Bruder, darüber informieren könne. Er habe einen Wohnungsschlüssel und könnte mit meinen Schwestern vielleicht noch einiges aus der Wohnung retten, ehe die Stasi diese versiegeln würde. Für uns ging es mir dabei hauptsächlich um unsere Fotoalben, Zeugnisse, meine Tagebücher und um Spielsachen für die Kinder. Glücklicherweise hatte Carmen gerade Besuch aus unserer ehemaligen Heimatstadt, welcher am nächsten Tag zurückreisen wollte. Dieser (es war der Vater meiner

Freundin Marion) erklärte sich dann bereit, unmittelbar nach Ankunft Peter bei der Arbeit aufzusuchen. Somit musste nicht in die DDR telefoniert werden, was durch das Abhören von Telefonaten auch ein Risikofaktor gewesen wäre.

Meine Schwester Regina erzählte mir dann, Peter habe mit ihnen einen Termin vereinbart, an welchem sie die Wohnung ausräumen wollten. Als meine Schwestern eintrafen, sei die Wohnung von Möbelstücken bereits fast leergeräumt gewesen, die Dinge, die mir wichtig gewesen waren, hätten aber noch in der Wohnung gelegen. Ich war enttäuscht, als ich das hörte.

Meine Schwestern hatten natürlich die von mir gewünschten Sachen mitgenommen und mir dann ausgehändigt, worüber ich mich sehr gefreut habe. Nur als ich weitere Gegenstände von mir sah und darum bat, wirkten sie nicht gerade begeistert und ich fühlte mich wie eine Bettlerin.

Anschließend fuhren wir zu meinem Bruder. Er hatte bereits einen Teil meiner Möbel in seinem Haus integriert und zeigte uns alles stolz. Als ich anfragte, ob ich vielleicht einige Möbelstücke zurück haben könnte, zeigte er kaum Verständnis dafür. Mitnehmen konnten wir sie eh nicht, wir würden noch einmal mit einem größeren Fahrzeug wiederkommen müssen.

In dem Fortbildungskurs tauschten wir uns untereinander auch über unsere Erlebnisse aus, die wir seit der Grenzöffnung hatten. Ein Mitschüler, dessen Verwandte einen Fuhrpark hatten, bot mir daraufhin an, gemeinsam noch einmal mit einem größeren Auto zu meinem Bruder zu fahren, was ich dankend annahm.

Und wenige Wochen später klingelten wir erneut an seiner Tür. Zunächst öffnete niemand. Sein Nachbar kam heraus, erkannte mich und erzählte mir, dass er seine Laube für einige Möbelstücke, die mein Bruder aus meiner Wohnung geholt hatte, zur Verfügung gestellt habe. Sie würden seitdem dort stehen. Wir könnten sie gerne haben, meinte er, er sei froh, wenn er wieder Platz habe.

Dann öffnete mein Bruder die Haustür. Er wirkte nicht als begeistert, als er mich sah. Da wir früher ein gutes Verhältnis hatten, verstand ich seine Reaktion zunächst nicht. Klar, ich wollte nicht, dass die Stasi damals mein Möbel und Hausrat beschlagnahmte, deshalb hatte ich ja meinem Bruder die Information über meine Flucht zukommen lassen. Und jetzt waren diese in seinem Besitz. Durch die Grenzöffnung hatte ich nun die Möglichkeit nach diesen zu fragen, um unsere Wohnungseinrichtung etwas zu verschönern. Ich hatte Verständnis von meinem Bruder erwartet, so wie umgedreht ich Verständnis gehabt hätte, es war leider nicht da. Peter gab mir alles zurück, was in seinem Besitz war, aber die Übergabe gestaltete sich alles andere als friedlich. Schade!

Jetzt hatte ich also einen Teil meiner ehemaligen Möbelstücke zurück erhalten und wir richteten uns damit ein. Ich glaube, dass es für Philipp und Laura ein schönes Gefühl war, ihr Kinderzimmermöbel wieder zu haben. Ich empfand es jedenfalls als sehr angenehm, als wir das ehemalige Schlafzimmer nun damit ausstatten konnten, sie also wieder ein Kinderzimmer hatten.

In der Zwischenzeit erhielt ich auch wegen meiner Berufsanerkennung Bescheid, den Antrag dafür hatte ich bereits im Oktober gestellt. Mir wurde mitgeteilt, dass mein Abschluss der Ausbildung an einer hiesigen Fachakademie zum "Staatlich geprüften Betriebswirt" entsprechen würde, eine Gleichstellung aber aufgrund der unterschiedlichen

Wirtschaftssysteme erst nach einer ergänzenden Ausbildung von mindestens sechs Monaten möglich sei. Dazu sollte ich mich an die ‚Fachakademie für Wirtschaft München' oder die ‚Private Fachakademie für Wirtschaft in Nürnberg' wenden.

Das war mir natürlich nicht möglich. Wie sollte das funktionieren? Weder konnte ich meine Kinder ein halbes Jahr allein lassen, noch konnten wir zusammen für ein halbes Jahr nach München ziehen (eine private Akademie stand sowieso nicht zur Diskussion), vom Finanziellen ganz zu schweigen.

Die Monate vergingen. Ich hatte bereits den größten Teil meines Kurses abgeschlossen und wir begannen Bewerbungen zu schreiben. Eines Morgens auf dem Weg zum Bahnhof hielt ein Bus neben mir, der Fahrer öffnete die Tür.

„Grüß Gott, wo wollen Sie denn hin?"

Ich erklärte kurz und er bot mir an einzusteigen, da er auch in diesen Ort fahren würde. Natürlich war der Fahrer neugierig, fragte, wer ich sei, er hätte mich noch nie hier in der Gemeinde gesehen. Ich erzählte bereitwillig. Es stellte sich dann heraus, dass er ein Busunternehmen hatte und für sein Büro eine neue Mitarbeiterin suchte.

Und so kam es durch diesen Glücksfall, dass ich die Chance hatte, nach Abschluss meiner Fortbildung Ende Mai in diesem Unternehmen eine Arbeit aufzunehmen. Da diese Arbeitsstelle nur wenige Kilometer von meiner Wohnung entfernt war, hatte ich auch die Möglichkeit einer Vollbeschäftigung nachzugehen, denn Philipp hatte das 12. Lebensjahr vollendet und Laura war im Kindergarten untergebracht.

Trotzdem ergab sich für mich damit das nächste Problem: Um pünktlich bei der Arbeit zu sein, Laura vorher in den Kindergarten zu bringen und nach der Arbeit rechtzeitig abholen zu können, brauchte ich ein Auto. Zu Fuß war es nicht zu schaffen, ein anderes Verkehrsmittel fuhr nicht dahin. Da auch eine andere Arbeitsstelle außerhalb meines Wohnortes sehr wahrscheinlich nur mit einem Auto gut und fristgemäß erreichbar wäre, musste ich schauen, ob ich hierfür einen Kredit bei der Bank erhalten würde.

Nach einem Vorstellungsgespräch bei dem Chef des Busunternehmens erhielt ich von ihm einen Arbeitsvertrag und eine entsprechende Bescheinigung für die Bank, die mir damit einen Kredit bis 5.000 DM gewährte. Mein neuer Chef half mir dann auch, ein passendes Fahrzeug zu finden, er hatte die dafür notwenigen Beziehungen.

Ich konnte mein Glück kaum fassen! Zu allem, was wir bisher erreicht hatten, hatte ich nun eine Festanstellung und ein Auto! Die Mittagspause war lang genug, um nach Hause fahren und mit Philipp gemeinsam essen zu können. Das tat gut. Nach der Arbeit holten wir gemeinsam Laura ab und genossen den Nachhauseweg, um über die Erlebnisse des Kindergarten- und Schultages zu berichten.

Auch wenn eines der Kinder krank war, hatte ich einen sehr verständnisvollen Chef. Ich sollte bei den Kindern zu Hause bleiben, er brachte mir dann die Arbeit in meine Wohnung. Ich war sehr dankbar für so viel Entgegenkommen.

Und mit dem Auto konnten wir uns nun auch besser fortbewegen, denn es gab nur sehr wenige Zug- und kaum Busverbindungen in andere Ortschaften.

Es war noch keinen Monat her, dass ich meine Tätigkeit in dem Busunternehmen begonnen hatte, ich fühlte mich wohl und verstand mich mit den Fahrern ganz gut. Nur einer machte mir gegenüber mal die blöde Bemerkung: „Von mir aus könnten die Grenzen sofort wieder geschlossen werden." Es gab also nicht nur Leute, die Verständnis für DDR-Flüchtlinge hatten.

Und dann standen schon die ersten Urlaubsfahrten an. Da der Chef selbst auch als Busfahrer tätig war und in dieser Zeit nicht im Büro sein konnte, schlug er mir vor, gemeinsam mit meinen Kindern mitzureisen und 14 Tage Urlaub in Spanien zu machen.

Ich war total überwältigt von diesem Vorschlag! Als Reisebegleitung der Urlauber dieses Busunternehmens hatte ich auch nur einen ermäßigten Preis zu zahlen.

Das sollte unser erster Urlaub in Spanien sein, noch nie waren wir im Süden gewesen! Als DDR-Bürger hatten wir es nur nach Ungarn schaffen können. Selbst wenn wir noch ein Visum nach Bulgarien erhalten hätten, wäre unsere Versorgung mit dem viel zu geringen, genehmigten Umtauschsatz nicht möglich gewesen. Generell waren uns nur Reisen ins sozialistische Ausland möglich, alles andere blieb uns verwehrt. Wie eingesperrt!

Und nun Spanien! Als das Mittelmeer auftauchte und wir die vielen Palmen bestaunten, die unseren Weg säumten, waren wir total überwältigt von diesem Anblick und konnten unser Glück kaum fassen.

Im Sommer hatten Fußballer einen Bus unseres Busunternehmens gebucht, um zu einem Spiel in die DDR zu fahren. Der Chef – ein Fan dieser Mannschaft – fuhr selbst und erlaubte mir und meinen Kindern mitzufahren.

Wir nutzten die Gelegenheit, um meine Eltern zu besuchen, in der Hoffnung, dass sich unsere Beziehung wieder verbessern würde.

Meine Eltern waren in ihrem Garten. „Die Petra!" rief meine Mutter freudig erstaunt, als sie uns am Gartentor stehen sah. Die Überraschung war gelungen! Doch kurz darauf äußerte mein Vater leider: „Von mir aus können sie gerade wieder gehen!"

Das tat sehr weh! Immer wieder ließ er mich nur Ablehnung spüren, verschloss sich mir gegenüber, keinerlei Interesse an mir, seiner Tochter. Er hatte mich fallen lassen wie einen faulen Apfel – ungenießbar, unbrauchbar – weg damit!

Ich hatte immer wieder versucht, mich in meine Eltern hineinzuversetzen, sie zu verstehen. Warum versuchten meine Eltern nicht auch mich zu verstehen?? Ich war doch ihre Tochter!

Trotz allem lud ich meine Eltern ein, die Weihnachtsfeiertage bei uns zu verbringen. Ich wollte Frieden in der Familie, ertrug diesen Zustand nicht.

Aber sie sagten ab. Meine Mutter nannte dafür Gründe, die sich auf das Wetter bezogen. Okay, damit konnte ich leben, es waren wirklich teilweise sehr schwierige Bedingungen, zumal es auch noch eine sehr lange Strecke war.

*Tagebuchauszug 24.11.90*

*Es ist viel, viel Zeit vergangen. Und ich habe einen ziemlich guten Stand erreicht für diesen Zeitabschnitt. Das Wichtigste für mich war, wieder ein geregeltes Leben zu haben. Und – bis auf den fehlenden Mann – habe ich das. Es fehlt zwar hin und wieder Geld, und das macht mir manchmal ganz schön zu schaffen, aber was für mich noch wichtiger ist, ist Harmonie in der Familie. Und ich muss sagen, die haben wir. Es ist richtig schön, Philipp ist sehr verständnisvoll und ich möchte ihm so viel Liebe geben wie möglich. Natürlich auch Laura. Philipp ist allerdings in einem Alter, wo man vielleicht schon mit Stolz behaupten darf – ich glaube ich habe ihn richtig erzogen. Er ist ehrlich, verständnisvoll, lieb, zuverlässig – um nur einiges zu nennen. Und diese Harmonie möchte ich nie zerstört wissen. Ich sehne mich sehr nach einem Mann, nach einem richtigen, schönen Familienleben. Aber sollten meine Kinder dadurch unglücklich werden, so ist es nicht der Richtige und ich lasse ihn gehen.*

*Nach über einem Jahr war nun Heiko bei mir. Hatte sich schon oft vorgenommen mich zu besuchen, sagte er. Heiko kannte ich aus dem Lager in Ungarn - war bei A. mit im Zimmer (10-Mann-Zimmer), durch den ich dessen Bekanntschaft machte. Ich fand Heiko damals recht sympathisch. Da wir von Freilassing (Erstaufnahmestelle, nachdem wir über Ungarn nach Deutschland kamen) ursprünglich gemeinsam weiter fahren wollten, waren wir so die letzten, die miteinander Kontakt hatten. Danach rissen die Kontakte ab. Von A., der uns im Lager der ungarischen Botschaft und auch wieder in Freilassing sehr viel unterstützt hatte und den ich sehr mochte, hörte ich leider nie wieder etwas. Er hatte sich noch schnell von uns verabschiedet, bevor er mit vielen anderen Flüchtlingen in einen Bus stieg, welcher ihn in eine andere Aufnahmestelle, wahrscheinlich auch in ein anderes Bundesland, bringen sollte. Heiko dagegen meldete sich immer wieder mal.*

*Ja, so war's. Und nun war er da.*

*Irgendwie verstand ich mich gut mit Heiko, obwohl ich von seinen Worten damals am Telefon - er wolle sich eine Freundin suchen, zu zweit könnte man Knete sparen usw. – nicht gerade angetan war.*

*Als sich Heiko verabschiedete, sprach er vom Wiedersehen, vielleicht das nächste Wochenende, wenn ich will, sagte er fragend.*

*Ich hatte Bedenken, bin 5 ½ Jahre älter als er, auch wenn ich mich nicht so fühle. Ihn schien es nicht zu stören. Warte ich's halt ab.*

Wir sahen uns dann fast an jedem Wochenende. Entweder kam Heiko zu uns oder wir fuhren zu ihm. Unter der Woche telefonierten wir immer wieder miteinander, was damals nicht gerade billig war.

Bei einem Besuch lernten wir auch Heikos Freunde kennen. Ich verstand mich gut mit ihnen, stellte aber auch fest, dass für einige von ihnen das Auto ein wichtiges Statussymbol war, wie für Heiko auch.

Eigenartigerweise hatte Heiko kein Interesse Carmen und Leo kennenzulernen, obwohl ich ihm erzählt hatte, wie sehr die beiden mir geholfen hatten Fuß zu fassen. Auch äußerte er sich abfällig über die Gemeinde, in der wir wohnten, nie im Leben würde er hierher ziehen.

Bereits im Frühjahr des nächsten Jahres fuhren wir gemeinsam in Heikos Heimatstadt und er stellte uns seinen Eltern vor. Wir hatten sofort einen Draht zueinander, sie waren unwahrscheinlich herzlich. Auch gingen sie sehr liebevoll mit meinen Kindern um, sodass wir uns alle bei ihnen sofort wohlfühlten.

Um der Fahrerei an den Wochenenden und den hohen Telefonkosten Einhalt zu gebieten, thematisierten wir mehr und mehr zusammen zu ziehen. Unsere Gemeinde kam für Heiko leider überhaupt nicht in Betracht, sodass nur wir zu ihm ziehen konnten. Da für Laura in diesem Jahr die Einschulung bevorstand, musste ich mich entscheiden. Es fiel mir nicht leicht, denn wir hatten uns eingelebt, die Kinder hatten neue Freunde gefunden, ich eine Arbeit, wir fühlten uns wohl. Aber mit Heiko wollte ich auch zusammen sein und auch meine Kinder schienen sich gut mit ihm zu verstehen.

Dann der Autounfall, wo wir dieses Mal mit seinem BMW zurück in unsere Gemeinde fahren wollten. Ich war gerade auf der Überholspur, hatte noch ein Gefühl, als würde ein Rad unrund laufen und reduzierte die Geschwindigkeit, als plötzlich das linke Vorderrad davonsprang, über die Leitplanken auf die andere Seite der Autobahn – Gott sei Dank kam dort gerade kein Fahrzeug - und ich im Außenspiegel Funken sprühen sah. Ich schaffte es auf den Standstreifen zu rollen. Dann war ich einfach nur fertig, stand wie unter Schock. Philipp neben mir auf dem Beifahrersitz, Laura schlief auf der Rückbank. Uns war nichts passiert – Gott sei Dank! Wir mussten tausend Schutzengel über uns gehabt haben! Ich war unfähig aufzustehen.

Hinter uns hatte ein Fahrzeug angehalten, der Fahrer kam zu uns, fragte, ob es uns allen gut gehe. Dann stieg ich aus und wir schauten uns das Auto an. Wir hätten ganz großes Glück gehabt, sagte uns der Mann, er habe letztens erst genauso einen Unfall gesehen, da habe sich das Fahrzeug dann überschlagen. Der BMW hatte nicht auf der Karosse aufgesetzt, sondern auf der Radaufhängung, das war wohl unser Glück gewesen. Der Mann lobte mich - er hätte den ganzen Vorfall gesehen, ich hätte sofort die Warnblinkanlage eingeschaltet. Dann wollte er auf die andere Seite der Autobahn rennen, um das Rad zu holen - ein Wahnsinn, aber ich konnte ihn nicht davon abhalten, er rannte bereits.

Als er mit dem Rad zurückkam, fragte er, wohin wir fahren wollten. Wir hatten noch die Hälfte der Strecke vor uns, wussten nicht weiter. Darauf bot er an, uns nach Hause zu fahren - ein Umweg für ihn, aber er wollte es gerne tun. Danach organisierte er für uns einen Abschleppdienst, wir fuhren in seinem Auto hinterher. Laura bekam nicht viel mit, als wir sie schlafend in das andere Auto beförderten, Philipp stand wohl wie ich unter Schock. Ich war so froh, dass dieser Mann alles für uns in die Hand nahm.

Nachdem das Auto nun in einer Werkstatt war und wir alle erforderlichen Papiere ausgefüllt hatten, rief ich Heiko an. Leider erkundigte sich Heiko zunächst nur nach dem Auto, erklärte lang und breit, dass das Rad nicht von alleine abgehen könne usw., ehe er nach langer Rede fragte, wie es uns gehe, aber keine Frage, wie wir nun nach Hause kommen würden.

Als wir zu Hause ankamen, klingelte ständig das Telefon. Heiko machte mir dann Vorwürfe, als er hörte, dass der Mann, der – völlig uneigennützig – alles für uns getan hatte, immer noch da war. Keinerlei Verständnis, dass ich diesen eingeladen hatte, nach allem wenigstens eine Pause zu machen und bei uns eine Kleinigkeit zu essen. Ich jedenfalls war diesem Mann überaus dankbar, und es war das Mindeste, wie ich ihm im Moment meine Dankbarkeit zeigen konnte. (Seine Großzügigkeit und uneigennützige Hilfsbereitschaft haben mich noch sehr lange beschäftigt. Gerne hätte ich den Kontakt zu ihm beibehalten, aber Heiko war sehr eifersüchtig, und so ließ ich es sein, was ich später bereute.)

Heikos Reaktion gab mir sehr zu denken. Mein Gefühl sagte mir, ich sollte vielleicht nicht so vielen davon erzählen, dass wir mit dem Gedanken spielten, zu Heiko zu ziehen. Ich begann zu zweifeln, aber im Hinterkopf immer der Zeitdruck! Lauras Einschulung - sie musste angemeldet werden, Philipp musste umgemeldet werden – er hatte die sechste Klasse abgeschlossen und wollte auf die Realschule wechseln.

Ein Hin und Her in meinem Kopf! Was ist richtig, was falsch? Im Wechsel Wochenende für Wochenende 350 km hin, 350 km zurück, und das Benzingeld, und das Telefongeld.

Und doch auch Glück, wenn wir zusammen waren.

Also was soll's - wir müssten uns sonst noch ein Jahr prüfen, Laura und Philipp nach einem Jahr wieder die Schule wechseln! Eine ständige Unruhe für die Kinder, ein weiteres Hin und Her an den Wochenenden.

Ich entschied mich für den Umzug zu Heiko.

*Tagebuchauszug Juli 91*

*Und dann war es soweit! Heiko war die Freude nicht richtig anzusehen, er wirkte selbst wie einer, der nur beim Umzug hilft.*

*(Bei Heiko) – Möbel ausräumen. Heiko will alles in den Keller schaffen. Okay, meine ich, aber bestimmte Sachen kann ich doch gleich mit hochnehmen – da gab es schon Diskussionen.*

*Bereits beim Einpacken wollte Heiko entscheiden, was mitgeht und was nicht. Wollte auch Lauras Puppenhaus stehenlassen, weil es ihm nicht gefiel.*

*In seinem Keller roch es stark nach Staub, es widerstrebte mir ziemlich, da mein Möbel abzustellen! Ich glaube Heiko wäre im umgekehrten Fall ausgerastet.*

*Mit viel Überredungskunst durften sich die Kinder nach und nach etwas Spielzeug hochholen. Tat mir sehr weh! Jedes Stück Spielzeug brauchte seine Genehmigung. Mir gefiel das nicht!*

*Ich hatte meine Vorstellung, wie man im Schlafzimmer durch Umräumen eine Kinderzimmerecke einrichten könnte. Ich wollte, dass die Kinder ihren eigenen Bereich haben und sich wohl fühlen können und schlug es Heiko vor. Er: „nein!" Sein Teppich! Der sehe dann entsprechend aus.*

Heiko hatte nur eine Zweizimmerwohnung, aber die hatten wir auch gehabt. Ich hatte ein Zimmer davon als Kinderzimmer eingerichtet, wollte dass die Kinder etwas Eigenes haben. Und würde es wieder so machen, jederzeit. Aber Heiko ließ nicht mit sich reden.

Laura hatten wir für die Schule angemeldet.

Als ich mit Philipp in seiner zukünftigen Realschule vorsprach, wurden wir mit Problemen konfrontiert, die mit dem Umzug in dieses andere Bundesland zusammenhingen. Philipp hatte die 6. Klasse abgeschlossen, in Bayern war nach dieser Klassenstufe ein Wechsel auf die Realschule möglich, aber hier bereits nach der 4. Klasse. Das bedeutete, Philipp hätte nun zwei Jahre Realschulunterricht weniger als seine Mitschüler, wenn er trotzdem in das 7. Schuljahr wechseln würde.

Wir mussten entscheiden. Philipp hatten wir nach unserer Flucht aus der DDR, wo er die 5. Klasse abgeschlossen hatte, schon einmal ein Jahr zurückstufen lassen, da ihm komplett der Englischunterricht fehlte und sich sehr wahrscheinlich auch in weiteren Fächern der Unterrichtsstoff zwischen DDR und BRD unterschied. Sollte er nun noch ein weiteres Jahr verlieren? Eine schwierige Entscheidung.

Der Rektor schlug uns vor, es mit einem direkten Übergang in die 7. Klasse zu versuchen und Philipp war damit einverstanden.

Ich war nach unserem Umzug zunächst als arbeitslos gemeldet, bewarb mich in einem Busunternehmen, da ich hier Erfahrungen mitbrachte, bekam aber leider eine Absage. Die durch das Arbeitsamt erfolgte Vermittlung an eine neu gegründete Softwarefirma als Sekretärin war schließlich erfolgreich, sodass ich bereits einen Monat später wieder eine Arbeit hatte. Sekretärin war zwar nicht unbedingt mein Traumberuf, aber ich musste erst einmal Fuß fassen und Geld verdienen. Allerdings konnte ich zunächst nur in Teilzeit arbeiten, da in der Schule lediglich eine Kernzeitenbetreuung möglich war und ich Laura spätestens 13:00 Uhr abholen musste. Aber das sollte kein Problem für uns sein, da wir ja nun mit Heiko zusammenwohnten.

Unseren Urlaub verbrachten wir in diesem Jahr in Deutschland, fuhren zu Heikos Eltern, bei denen wir uns nach wie vor sehr wohl fühlten.

Im September erfolgte dann Lauras Einschulung, Philipps Unterrichtsbeginn an der Realschule und mein Arbeitsbeginn als Sekretärin. Nun hatte ich zwei Schulkinder. Da ich in Teilzeit arbeitete, holte ich Laura aus der Kernzeitenbetreuung ab, konnte dann mit beiden Kindern gemeinsam Mittag essen, war den Rest des Tages für sie da und konnte meine Hausarbeiten in Ruhe erledigen. Das war sehr schön und für uns alle entspannend. Heiko war unter der Woche oft unterwegs auf Montage, an den Wochenenden unternahmen wir meistens gemeinsam mit seinen Freunden etwas. Obwohl diese kinderlos waren, schien es für alle kein

Problem zu sein, dass Heiko nun eine Partnerin mit Kindern hatte. Sie beschäftigten sich auch mit Philipp und Laura und alberten viel mit ihnen herum, sodass wir immer viel Spaß miteinander hatten.

Doch obwohl mir seine Freunde sympathisch waren, vermisste ich meine Freunde.

Einmal besuchten uns auch meine Eltern bei Heiko. Ich freute mich darüber, es war das erste Mal hier im Westen. Heiko war auch nett zu ihnen und auch er schien ihnen sympathisch zu sein.

Unseren gemeinsamen Urlaub verbrachten wir in diesem Jahr in Bulgarien. Es war unsere erste Flugreise, bisher war ich mit den Kindern anlässlich eines Stadtfestes einmal mit einem kleinen Motorflieger (4 Sitzplätze) geflogen. Dabei wurde uns bisschen übel, sodass wir froh waren, als wir landeten und wieder aussteigen konnten.

Da wir am Urlaubsort auch Kurztrips buchen konnten, entschieden wir uns für Ägypten/Kairo und Türkei/Istanbul. Wann hätten wir schon mal so eine Gelegenheit - Reisen in diese Länder waren doch mindestens mit einer Aufenthaltsdauer von einer Woche verbunden und somit wesentlich teurer.

Von beiden Kurzreisen waren wir sehr überwältigt. Wir haben viel gesehen und von der Atmosphäre in diesen Ländern mitbekommen – wenngleich uns die Reiseführer aus diesem Grund hektisch durch die Gegend jagten. Auch die Hotels und das Essen waren hervorragend. Nur die kleinen Flugzeuge, mit denen wir zwischen Bulgarien und Ägypten bzw. der Türkei befördert wurden, machten auf uns keinen guten Eindruck, wir fühlten uns etwas unsicher, als wir die alten Maschinen sahen. Aber wir landeten wieder sicher.

Ich war begeistert - wir hatten wunderschönes Wetter, eine gute Unterkunft (Bungalow), einen schönen Strand und diese wundervollen Kurztrips.

Leider eröffnete mir Heiko dann noch während des Urlaubs, dass er vorhabe wieder in seine Heimatstadt zu ziehen. Ein Freund mit Partnerin und Eltern wollte auch zurück, da sich dort mittlerweile bessere Chancen bezüglich Arbeit für sie ergeben würden (sie hatten eine eigene Firma, in der Heiko zeitweise aushalf).

Ich war wie vor den Kopf geschlagen, als ich das hörte, empfand das als völlig egoistisch und rücksichtslos uns gegenüber! Wir hatten uns für den Umzug zu Heiko entschieden, nachdem er geäußert hatte, dass er niemals zu uns ziehen würde, haben alles, was wir uns inzwischen wieder aufgebaut hatten, aufgegeben. Und jetzt diese Äußerung von Heiko!

Ich konnte mir nicht vorstellen, mit Heiko mitzuziehen. Sowieso war mir das mit der Wende noch alles viel zu frisch und zu unsicher, wie sich die Verhältnisse in der ehemaligen DDR weiter entwickeln würden – ich hatte ein ungutes Gefühl in der Magengegend, wenn ich daran dachte.

Und ich wollte das den Kindern nicht schon wieder antun.

Hinzu kam, dass ich mir nun auch nicht mehr sicher war, ob die Beziehung mit Heiko gut gehen würde.

Ich ärgerte mich sehr über Heiko. Es war gerade mal ein Jahr her, dass wir alles in Bayern aufgegeben hatten - Philipp die Klassenkameraden, seine Freunde, Laura ihre Freundinnen, ich meine Freundinnen, meine Arbeitsstelle, wir unsere Wohnung, in der wir uns mehr und mehr eingerichtet hatten, unseren Wohnort, in dem wir uns wohlgefühlt hatten. Jetzt – nach einem Jahr – fiel es Heiko ein in seine alte Heimat zurück zu wollen. Das dies für ihn irgendwann Thema sein würde, hätte er sagen können, als für uns die Entscheidung anstand, zu ihm zu ziehen, 350 km von unserem Wohnort entfernt und in ein anderes Bundesland.

Nach diesem Urlaub änderte sich die Stimmung zwischen uns, die Beziehung war angespannt.

Hinzu kam, dass bei seiner Arbeitsstelle Stellen abgebaut wurden und auch er eine Entscheidung treffen musste, wo er zukünftig tätig sein wollte. Die Angebote hier sagten ihm wenig zu, sodass er sich weitere in seinem alten Heimatort einholte. Da diese für ihn sowohl von der Tätigkeit, als auch vom Finanziellen wohl attraktiver waren, beschäftigte er sich immer häufiger mit Umzugsgedanken, ging aber Gesprächen darüber aus dem Weg.

Heiko war dann viel und lange bei seinen Freunden, sie kamen nicht mehr zu uns und wir unternahmen auch nichts mehr gemeinsam. Weihnachten gab es von ihm keine Geschenke, nicht einmal für die Kinder.

Dann fuhr Heiko für längere Zeit zu seinen Eltern.

Einerseits Entspannung, andererseits war ich unruhig, ich wollte wissen, wie es zwischen uns weiter geht. So hatte ich mir unsere neue kleine Familie nicht vorgestellt, das tat niemanden gut. Sollte ich mich von Heiko trennen? Alles wieder allein mit den Kindern bewältigen? Philipp ist in der Pubertät, er konnte mich an meine Grenzen bringen. Manchmal wurde mir das zu viel, Heiko hatte mich da unterstützt.

Eigentlich hatte ich keine Lust mehr wieder allein zu sein, wieder von vorn anzufangen. Wir hatten uns doch mal gut verstanden, es war mal richtig schön, hat alles Spaß gemacht. Heiko ist ordentlich, sauber, hilft mit, er ist geschickt, fleißig, kann was auf die Beine stellen – viele gute Eigenschaften, die sicher nicht jeder aufzuweisen hat. Auch seine Eltern sind sehr sympathisch, waren zu meinen Kindern sehr lieb, ich hatte sie gleich ins Herz geschlossen.

Als Heiko von seinen Eltern zurückkam sagte er, wir sollen ausziehen. Er hatte seine Entscheidung gefällt.

Leider vermieden nun auch seine Eltern den Kontakt zu uns, was mir sehr wehtat.

Langsam musste ich mich mit dem Gedanken einer Trennung vertraut machen.

Carmen rief mich an - ihr hatte ich in einem Brief meine Situation beschrieben. Sie und Leo vermuteten, dass er sich nach Arbeit und Wohnung in seiner alten Heimat umschauen würde, wenn er so lange dort blieb. Und sie äußerten Bedenken, dass mich Heiko eines Tages vor die Tür setzen könnte.

Diesbezüglich war auch ich verunsichert, denn er hatte eine Firmenwohnung. Und wenn er kündigte, müssten wir raus. Ich konnte in diesem Fall nur hoffen, dass man mich gewähren ließ, bis ich Wohnung gefunden hatte. Falls nicht, würden wir das Jugendamt um Unterstützung bitten müssen.

Ich war allerdings noch am Überlegen, ob wir überhaupt hier in der Stadt wohnen bleiben, oder zurück in unseren Wohnort nach Bayern sollten. Carmen und Leo boten uns auf jeden Fall hierfür ihre Unterstützung an. Auch ihre Geschwister sicherten uns ihre Hilfe zu. Ich war überwältigt, so tolle Freunde zu haben.

Das nächste Problem war die Arbeit. Falls wir zurückziehen würden, musste ich eine neue Anstellung finden und hier kündigen.

Und meine Kinder! Wieder rausreißen aus allem, wieder die Schulen wechseln, den neuen Freundeskreis aufgeben, wieder zurück von der Stadt aufs Land. Ich fühlte mich nicht wohl bei dem Gedanken.

Doch lieber hierbleiben, hier Wohnung suchen? Vielleicht nochmal wegen meiner Berufsanerkennung Kontakt aufnehmen? Wenn ich in meinem Beruf arbeiten könnte, würde ich sicher mehr Gehalt als eine Sekretärin bekommen.

Heiko wollte dann, dass wir möglichst sofort ausziehen. Aber ich hatte mich noch nicht entschieden, ob wir nach Bayern zurück oder hier bleiben sollten. Falls doch nach Bayern, würde ich nicht vorher noch hier in der Stadt umziehen wollen, das wären enorme Kosten, die da auf mich zukämen.

Ich bat ihn um Verständnis, sich doch auch in unsere Lage zu versetzen. Auch dafür, die Kinder nicht mitten im Schuljahr rausreißen zu müssen. Ich wollte in den Sommerferien umziehen.

Heiko zeigte sich damit einverstanden.

Er verkaufte dann unser gemeinsames Auto, teilte den Betrag gerecht, schaute mit nach einem Auto für uns. Die Beziehung fühlte sich auf einmal wieder gut an, sodass ich wieder Zweifel bekam.

Aber die Wohnungsanträge in Bayern liefen, ich hatte mit Philipp und Laura gesprochen und Mutti erzählt, dass wir uns trennen würden. Sie war traurig, sagte, sie hätten gehofft, dass ich mit Heiko nun endlich Glück hätte.

Mein Aufgabengebiet bei der Arbeit hatte sich inzwischen geändert, ich machte jetzt die Buchhaltung. Mein Chef erkannte, dass mich die Tätigkeit einer Sekretärin unterforderte und ließ mich von der Kollegin, die vorher unsere Buchhaltung gemacht hatte, kurz einweisen. Es klappte auch gut und machte mir Spaß. Bald schon kauften wir ein neues Programm, und nun hatte ich niemanden mehr, den ich fragen konnte, ich musste alleine damit klarkommen. Es war eine Herausforderung, aber es gefiel mir, mich dieser zu stellen. Und als alles lief, war ich mächtig stolz auf mich.

Der Nachteil bei der Buchhaltung war, dass ich meinen Urlaub nun entsprechend planen musste, da immer zu einer bestimmten Zeit die Abrechnung an das Finanzamt erfolgen musste.

*Tagebuchauszug 09.03.93*
*Die Zeit vergeht wie im Flug, jetzt haben wir schon wieder ein Drittel vom März weg. Die Zeit naht, wo ich kündigen muss. Wohnungsanträge habe ich in unserem ehemaligen Wohnort in*

Bayern laufen, mit den Ummeldungen für die Schule, das wollte ich Ostern mit erledigen. Doch Ostern ist bereits in einem Monat.

Nachdem mir Carmen und Leo zunächst viel Hoffnung gemacht hatten was Wohnung betrifft, klang das im letzten Brief eher umgekehrt. Es wird langsam zum Problem.

Die andere Seite: Ich verstehe mich mit Heiko wieder relativ gut. Ich weiß bloß nicht, ob er Bedenken hat, oder ob er ruhiger geworden ist, weil wir eh bald raus sind. Er lud mich letztens ins Kino ein. Letztes Wochenende schenkte er mir eine Garnitur, die er vorher in der Reklame gesehen hatte und die mir auch gefiel. Ich fragte, wieso er mir die schenkt, sagte, dass ich ihn nicht verstehe. Er: Er verstehe sich manchmal selber nicht.

In dieser Art und Weise geht es schon eine Weile!

Zum anderen kommen jetzt Kosten auf mich zu, die ich glaube nicht bewältigen zu können. Jetzt habe ich das Auto gekauft. Ich könnte es glatt wieder verkaufen, wenn ich sehe, was es mich kostet. Dabei brauche ich gar kein Auto, höchstens mal, wenn ich einkaufen muss. Natürlich halte ich es mir auch hauptsächlich wegen der anstehenden Fahrten nach Bayern. Aber wenn ich sehe, was das alles kostet!! 11.400 DM allein für das Auto mit Garantie für ein Jahr, 237 DM Steuern und das Schärfste – ca. 1.300 DM Versicherung und Haftpflicht im Jahr. Ich könnte es glattweg wieder verkaufen!! Bin noch am Überlegen, ob ich auf Teilkasko gehe. Wären 400 DM weniger. Auch mit der Selbstbeteiligung das stinkt mir, 1.000 DM! Damals für den Ford hatte ich Haftpflicht 432 und Teilkasko 21 DM. Teilkasko wäre beim Golf 157,- DM. Ein Wahnsinnsunterschied!

Komisch, der Gedanke zurück nach Bayern zu ziehen ist momentan so schrecklich weit weg.

Zurzeit ist Heiko lieb, zärtlich, verständnisvoll. Der Gedanke, mit den Kindern allein zu sein, belastet mich auf einmal. Es kommt mir so leer vor. Es ist schon schön zu wissen, dass da noch jemand ist, in jeder Beziehung.

Wir könnten es so viel leichter haben! Aber wir können uns nicht einigen. Heiko will irgendwann wieder zurück in seinen Heimatort. Mit dem Gedanken kann ich mich einfach nicht so richtig anfreunden.

Andererseits – in Bayern werden wir immer Fremde bleiben. Schon vom Dialekt her ist es zu hören. Hier geht es diesbezüglich, aber es ist so weit weg von den Verwandten. Auch mit einem Ausflug ist nichts drin, das ist jedes Mal eine Reise.

Wir hätten es so einfach haben können! …

Carmen wird auch aus meinen Zeilen gelesen haben. Habe schon lange keine Post mehr bekommen.

Komisch, es widerstrebt mir fast, die Kinder umzumelden. Auch habe ich noch immer keine Fotos für die Bewerbung gemacht.

Das mit dem Auto belastet mich schon ganz schön.

Auch dass wir jetzt eine Familie sind, Laura an Heiko hängt (sie fragt sehr viel nach ihm), Philipp auch gut mit ihm auskommt, Heiko auf einmal einen reiferen Eindruck macht und – wir dann wieder alleine wären. Ziehen wir einfach? Es wird sich ja zeigen. Entweder war's das, oder Heiko kommt nach?

Komisch der Gedanke, er müsste dann nachkommen.

Kann keinen klaren Gedanken mehr fassen. Als Heiko noch hässlich zu mir war, war der Zustand zwar katastrophal, aber wenigstens eindeutig.

03.04.93

*Schon der 03.04. Ich werde mich langsam aber sicher mit der Tatsache abfinden müssen. Irgendwie ist das alles noch so weit weg, so unwahr. Und trotzdem – es rückt immer näher.*

*Carmen und Leo bemühen sich ganz sehr um eine Wohnung für uns. Nach Leos letztem Anruf besteht nun Hoffnung.*

*Irgendwie scheint es, als will es auch Heiko nicht richtig wahrhaben. Aber die Zeit vergeht. In einem Monat muss ich bald kündigen! Langsam scheint es ihm klar zu werden, obwohl er sich in den letzten 2 Monaten doch sehr bemüht hat, dass wir gut miteinander auskommen.*

*Was ich ihm nicht verzeihen kann ist, dass er einen tiefen Keil getrieben hat zwischen mir und den Kindern und seinen Freunden und Eltern.*

*Überlege, was ich – da ich ja neu anfangen muss – am liebsten tun würde. Irgendwie reizen mich immer wieder auch Fremdsprachen. Ich finde es phantastisch, wenn sich jemand perfekt in einer Fremdsprache verständigen kann, wenn man ins Ausland fährt – wie damals in Afrika – und man versteht die Leute.*

*Ich liebe es, die Welt kennen zu lernen, andere Menschen, ihre Art zu leben. Das reizt mich immer wieder. Jetzt hatten wir ja endlich die Möglichkeit dies alles kennenzulernen. Es würde mir sicher auch Spaß machen, in einem Reisebüro zu arbeiten.*

*Ja, ich würde schon gerne was machen, was mir Spaß macht und womit ich auch genug Geld verdiene, um nicht ständig rechnen zu müssen.*

*Auch den Autohandel finde ich interessant. Ist schon was Feines, in einem BMW zu fahren! Noch dazu die hohe Sicherheit! Wenn ich an das verlorene Rad denke …*

*Heiko will uns den Umzug fahren – warum nicht? Komme ich tausendmal billiger! Er hat ihn ja auch gefahren, als er uns zu sich holte!*

*Der rosarote Schleier ist gefallen, wir sind beide nüchtern und merken, dass wir anderes erwartet haben. Sicher, ich könnte auch mit ihm leben. Er wollte es so.*

*Vielleicht werde ich ihn vermissen, vielleicht auch nicht. Allein ist vieles einfacher und vieles komplizierter. Eine Familie wünsche ich mir schon, aber nicht auf Krampf. Wir werden sehen, was kommt.*

*Schade für Philipp! Er hat nie wieder eine richtige, schöne Familie gehabt. Seinetwegen wollte ich mich damals von Wolfgang nicht scheiden lassen, damit er in einer Familie heranwächst; aber ich hatte mir eine bessere vorgestellt. Diese konnte ich ihm leider auch nach der Scheidung nie bieten. Nun wird er schon bald 15, es wird nicht mehr lange dauern und er geht seine eigenen Wege. Ich wünsche mir nur, wenn er irgendwann aus dem Haus ist, dass er jederzeit gerne wiederkommt zu mir.*

*Laura wird es auch nicht verstehen, wenn Heiko nicht mitzieht. Umso besser, wenn es im Guten auseinander geht.*

*Tagebuchauszug 13.06.93*

*Hatte heute einen miesen Tag. Ursache – bei dem gestrigen miesen Wetter hätte ich echt Lust gehabt, mal 'nen Sprung gen Osten zu machen. Und mir wurde wieder bewusst, dass ich davon fast 500 km entfernt bin. Dass das also ein sinnloser Gedanke ist.*

*Und somit wurde mir wieder klar, wie abgeschirmt ich hier wohne. Und dass mir hier jegliche Wärme fehlt. Alle sind freundlich, aber es fehlt echt menschliche Wärme!*

*Ja, so richtige Freunde habe ich nicht, ist mir bewusst geworden. Wo kann ich hin, mich ausweinen, anlehnen und darf bleiben, solange ich will? Bei jedem hat man das Gefühl, zu viel zu werden.*

*Wer fragt nach mir? Rufe ich nicht an oder schreibe nicht, wer tut es von sich aus?*

*Ja, der Gedanke wieder nach Bayern zu ziehen, da wird mir wärmer ums Herz. Mehr Bekannte, die Verwandten näher, mehr Wärme, mehr Ruhe. …*

Die Entscheidung machte mir immer mehr zu schaffen und zerrte an meinen Nerven. Bei der Arbeit konnte ich mich schlechter konzentrieren, sodass ich diese als stressig empfand und immer häufiger froh war, wenn das Wochenende nahte.

Leider hatte ich auch für die Kinder nicht die Geduld, die ich als Mutter haben sollte. Und mein armer Philipp bekam es dann leider einmal ab - ich rastete wegen einer Kleinigkeit plötzlich völlig aus und schlug so auf ihn ein, dass er bettelte, ich möchte aufhören. Ich war wie von Sinnen, schlug und weinte selbst.

Mein armes Kind! Philipp schaute mich dann so traurig an. Wie konnte ich nur meinen armen Schatz so schlagen, was war ich für eine Mutter! Ich hasste mich selbst dafür!

Philipp musste an diesem Tag Passfotos machen lassen und verließ dann das Haus. Auf den Fotos sah er tieftraurig aus. Es tat mir nochmal so weh, als ich die Fotos sah! Und es ermahnt mich immer wieder, meinen Kindern so etwas nie wieder anzutun! Es ist das Schlimmste, was es gibt, wenn die eigene Mutter ihr Kind schlägt! Ich schäme mich so sehr, das getan zu haben, verzeihe es mir nie!

Mit Philipp habe ich später mal darüber gesprochen. Es gibt dafür keine Rechtfertigung, keine Entschuldigung!
Er hat es mir verziehen. Gott sei Dank!!!

Meinen Arbeitgeber hatte ich mittlerweile von meinem Vorhaben, wieder zurück nach Bayern zu ziehen, informiert. Da wir ein sehr familiäres Unternehmen waren, nannte ich ihm auch die Gründe. Er legte mir nahe, gut abzuwägen zwischen Vorteilen und Nachteilen. An die Kinder sollte ich denken, die dann wieder die Schule und den Freundeskreis wechseln müssten. Er bot mir an, meine tägliche Arbeitszeit verlängern zu können, was sich positiv auf meine Finanzen auswirken würde, und mich bei der Wohnungssuche zu unterstützen. Zwei seiner Kinder waren etwa in Lauras Alter, sie könnten mal was zusammen unternehmen, schlug er vor.

Es gab noch etwas zu bedenken: Wolfgang überwies mir weniger als den geforderten Unterhalt für die Kinder und das Jugendamt hier war dabei, seine Begründung zu überprüfen. In Bayern drehten sich die Mühlen damals sehr gemächlich, sodass diesbezüglich solange ich dort wohnte gar nichts passierte. Hier ging man der Angelegenheit sofort nach, das Wohl der Kinder stand im Vordergrund.

Ich hatte mich letztendlich dafür entschieden, hier zu bleiben. Also gingen wir auf Wohnungssuche. Es war nicht so einfach, die Wohnungen auf dem freien Wohnungsmarkt waren teuer!

*Tagebuchauszug 06.08.93*
*Wahnsinn! Habe nach Annoncen geschaut, eine Wohnung – Zweieinhalb-Zimmer-Wohnung, 80 qm, 2. OG, Balkon, 985 DM plus Nebenkosten. Die Umgebung – ein Traum! Wunderschöne Häuser, riesige Balkons, viel, Grün, Spielplatz, Tiefgarage. Mit Nebenkosten (200 + 65 Garage) in Summe 1.250 DM. Immerhin*

*100 DM weniger als die Wohnung, die wir vorher besichtigt hatten! Das Geld würde ich zu gerne hinblättern!*

*Es gibt natürlich mehrere Bewerber. Was habe ich für Chancen mit 2 Kindern? Welche Chancen ohne Mann? Wie schon so oft gehört, bevorzugt man 1. Eheleute, 2. möglichst ohne Kinder, 3. sicheres Gehalt. Wenn ich Chancen haben will, muss ich zumindest – befürchte ich – Heiko mit angeben.*

*Notlüge riskiert, aber leider! Die Wohnung hat nur ein winziges Kinderzimmer, ca. 3 x 2 qm!*

Irgendwann hatten wir dann doch Glück und konnten eine für mich bezahlbare Wohnung (etwas über 1000 DM inklusive Nebenkosten) in schöner Umgebung beziehen. Zwar verlangte der Vermieter eine Bescheinigung über sicheres Gehalt und Festanstellung, aber diese stellte mir mein Arbeitgeber sofort aus.

Als wir die Wohnung renovierten, wäre ich am liebsten gleich dort geblieben, denn diese befand sich nicht mehr im Zentrum der Großstadt, es war wesentlich ruhiger und somit auch entspannter. Der Vermieter gestattete uns auch einen Bezug bereits zur Mitte des Monats.

Heiko hatte uns beim Renovieren der Wohnung und – wie versprochen – beim Umzug geholfen, auch die Kollegen und der Chef der Firma, in der ich arbeitete.

Die Wohnung hatte nur ein Kinderzimmer, war aber groß und geräumig. Somit bekam Philipp sein erstes eigenes Zimmer. Das Schlafzimmer trennte ich ab, sodass Laura ihren Bereich hatte und ich dort mit schlafen konnte.

Zur Schule hatte Philipp nun einen anderen Weg, dieser war aber ungefähr so lang wie der vorherige. Laura blieb vorübergehend noch in ihrer Schule, wir wurden aber angeschrieben, dass sie eine in Wohnortnähe aufsuchen müsste. Das hieß für sie natürlich wieder Schulwechsel, aber der Schulweg war nun sehr kurz, ich musste sie bald nicht mehr begleiten.

Langsam lebten wir uns in unserer neuen Umgebung ein und fühlten uns wohl.

Heiko besuchte uns noch einmal Anfang November. Bei diesem Besuch teilte er mir mit, er habe eine Neue kennengelernt und ich solle möglichst nichts mehr von mir hören lassen, es wäre ihm sehr ernst. Das zu hören tat mir dann doch etwas weh nach all der Zeit, die wir miteinander verbracht hatten.


*Tagebuchauszug 31.12.93*
*Letzter Tag im Jahr!*
*Was wird das neue Jahr bringen?*
*Ich wünschte mir von Herzen einen Mann, der mich aus dem tiefsten Inneren liebt, der mir das gibt, wonach ich die ganzen Jahre gesucht habe, das Gefühl, geliebt zu werden, so, wie ich bin, der mir das tiefe Gefühl von Geborgenheit und Wärme gibt, meinen Kindern ein lieber, guter Vater-Ersatz ist, mit dem ich endlich bis zum Ende meines Lebens richtig glücklich sein kann.*
*Ja, das wünsche ich mir aus tiefstem Herzen. Ich hätte gern eine richtige Familie. Ich habe nicht immer die Kraft, für meine Kinder alles zu sein. Und ich merke, dass jemand fehlt.*
*Ich möchte endlich mein Nest finden. Eins, wo sich meine Kinder wohl fühlen, genauso wie ich.*
*Heiko ist dieser Mann leider nicht gewesen.*

*Für das neue Jahr nehme ich mir vor, meinen Kindern eine liebere Mutter zu sein und mir mehr Zeit für sie zu nehmen und Streitereien mit meinen Eltern aus dem Weg zu gehen, ich werde sie nicht mehr ändern.*

Eines Tages begegnete ich zufällig G. wieder. Er sprach mich an. G. hatte ich vor vielen Jahren einmal kennengelernt, er war an mir interessiert und suchte Kontakt. Aber er war nicht mein Typ und ich ignorierte ihn.

G. machte mir erneut Komplimente. Wir unterhielten uns eine Weile. Er war inzwischen verheiratet, hatte Kinder. Ich war ja wieder einmal ohne Partner.

Nach ein paar Tagen bekam ich Post von ihm. Er habe sich wieder in mich verknallt. Aber ich hatte kein Interesse. Obwohl ich seinen Brief als sehr angenehm empfand.

Es kamen weitere Briefe und – trotz allem freute ich mich jedes Mal, wenn ich Post von ihm erhielt. Nachdem ich mich in meiner letzten Beziehung am Ende sehr oft unverstanden und verletzt gefühlt hatte, taten mir diese Zeilen gut. Aber das war auch alles, denn zum einen war G. überhaupt nicht mein Typ, und selbst wenn er es wäre – er war verheiratet, hatte Familie.

Da ich nicht auf seine Briefe reagierte, rief mich G. an und ich versuchte ihm zu verstehen zu geben, dass ich nicht wie er empfinde.

Trotzdem ließ mich das alles nicht los. Ich sprach mit Carmen darüber, denn seine Worte taten mir gut, mir wurde warm ums Herz, wenn ich sie las. Carmen meinte, dass sie sich so einen Mann eher als Heiko an meiner Seite vorstellen könnte, was ich ihr erzählt hatte, ließ ihn ihr schon sympathisch erscheinen.

Aber es hatte keinen Sinn. Es waren seine Worte und das, was sie in mir auslösten, nämlich dass ich mir einen Mann an meiner Seite wünschte, der so wie er auf mich eingehen würde. Es war aber nicht G. Und das schrieb ich ihm.

Danach ein Brief, indem er mir seine ganze Enttäuschung mitteilte, aber auch, dass er mir nicht böse sei. Eher ließ er mich nochmals wissen, dass er mich wirklich liebte, nicht nur verliebt sei und ihn auch nichts davon abbringen könne.

Nachdem ich dann erneut einen dicken Brief von G. erhalten hatte, in dem er zu verstehen versuchte, warum ich mich ihm versperrte, schrieb ich ihm noch einmal. Es fiel mir schwer und tat mir selbst weh, ihm mit meinen Worten wehtun zu müssen. Seine Briefe waren immer sehr liebevoll geschrieben, seine Worte das, wonach ich mich sehnte. Wenn er anrief, unterhielten wir uns immer sehr angenehm und es wärmte mir das Herz. Er war mir sympathisch und ich hatte das Gefühl, er hätte es nicht verdient so abgespeist zu werden. Aber er musste endlich verstehen, dass ich mit ihm keine Beziehung eingehen wollte. Auch teilte ich ihm mit, dass ich weitere Briefe ungeöffnet zurückzuschicken würde.

Der Brief war sicherlich hart für ihn, aber ich konnte nicht anders, um ihm seine Illusion endgültig zu nehmen.

Schade, dass er mir nicht als verständnisvoller Freund erhalten blieb.

Seine Liebesbriefe waren die schönsten, die ich je bis dahin erhalten hatte. Ich wünschte mir einen Mann kennenzulernen, der auch solche Eigenschaften wie G. hat, aber frei ist und mein Typ.

*Tagebuchauszug 29.01.94*

*Philipp gibt mir in letzter Zeit öfter mal ein Küsschen. Das hatte er lange nicht mehr gemacht. Ich hatte immer so Gefühl, dass ich nicht mehr an Philipp rankomme, er eine Mauer um sich aufbaut. Das tat mir sehr weh. Denn ich wollte ihm eine gute Mutter sein, er sollte sich geborgen fühlen zu Hause und geliebt.*

*Das glaubte ich nicht geschafft zu haben. Ich hatte das Gefühl, dass er mir mehr und mehr entglitt. Da zog ich meine Ex-Schwiegermutter zu Rate und Wolfgang. Und ich glaube, diese Gespräche haben mir sehr geholfen.*

*Nach einem weiteren Gespräch mit Philipp scheint es jetzt zu laufen. Gott sei Dank! Ich bin heilfroh!*

Trotz dass unsere Miete im Vergleich zu anderen auf dem freien Wohnungsmarkt nicht zu hoch war, musste ich streng haushalten, um mit meinem Gehalt auszukommen. Ich begann mich nach einem Nebenjob umzusehen. 500 DM im Monat mehr wären schon toll. Noch arbeitete ich nicht in Vollzeit, sodass mein Chef nichts dagegen haben dürfte. Aber es war nicht einfach, was Passendes zu finden.

Im Mai 94 musste unsere kleine Firma Konkurs anmelden. Es ging unserem Chef sehr nahe, aber es lag nicht an ihm. Die Firma, von der wir den größten Teil unserer Aufträge bezogen, wurde verkauft und die neuen Inhaber waren nicht an unseren Produkten interessiert.

Aber - Glück im Unglück - die meisten Mitarbeiter und der Chef konnten sich in dieser neuen Firma bewerben und wurden eingestellt, so auch ich. Mir wurde ein Arbeitsvertrag in der EDV-Abteilung angeboten als Anwendungsbetreuerin. Ich hatte in Bayern bei der Umschulung alle EDV-Kurse mit ‚sehr gut' abgeschlossen und es hatte mir auch Spaß gemacht. Einige Mitarbeiter in dieser Firma kannten sich in manchen Office-Anwendungen noch nicht so aus, sodass ich diese unterstützte oder selbst Datenbanken bearbeitete. Wusste ich nicht weiter, konnte ich mir jederzeit bei meinen Team-Kollegen Hilfe holen.

Und ich erhielt einen Vollzeitvertrag! Was ohne weiteres für mich möglich war, da der Standort als Außenstelle erhalten blieb und nicht weit von unserer Wohnung entfernt war. Das bedeutete einen kurzen Arbeitsweg und mehr Gehalt! Ich war sehr glücklich darüber.

Aber leider nicht lange! Nach einem dreiviertel Jahr wurden durch den neuen Geschäftsführer Umstrukturierungen angeordnet. Und auch ich sollte nun als Teamassistentin in der Marketingabteilung arbeiten, mit drei

Vorgesetzten aus drei verschiedenen Bereichen, wurde mir mitgeteilt. Diese Tätigkeit entsprach überhaupt nicht meinen Vorstellungen, worüber ich auch die Personalabteilung informierte. Aber diese teilte mir mit, die Versetzung erfolge innerhalb des zuständigen Direktionsbereiches. Ansonsten täte es ihnen leid, da müsste ich eben kündigen.

Ich hatte also keine Wahl!

Die neue Tätigkeit war dann der pure Stress – Berge von Arbeit, die nicht zu bewältigen waren, immer neue obendrauf und jeder Chef ordnete seine als sehr wichtig und sofort zu bearbeiten an, sodass ich mehr und mehr den Überblick verlor, den aber jeder Chef über sein Zuständigkeitsgebiet von mir erwartete.

Es war ein chaotisches Arbeiten und ich war total fertig, wenn ich nach Hause kam. Philipp und Laura spürten es auch und rieten mir, eine andere Arbeit zu suchen. Ich schaute mich auch um, aber das Problem war die Sicherheit. Hier hatte ich mittlerweile einen Vertrag mit einer Festanstellung, verdiente nicht schlecht und kam damit ganz gut über die Runden. Eine neue Firma bedeutete auch zunächst einen befristeten Vertrag, und ich hatte Verantwortung, musste allein für die Kinder sorgen.

Dann immer wieder Geschäftsführerwechsel, und damit verbundene Umstrukturierungen. Und auch ich bekam ständig neue Aufgabengebiete dazu. „Such dir eine andere Arbeit, Mami!" hörte ich immer wieder von meinen Kindern.

*Tagebuchauszug 10.04.95*

*So, nun habe ich meine ‚2. Schicht' hinter mir. Ist schon schöner Stress! Wenn's nach mir ginge – halbe Tage, vielleicht was nebenbei. Aber Mittag, wenn die Kinder kommen, zu Haus sein können, essen machen, einfach da sein. Zeit haben ihnen zuzuhören. Laura ist zurzeit so mitteilungsbedürftig. Ich höre nur halb hin, weil ich im Kopf nebenbei den Rest des Abends organisieren muss – Waschmaschine zurechtmachen, Wäsche abnehmen, andere wegräumen usw. Hatte mir mal vorgenommen, täglich ein Essen für die Kinder vorzubereiten - ich packe es nicht. Wenn sie wenigstens in der Schule essen könnten, aber das gibt es hier nicht. Zu viele Mütter, die zu Hause sind. Ich wär's auch gern! Aber dazu fehlt mir ein Mann, um das finanziell zu bewältigen.*

*Da habe ich überhaupt kein Glück! Warum nicht, weiß ich nicht. Lerne nichts Gescheites kennen. Bin auch sehr anspruchsvoll.*

*Ich wäre schon ganz froh, wenn ich bald mal einem Mann, der mir zusagt, begegnen würde. Ich fühle mich so leer. Die Arbeit nimmt mir die Kraft. Dann komme ich nach Hause zu meinen Kindern, die ich liebe, bin aber erschöpft und verbraucht und kraftlos. Trotzdem muss ich wieder voll da sein. Das kostet Kraft, und da wird mir manches schnell zu viel. Und dann schimpfe ich und schimpfe ich, statt dass ich die kurze Zeit, die wir uns am Tag sehen, ein Ohr für die Kinder habe.*

*Philipp erzählt nicht mehr viel. Er ist viel mehr mit seinen Freunden zusammen. Ist bestimmt auch normal. Aber eben die kurze Zeit, die wir zusammen sind, sollte harmonischer sein.*

*Warum ich so gestresst bin, wissen sie genau, denn es muss immer aus mir raus. Und sie sind geduldige Zuhörer. Als hätten sie* nicht eigene Sorgen! Da fehlt halt der Mann, der sich alles anhören, trösten und somit alles leichter machen könnte.

Was soll's. Trotzdem, ich werde mich nach was anderem umschauen. Ich habe keine Lust, meine Gesundheit ruinieren zu lassen!

Jetzt schau ich nochmal die Annoncen durch und dann – ab in die Heia.


### April 95

Meine Eltern wissen doch ganz genau, dass wir auf politischer Ebene unterschiedliche Meinungen haben. Wir haben so lang nicht miteinander telefoniert, bestimmt bald zwei Monate. Gesehen haben wir uns das letzte Mal im November vorigen Jahres, vor fünf Monaten. Die Entfernung ist groß (500 km), die Telefongebühren nicht niedrig. Also sind es nur ein paar Minuten, wo man einfach mal wieder den anderen hören möchte, wissen, wie's geht. Es sind doch Mutter und Vater!

Und in diesen paar Minuten müssen sie mir doch von der PDS-Zeitung erzählen, die sie erhalten, und in der auch die ehemalige Schwiegermutter steht. Was soll das?

Ich tue natürlich so, als hätte ich es überhört, gehe nicht darauf ein. Aber es ist, als wollen sie mir immer wieder verdeutlichen, was uns trennt. Tut weh!

Damals, als wir es endlich geschafft hatten und Westbürger wurden, damals, noch vor der Grenzöffnung, beantragte ich den Flüchtlingsausweis. Ich war der Meinung, dass ich sehr viel durchgemacht hatte. Allein schon im Elternhaus. Ich würde nicht mehr zur Familie gehören, sagte er zu mir, als er mich verabschiedete. Ausgestoßen, da ich mich politisch nicht so verhielt, wie es mein Vater von mir erwartete.

Das war zu seinem 50. Geburtstag. Ich werde es wohl nie vergessen, es läuft wie ein Film ab.

*Wenn ich diese Zeilen schreibe, wird mir ganz flau im Magen bei dem Gedanken, es könnte ein Buch daraus werden und auch meine Eltern könnten es in die Hand bekommen. Sind sie empört, wenn sie es lesen? Sind sie verletzt?*

*Aber eigentlich müssten sie ja stolz auf ihre – trotz der Wende – unschlagbare Haltung sein.*

*Oder? Haben sie etwas bereut? Schließlich haben wir wieder Einlass bei ihnen und – wir werden wirklich sehr lieb aufgenommen, wenn wir zu Besuch sind.*

*Nein, ich will kein Urteil fällen über meine Eltern, ich will ihnen auch nicht wehtun, sie nicht verletzen. Ich kann so viel verzeihen. Ich bin nur sehr, sehr traurig, denn mir fehlt ihre Liebe sehr.*

*Ja es war hart! Hart allein, was ich in der Familie erlebte, nur aus politischen Gründen. Geschweige, was wir – mit meinen Schritten, die sich in den letzten Jahren eindeutig gegen dieses Regime richteten - als Familie für Aussichten hatten.*

*Tagebuchauszug 13.04.95*

*Die Kinder sind heute wieder in die Ferien gefahren, Wolfgang und Freundin habe sie abgeholt.*

*Und ich habe dann geschaut, ob was Gescheites im Fernsehen kommt. Dachte – vielleicht schau ich mir „Flucht in den Tod" an, ein Drogendrama.*

*Ich habe mir den Film angeschaut. Und immer wieder Rotz und Wasser geheult. Ja, war gut, dass ich ihn gesehen habe. Man denkt mehr nach hinterher.*

*Ein gesundes Kind, in einem ordentlichen Elternhaus aufgewachsen, Sportler, gut in der Schule, lieb, ..., eben ganz normal. Und kommt durch Zufall an die Droge CRACK. Und kommt dann nicht mehr los davon. Sein bester Freund kann ihm nicht helfen. Er nimmt sie vielleicht 2 Monate, nicht länger, sein Herz versagt, er ist tot!*

*Der Junge hatte Probleme, aber keiner hat ihn damit ernst genommen. Alle hatten nur Erwartungen, die er erfüllen sollte.*

*Da kommen Gedanken - oh Gott, die Jugendlichen sind am meisten gefährdet. Sie sind so sensibel, und andererseits möchten sie auch was erleben.*

*Und dann rasselt das Gewissen: Nehme ich meine Kinder ernst genug? Höre ich richtig zu? Nehme ich mir genug Zeit? Achte ich auf alles? ...*

*Nein! Im Gegenteil - sie müssen mir zuhören, wenn ich von der Arbeit komme und erzähle, um meinem Ärger Luft zu machen. Dabei ist Laura – besonders in letzter Zeit – sehr mitteilsam. Das kleine Mäulchen geht nicht zu. Und einerseits würde ich mich am liebsten hinsetzen und ihr nur zuhören, andererseits muss ich den Abend mit durchorganisieren, schließlich bin ich ja den ganzen Tag auf Arbeit.*

*Aber ich sollte froh sein, dass sie so plappert und nicht verschlossen ist. Philipp erzählt nicht so viel, eher wenig. Aber er* ist ein sehr guter Zuhörer (Laura auch). Er hat seine eigenen Interessen, will jetzt viel mit Freunden zusammen sein.

Philipp ist sehr verständnisvoll. Wenn ich rummeckere, nimmt er mich ernst. Das merke ich daran, dass er am nächsten Tag schon versucht, auf alles einzugehen.

Nehme ich ihn aber auch so ernst, seine Wünsche, seine Belange? Nehme ich mir für ihn genug Zeit? Okay, wir sitzen auch manche Tage da und reden und reden. Das tut auch mir sehr gut. Ist mir wichtig! Aber gerade Philipps Bedürfnis, öfter mal Freunde einzuladen… Ist einfach so, dass ich mich da in meinem Rhythmus gestört fühle. Dabei wollen die nicht immer großartig mitessen oder dergleichen, sondern einfach nur zusammen sein. Warum dulde ich das so wenig? Wie heute, wo ein Freund von Philipp herkommen wollte. Er ist jetzt sehr oft bei Philipp, scheint sich wohl zu fühlen. Warum lasse ich das so selten zu? Andererseits ist es mir so wichtig, dass es den Kindern gut geht, dass sie glücklich sind!

Ein anderer Freund – gefährdet, dass er auf die schiefe Bahn gerät. Aber auf Philipp hört er. Zu uns kommt er auch gern. Er stört auch nicht. War schon mit uns im Urlaub. Warum lasse ich die Kinder nicht kommen, einfach so? Ich muss da an mir arbeiten.

Ich möchte, dass meine Kinder glücklich sind! Wie oft ist schon von mir gegenüber Philipp der blöde Satz gefallen: ‚Das kannst du machen, wenn du eine eigene Wohnung hast‘. Fast jedes Mal war ich danach über meine eigenen Worte schockiert, der Satz schlug auf mich zurück: Was sagst du da! Drängelst du ihn auszuziehen?

Solche Sätze dürfen nicht fallen, weil ich das gar nicht will!! Es würde mir so wehtun, wenn sich Philipp abwenden würde, wenn ich wüsste, ich habe ihm wehgetan. Ich muss mich ändern!!

Immer wieder belastete es mich, keine guten Freunde hier zu haben. Meine Sorgen und Probleme vertraute ich nach wie vor meinen Tagebüchern an, versuchte mir somit Luft zu machen oder Klarheit in meinen Gedanken zu bekommen. Carmen hatte mir zwar immer sehr geholfen, hatte auch immer ein Ohr für mich, aber sie war weit weg. Wir telefonierten ab und zu, aber in der Regel gingen die Telefonate von mir aus.

Mit Beate, deren Tochter mit Laura in einer Klasse war, verstand ich mich relativ gut. Ab und zu unternahmen wir was zusammen oder sie lud mich zu sich nach Hause ein. Allerdings fühlte ich mich immer bei Pärchen unwohl, da ich mein Alleinsein dann noch stärker wahrnahm.

In der DDR hatte ich mich mit meinen Arbeitskolleginnen und einem Kollegen sehr gut verstanden. Es tat immer gut, sich mit ihnen austauschen zu können. Ab und zu unternahmen wir auch etwas gemeinsam. Und mit einigen hatte ich auch privaten Kontakt.

So enge Freundschaften unter Kollegen hatte ich hier noch nicht kennengelernt. Da war immer so ein bisschen Vorsicht zu spüren und auch Konkurrenzdenken, sie wirkten reserviert. Keiner – ich inbegriffen – war bereit, sich privat zu weit zu öffnen.

Zu meinen Geschwistern hatte ich auch immer ein gutes Verhältnis gehabt. Allerdings spürte ich einen Knacks nach der Wende.

Jetzt, wo die Kinder oft einen Teil ihrer Ferien bei ihrem Vater verbrachten, ich also mehr Zeit für mich selbst hatte, belastete mich das Alleinsein, mein Singledasein, umso mehr. Ich konnte nicht nachvollziehen, was andere daran so toll fanden. Nicht, dass ich keine Interessen hatte, denen ich nachgehen konnte, aber alleine machten mir Ausflüge, Kinobesuche oder dergleichen nur wenig Spaß.

*Tagebuchauszug 16.04.95 (Ostersonntag)*

*Warum beneidet man Singles? Wenn man jung ist, alle ringsherum auch Singles sind, die wenigsten nicht, dann mag es schon Spaß machen.*

*Aber was ist im Vergleich eine Partnerschaft! Das Gefühl, dass da noch jemand ist, der zuhört, einen liebt, braucht, vermisst,... Das fehlt! Als älterer Single hockst du allein zu Haus, gehst mal einkaufen, machst Sport (wo nur Frauen sind), siehst ab und zu einen, wo das Herz höher schlägt, aber siehst ihn eben nur, mehr nicht. Kannst tun und lassen was du willst, keiner drängt dich, keiner verlangt etwas von dir, ..., aber keiner vermisst dich!*

*Aber wie soll ich einen Mann kennenlernen, der zu mir passt? Annoncen?*

*Tagebuchauszug 21.04.95*

*So, nun hat er angerufen, der Lehrer, dem ich auf einen Annonce geschrieben hatte. Der Text hatte mir zugesagt. Dann hörte ich wenigstens eine Woche (oder 2 oder mehr) nichts.*

*Anfangs ging die Unterhaltung sehr schleppend. Dann sprachen wir doch über dies und das und er wirkte sehr interessiert.*

*Also, er heißt Bruno, wohnt ca. 50 km entfernt, groß, schlank, dunkle Haare.*

*Erzählte - viel Freizeit, viel Geld, sicherer Arbeitsplatz…*

*Hat 2 Katzen (zugelaufene), wahrscheinlich Haus mit Grundstück, seinem Reden nach.*

*Hier geboren, liebe seine Heimat, geht gern in die Spielhalle, zu Pferderennen. Hoffentlich ist er keine Spielernatur! Es sind sehr teure Hobbys!*

*Politisch interessiert und engagiert. Wöchentlich zum SWF, auch zur Schlagerparade. Ab und zu mit Freund in Sauna und anschließend gern Bier trinken, fällt mir noch ein. Und gern zum KSC.*

*Kein Nachtschwärmer, gehe nicht so spät ins Bett, stehe eher früh auf.*

*Und was mache ich gern? Durch Beruf und Familie bleibt schon nicht allzu viel Freizeit. Einmal – wenn ich entspanne, lese ich Zeitungen, Prospekte, Zeitschriften. Ich informiere mich gern über den Rest der Welt, über Sehenswürdigkeiten, über Menschen. Aber es ist alles nicht so ausgeprägt, dass ich nur diesen Sachen nachgehe. Ich höre auch gern schöne Musik, liebe die Sonne, die Natur, die Vögel, das Meer, die Berge. Ich gehe gern mal bummeln.*

*Im Sommer lege ich mich gern an den Baggersee und relaxe so richtig schön. Ich lese gern mal ein schönes Buch (leider schon lange nicht mehr!).*

*Naja. Ich muss mich nicht bei ihm einschmeicheln. Er muss genau so vor mir bestehen, wie ich vor ihm.*

*Er hat mich nach ‚verheiratet gewesen' und Kindern gefragt. Ich habe vergessen ihn zu fragen.*

*Wollte sich evtl. mit mir treffen. Na, mal sehen. So ein richtiges Bild kann ich mir von ihm nicht machen. Nach allem, was ich so gehört habe, passt die Annonce nicht zu ihm. Er klingt mehr so nach Macho.*

*Er wird mich nächste Woche wieder anrufen.*

*Also, nun warte ich einfach mal ab.*


05.05.95

*Ich träume immer noch von dem Mann, dem ich begegnete, den ich anschaute und wo ich nicht mehr wegschauen konnte. Sonst, wenn mir ein Mann gefiel, schaute ich immer verlegen zur Seite. Dieser Mann dagegen hielt meinen Blick gefangen. So etwas hatte ich noch nie erlebt. Er faszinierte mich von Kopf bis Fuß, seine ganze Erscheinung drückte das aus, wonach ich schon Jahre suchte. Vielleicht ging auch ihm es so? Vielleicht, denn auch er ging an mir vorbei und seine Augen hafteten auf mir. Richtiger – unsere Augen hatten sich verfangen.*

*Ich bilde mir ja ein in den Augen und der Art und Weise, wie sich jemand bewegt so viel über ihn lesen zu können.*

*Aber er ging weiter, das kleine Mädchen (seine Tochter?) neben ihm. So sehr wünschte ich mir, ihm wieder zu begegnen. Doch dabei blieb es leider.*


*Und nun hatte ich schon das zweite Mal auf eine Annonce geschrieben, dieses Mal einem Lehrer (Bruno) - klang ganz gut.*

*Ja, was will ich. Er ist groß, intelligent, trotzdem nicht arrogant, nett. Es gibt viel, worüber ich mich mit ihm unterhalten kann.*

*Aber seine Körperhaltung lässt auch einiges aus ihm sprechen, was ich nicht an einem Mann suche. Sie drückt Unterwürfigkeit, Schwäche, Unsportlichkeit, Verletzbarkeit aus. Er erzählt mir so* viel von seinen Liebschaften vor mir (ohne, dass ich fragte), dass ich das Gefühl habe, er hätte es noch nicht verarbeitet.

Irgendwie ist er mir nicht Mann genug. Vielleicht denke ich auch verkehrt. Ich kenne ihn gerade eine Woche. Aber in dieser Woche haben wir uns so oft gesehen oder telefoniert. Es ist mir echt schon zu viel. Ich fühle mich überrumpelt. Mein eigenes Ich hat kaum Gelegenheit, zu sich zu finden. Ich komme nicht zum Verdauen, glaube zu ersticken. Ich ringe nach Freiheit, fühle mich wie auf eine Tür zustürzend im vom Qualm erfüllten Raum.

Ja, er gibt mir keine Zeit zur Besinnung, belagert mich täglich, klammert. Und ich habe nur noch ein Bedürfnis, ihn abzuschütteln. Warum hat er kein Verständnis, wenn ich sage, heute habe ich keine Zeit! Warum muss ich mir was ausdenken, um endlich mal frei atmen zu können?

Mag sein, dass er sich verknallt hat (auch wenn er's leugnet – so was gäbe es in seinem Alter nicht mehr). Gestern ging er nach Mitternacht, obwohl er nur eine Stunde bleiben wollte. Heute Morgen rief er mich schon wieder an. Und warf mir dann so halb vor, ich könnte ja auch mal anrufen. Und heute Abend rief er schon wieder an. Hilfe!!! Gegen 22:30 Uhr stellte ich das Telefon ab, um meine Ruhe zu haben. Am Sonntag erwartet er uns. Weiß noch nicht, ob ich will. Es geht mir alles zu schnell. Vielleicht habe ich auch Lust hinzufahren? Weiß noch nicht. Warten wir's ab. Auf alle Fälle werde ich nicht wieder was tun, was ich nicht will. Geht mir alles viel zu schnell. Wenn's nach ihm ginge, hätten wir am 3. Tag schon zusammen geschlafen. Aber ich blockte es ab. Gott sei Dank! Ich glaube ich hätte mich sonst übelst gefühlt. Es reichte schon so.

Also - entweder spüre ich das Verlangen ihn wiederzusehen, oder nicht.

So, nun lese ich den Kurier! Zwei Wochen hatte ich (komischerweise) keinen im Briefkasten. Bin gespannt, was die Männerwelt so bietet! Und gebe natürlich den Gedanken an meine schönste Begegnung nicht auf.

Zwischenzeitlich hatte ich unheimlich viele Träume. Und Träume sollen ja auch eine Bedeutung haben. Aber ich träumte nicht von Bruno, sondern von einem Kollegen. Beeindruckt hatte dieser mich schon immer. Ich wurde nervös, wenn er mir zu nahe kam, sehr nervös. Ich wusste nie, ob er auch so empfand. Manchmal schaute er mir so tief in die Augen, dass ich wegschauen musste. Er machte mich verrückt mit seinen Augen, sein Blick ging mir durch und durch. Leider dachte ich immer, ich wäre ihm zu alt. Umgedreht machte er manchmal Bemerkungen wie ,In deinen Augen bin ich ja noch ein grüner Junge', die mich nachdenklich machten.

Ich wollte mich nicht blamieren, da ich einige Jahre älter war als er. Ich fürchtete mich lächerlich zu machen, wenn ich ihm gestand, was ich für ihn empfand. Somit ist es immer nur mein Geheimnis geblieben und nur in meinen Träumen konnte ich ihm ganz nah sein.

Schon lange hatten wir uns gewünscht, einmal Ferien auf einem Reiterhof zu machen, Laura schwärmte von Pferden und auch ich wollte gerne Reiten lernen und mehr über die Haltung, Pflege, Fütterung von Pferden erfahren. Und in diesen Pfingstferien, im Mai, planten wir, diesen Wunsch endlich umzusetzen.

Da der Reiterhof schlecht zu erreichen war – wir wollten mit dem Zug fahren – bot uns Bruno an, uns mit dem Auto hinzubringen. Ich kannte Bruno noch nicht lange und fand sein Angebot nett. Uns hätte auch die Zugfahrt nicht belastet, aber so war es natürlich wesentlich unkomplizierter.

Da Laura aktive Reiterferien machen wollte, wurde sie einer Gruppe Mädchen zugeteilt, Philipp und ich als Familienangehörige waren in einem anderen Gebäudetrakt untergebracht und hatten ein schönes Zweibettzimmer. Als alle Formalitäten erledigt waren, wollten wir uns von Bruno verabschieden. Er teilte uns aber mit, er habe sich ein Hotelzimmer in der Nähe für die Zeit gebucht. Ich fühlte mich ein bisschen überrumpelt, denn ich wollte diese Ferien gemeinsam mit meinen Kindern verbringen und ahnte, dass Bruno auch Zeit mit mir verbringen wollte.

Und so war es dann auch, er war ständig an unserer Seite, lud uns auch mal abends alle zum Essen ein, hatte aber auch mit Philipp und mir einen Ausflug geplant und erwartete nicht zuletzt, dass ich über Nacht bei ihm im Hotelzimmer blieb. Da Philipp sich nicht so für Pferde begeistern konnte und es wenig Beschäftigung für ihn auf dem Reiterhof gab, war der Ausflug sicher für ihn eine interessante Abwechslung. Aber ich musste mich durchringen, wenigstens einmal bei Bruno zu bleiben, tat es eigentlich nur, weil er den Beleidigten spielte und ich mich ihm irgendwie verpflichtet fühlte. Es tat mir nicht gut!

Ich ärgerte mich im Nachhinein, Brunos Angebot, uns zu fahren, angenommen zu haben, denn so hatte ich mir die Ferien mit meinen Kindern nicht vorgestellt. Bruno war ständig da und ich fühlte mich immer wieder hin und her gerissen zwischen dem, was ich eigentlich wollte und Brunos eingeforderter Aufmerksamkeit.

*Tagebuchauszug 19.06.95*

*Sieben Wochen und vier Tage kenne ich Bruno nun schon. Wir haben uns sehr viel gesehen in dieser Zeit. Ich kann meine Gefühle für ihn noch nicht richtig deuten, mal so, mal so. Mal bin ich in ihn verliebt, mal nervt er mich so, dass ich Abstand brauche. Ihm würde es auch so gehen, meinte er. Ich vermute aber eher, dass er darunter leidet. Er sieht richtig glücklich aus, wenn ich ihm was Liebes sage und sehr unglücklich, wenn ich abweisend bin.*

*Bruno hat viele Eigenschaften, die ich an ihm mag. Im Verhältnis wenig, was ich nicht mag. Er ist sehr unordentlich, gibt sich aber Mühe es mir zu Liebe zu ändern. Und er jammert mir zu viel, wenn ich ihn nicht immer anerkenne in seinen Bemühungen.*

*Sein Äußeres zieht mich nicht so an, wie es bei anderen Männern der Fall war, eigentlich das Gegenteil von Mann, was ich bevorzuge. Und er scheint ungeschickt zu sein, jedenfalls wirkt er so auf mich.*

*Andererseits ist er sehr großzügig, bringt ständig was aus dem Garten für uns mit, will bezahlen, wenn wir essen gehen. Er versucht uns viel zu bieten, ich denke da z. B. an das Pferderennen, war sehr schön.*

*Und er bot mir sofort an, dass ich (für eine Fahrt in den Osten) sein Auto haben kann, er wird sehen, dass er für die Tage jemanden findet, der ihn mit zur Schule nimmt. Das ist ganz toll lieb, denn er ist auf sein Auto angewiesen.*

*Momentan putzt er sein Auto, weil ich mal so geschimpft habe, wie schmutzig es ist.*

Ja, ich sollte mir schon genau überlegen, was ich will!

Ich bin auch nicht mehr die Jüngste. Und alles, was mir gefällt, werde ich wohl nie bei einem Mann zusammen haben.

Meine Träume wie Haus und Garten fänden bei Bruno seine Erfüllung. Aber es wäre fies, nur das zu sehen. Er könne mir auch Sicherheit geben, sagte er, was auch schön ist.

17.07.95

Oh, wie schwanken doch meine Gefühle hin und her! Letztens redete ich noch mit Beate, und mir fielen doch nur die Sachen von Bruno ein, die ich nicht so mochte.

Als das Wochenende kam, bekam ich Sehnsucht nach Bruno, Sehnsucht nach dem Frieden in seinem Haus. Ich fühlte mich abgespannt und konnte mir nichts Schöneres vorstellen, als das Wochenende bei ihm zu verbringen.

Ich freute mich auf den Samstag. Und es war wunderschön. Am liebsten wäre ich bei ihm geblieben. Jedes Mal fühle ich mich bei ihm so wohl. Ich verstehe es nicht! Ist Bruno hier, komme ich weniger zurecht, empfinde ihn oft als Störenfried, so wie er es richtig schon paarmal geäußert hat. Ist komisch, kann ich nicht erklären, ist aber so.

Ist er mit mir am Baggersee, sehe ich seine nicht sehr sportliche Figur, urteile äußerlich. Sind wir bei ihm, empfinde ich seine Liebe und Fürsorge als so angenehm, dass das andere für mich nebensächlich ist. Ist er bei mir, sehe ich nur immer seine Unordnung mir im Weg stehen.

19.07.95

Warum geht es mir so durch den Kopf, wie ich seinen Garten gestalten würde?

Dann erzählte Bruno mir, dass der Maler da war, sich das Haus angeschaut hätte. „Alles weiß, ist das okay?" fragte er mich. Malt er sich seine Zukunft mit mir aus?

*Auch zu den Kindern ist er sehr lieb.*

*Die Woche werden wir uns oft sehen. Freitag ist Philipps Abschlussfeier, am Samstag bei Laura, Sonntag Boccia-Tournier. Da geht er überall mit hin. Da lernen ihn alle kennen. Bin gespannt auf die Reaktionen.*

Laut meinen Tagebuchauszügen war ich von Bruno an allen drei Tagen weniger begeistert.

Bei Lauras Schulfest stritten wir uns, da er weder mir beim Tragen half, noch half er – wie die anderen Männer - am Ende des Festes Tische und Bänke abzubauen, sondern unterhielt sich die ganze Zeit über. Ich schämte mich, so einen Mann dabei zu haben, der nicht mit anpackte.

Seitdem ich mit Bruno zusammen war, wurde es bei uns immer unordentlicher, die Kinder machten vieles nicht mehr wie früher, ich war deshalb oft verärgert und fühlte mich immer unwohler. Und wenn ich von den Kindern Ordnung verlangte, redete mir Bruno noch dazwischen.

An meinem Geburtstag waren auch meine Eltern da, lernten Bruno kennen und wir machten gemeinsame Ausflüge. Bruno kannte sich sehr gut aus, konnte viel Interessantes berichten. Wir verstanden uns alle sehr gut und es war richtig schön.

Aber außer Blumen erhielt ich kein Geburtstagsgeschenk von Bruno, was mich etwas irritierte.

In den folgenden Monaten, wo wir uns näher kennenlernten, war unsere Beziehung für mich ein ständiges Auf und Ab der Gefühle.

Als die Kinder in den Ferien bei ihrem Vater waren, hatten wir viel Zeit füreinander, fanden gemeinsame Interessen und es war immer total erholsam und entspannend, wenn ich mit ihm zusammen war, sodass ich ihn lieb gewonnen hatte.

Andererseits störte mich seine Unordnung und Unsauberkeit, besonders wenn er bei mir war. Aber auch bei ihm zu Hause empfand ich das zum Teil als sehr unangenehm. Sprach ich ihn darauf an, stieß ich auf genervtes Gestöhne und Widerwillen. Seiner Meinung legte ich darauf zu viel Wert. Er warf mir dann immer wieder vor, dass das meine Erziehung aus dem Osten sei. Aber so war ich halt, anders fühlte ich mich nicht wohl.

Den Urlaub am Ende der Sommerferien verbrachte ich dann gemeinsam mit Philipp und Laura in Italien. Und ich freute mich schon wieder auf Bruno, als die zwei Wochen zu Ende gingen. Und Bruno freute sich auch auf uns.

Aber nun kam auch die Arbeit wieder auf mich zu, die mir keinen Spaß mehr machte und mich zunehmend belastete. Ich machte mir Hoffnung, dass ich diese Tätigkeit vielleicht irgendwann aufgeben könnte, wenn sich meine Beziehung zu Bruno festigen sollte.

Mit der Zeit nahm ich dann leider Veränderungen an Bruno wahr, die mir nicht gefielen. Er begann sich in meiner Gegenwart gehen zu lassen und weniger Wert auf sein Äußeres zu legen. Ich sprach ihn darauf an, empfand das nicht gerade anziehend. Dass ein Mann gepflegt ist und sich gegenüber der Partnerin nicht gehen lässt, sollte meiner Meinung nach selbstverständlich sein. Das ist auch eine gewisse Achtung und Wertschätzung, die man der Partnerin entgegenbringt. Bruno sah das nicht so.

Ich hatte nicht das Bedürfnis, jedes Wochenende mit Bruno zu verbringen. Manchmal wollte ich einfach in Ruhe meinen Haushalt in Ordnung bringen, manchmal hatte ich wieder mal Lust alleine zu sein, bummeln zu gehen, nach Klamotten zu schauen. Bruno hatte dafür absolut kein Verständnis. Er reagierte sehr gereizt und stellte daraufhin die Beziehung infrage.

Und auch ich wurde unsicher.

Zwischenzeitlich wieder totaler Stress auf Arbeit und der Wunsch, mir eine neue Stelle zu suchen, doch wo?? Hält die Beziehung zu Bruno oder nicht?

Ich war mir meiner Gefühle nicht sicher. Bezüglich einer Partnerschaft hatten wir vielleicht doch zu unterschiedliche Vorstellungen. Und manche Sachen stießen mich leider total ab, dagegen konnte ich mich nicht wehren.

Am 13. November 95 erhielt ich dann auch das von mir angeforderte Zwischenzeugnis. Ich war sehr zufrieden damit.

Die Arbeit wurde mehr und mehr eine Belastung für mich, so dass ich die Unterlagen zusammen haben wollte, falls ich mich nun doch in einer anderen Firma bewerben würde.

*Tagebuchauszug 13.11.95*

*Das war Brunos 3. Wutausbruch, den ich erlebte, in nicht allzu großen Abständen. Und das, wo wir nicht zusammen leben, uns erst ein halbes Jahr kennen!*

*Wieder kommt in mir der Gedanke, dass er zwei Gesichter hat. Spielt er mir was vor? Was will er? Überall bei ihm noch Sachen von einer (mehreren?) fremden Frau, die Schränke sind voll damit. Tut er ab und zu nur so nett? Ist er falsch?*

*Ich fühle mich nicht gut, werde aus ihm nicht schlau. Sein Verhalten lässt seine guten Eigenschaften verblassen.*

*Tagebuchauszug 21.12.95*

*War das ein beschissener Tag heute! Der letzte Arbeitstag dieses Jahr, aber der hatte es noch einmal in sich. Wollte kurz vor 16:30 Uhr spätestens gehen, hatte noch einen Arzttermin, aber konnte dann nur noch mit dem letztmöglichen Bus fahren, war nicht einmal mit der Arbeit fertig geworden.*

*Als ich dann endlich zu Hause war, schlief mein Laura-Schatz bereits. Habe sie nur heute Morgen gesehen.*

*Bruno habe ich auch angerufen und heute auch mal erreicht. Nachdem ich am Sonntag nicht mit bei seiner Weihnachtsfeier war, scheint der Ofen wieder mal aus zu sein. Ich wollte eigentlich gehen, fühlte mich aber dann unwahrscheinlich gehetzt und sagte Bruno ab. Nach dem Stress der letzten Woche sehnte ich mich nur noch nach Ruhe. Bruno hatte kein Verständnis. Seitdem ist Sendepause.*

*27.12.95*

*Bruno hat nicht versucht mich zu verstehen. Er hat mir die ganze Woche übelst mitgespielt, hat mich bezüglich Weihnachten total hängen lassen, total. Das tat mir sehr, sehr weh.*

*Und ich überlegte wieder, ob ich so einen Mann will, der nicht versucht mich zu verstehen, mich dafür mit Schweigen und Abblitzen straft, mir zeigt, wie wenig er mich braucht, er hat ja seine Freunde.*

*Das tat sehr weh! Zumal es von mir keine Laune war, sondern einfach ein Zustand der Erschöpfung.*

*Und ich sah eine Zeit mit Bruno vor mir, wo alles nach ihm zu gehen hat, und ich – inzwischen zu ihm gezogen - kann nicht mehr weg. Und ich überlegte, ob ich diesen Mann noch will, der nur sich versteht, der so vorwurfsvoll ist, nachtragend, stichelt.*

*Nein, mein Typ ist er eh nicht. Viele Sachen stören mich an ihm. Warum suche ich mir nicht einen anderen? Warum mache ich es mir so schwer? Ich sollte die Sache beenden.*

*Was wird neben ihm mein Lebensinhalt sein? Seine vielen Feiern, wo er sich sehen lassen muss und ich an seiner Seite, Veranstaltungen, wo er hingeht, ehrenamtlich hilft, ich muss natürlich mithelfen. ...*

*Ist es das, was ich suche?*

*Was wird aus meinen Interessen?*

*Nein, ich sollte es abschließen.*

*Ich sprach mit meinen Eltern über Bruno, sprach die letzte Woche an. Meine Mutti: Sie wollten sich nicht einmischen, aber der Altersunterschied ist bestimmt zu groß, das wird bestimmt nichts, meinten sie. Er wäre so gesetzt.*

*Ich sprach mit Beate. Sie glaubt nicht, dass Bruno der Richtige für mich ist, zählte einiges auf, was ich auch so empfand, riet mir es abzuschließen.*

*Dann war Bruno plötzlich wieder da. Ich wollte ohne Streit alles abschließen, aber Bruno bat mich immer und immer wieder, uns noch eine Chance zu geben, ich soll das so schnell nicht aufgeben.*

*Und eine Entscheidung muss noch von ihm gefällt werden, habe ich ihm gesagt: Ich mag die Sachen der anderen Frauen nicht mehr sehen! Das ist ein Gefühl, als würde eine andere Frau neben mir existieren. Er soll mir beweisen, dass es nicht so ist, indem die Sachen verschwinden.*

Irgendwann verbrachte ich mit Laura wieder ein Wochenende bei Bruno. Am Abend hatte er eine Veranstaltung, zu der er mich bat, mitzukommen. Laura durfte noch etwas fernsehen, wir würden nicht lange weg sein, meinte Bruno.

Während des Essens wurde Bruno ans Telefon gerufen. Von da kehrte er ewig nicht zurück. Mir wurde dann mitgeteilt, er sei kurz nach Hause gefahren, was mich sehr beunruhigte, da ich mir wegen Laura Sorgen machte. Als Bruno endlich wiederkam, sagte er nur, er habe etwas klären müssen, es sei alles in Ordnung. Mit Laura hätte es nichts zu tun, beruhigte er mich.

Laura sprach mich am nächsten Morgen an, sie müsse mir unbedingt etwas erzählen, sie wirkte etwas verstört:

Als sie Fernsehen schaute, hörte sie auf einmal, wie jemand die Haustür aufschloss. Sie dachte, wir seien es. Doch dann sah sie plötzlich eine fremde Frau in der Küche, welche gerade dabei war, einen großen Einkauf auszupacken. Diese Frau habe sie dann gefragt, wo Bruno sei und ihn dann angerufen.

Laura hörte: Bruno sei ein gemeiner Lügner, das Kind täte ihr leid, sie würde am liebsten allen erzählen, was er für ein Lügner ist.

Kurz darauf sei Bruno gekommen. Sie hätten gestritten. Die Frau habe Bruno gefragt, warum er zu ihr gesagt habe, sie solle doch ihre Sachen alle da lassen, sie müsse diese doch eh wieder herbringen, wenn sie wieder zu ihm zieht.

*Tagebuchauszug 19.03.96*

*Von Bruno will ich nicht viel schreiben heute, nur, dass Schluss ist, endlich, Dank der Frau, von der sich noch so viel in seinem Haus befand. Er hat mich so belogen, ich kann es nicht glauben. Das tut weh!*

*Bruno rief immer wieder an, es sei nicht wahr, was diese Frau behauptet hätte, ich würde ihm unrecht tun. Sein letzter Satz am Freitag (rief extra nochmal an, um mir das zu sagen), er habe nur mich lieb, in seinem Herzen sei nur ich.*

*Warum hat Bruno alles unverändert gelassen? Gerade so, als würde sie jeden Moment wieder einziehen?*

*Ich weiß die Wahrheit noch nicht. Und falls die Wahrheit ist, dass sie gelogen hat, um Bruno eins auszuwischen, dann erwarte ich von ihm Konsequenzen. Soll er von ihr doch verlangen, dass sie alles, aber alles rausräumt. Sie behauptete noch dort zu wohnen, auch wenn sie nur selten da ist. Und so sieht es – leider – auch aus.*

*Einmal sagte Bruno, wenn er wüsste, dass es mit uns gut gehen würde, dann würde er sie alles rausräumen lassen. Warum nur dann???*

*Es klingt für mich glaubhaft, wenn sie sagt, Bruno hätte sie gebeten zurück zu kommen, er hätte sich noch nie so gut mit jemand verstanden wie mit ihr, und mit der anderen Frau (mir), das würde nichts werden.*

*09.04.96*

*Brunos Reaktion war, dass er nicht mehr alleine bleiben wolle. Außerdem hätte er sich eine Annonce rausgesucht, auf die er vielleicht schreiben würde, oder ob ich denn bereit wäre nicht bloß ab und zu für ihn da zu sein, sondern regelmäßig, mich auch an der Arbeit, die um und im Haus anfällt, zu beteiligen, usw., aber alles eben regelmäßig und nicht nur ab und zu.*

Nach allem, was vorgefallen war, konnte ich mich dazu nicht äußern. Ich war nicht bereit, die Beziehung so fortzusetzen, als sei nichts geschehen.

Und zu Bruno zu ziehen, um ihm diese Bedingungen zu erfüllen - soweit war ich noch lange nicht!

Und abgesehen davon, dass ich nach allem nun eher weit davon entfernt war, hatte ich diesbezüglich auch noch ein anderes Problem: Mein Philipp!

*Fortsetzung Tagebuchauszug*

*Mein Philipp, der so lang wie möglich bei mir wohnen wollte, weil er fand, dass wir uns gut verstehen - was mir auch gut tat zu hören, nach allem, was er erleben musste, auch Ungerechtigkeiten von mir, mein Philipp, der praktisch in der Luft hängen würde! Denn zu Bruno zu ziehen würde für ihn bedeuten entweder schon wieder die Schule zu wechseln (was sich wohl nicht lohnt für zwei Jahre Gymnasium - falls es überhaupt dort in der Nähe möglich wäre), oder täglich 50 km Schulweg einfache Strecke zu haben.*

*Geschweige denn, dass Bruno ständig von uns erhofft, dass wir so bald wie möglich zu ihm ziehen, nur von Lauras Schulwechsel die Rede ist, auch für Philipp kein eigenes Zimmer in dem Haus geplant ist! Dass sich Philipp eine eigene Wohnung suchen müsste, kam für mich überhaupt nicht in Betracht, das käme einem Rausschmiss gleich! Niemals würde ich das in Kauf nehmen, um es Bruno recht zu machen! Allein der Gedanke tut mir in der Seele weh, er ist mein Sohn!!*

*Nein, kein Mann, der mich wirklich liebt, könnte das von mir verlangen! Ich habe schon genug, zu viele Fehler bei Philipp gemacht! Er ist so ein herzensguter Kerl und verzeiht mir so viel!*

*Bruno hatte sich bei den Annoncen schon wieder eine rausgesucht. Begründung: Um mich kämpfen? Das hätte keinen Sinn. Und er wollte nicht mehr allein sein, das hätte er satt!*

*Vorhin sein Anruf. Frage, wann die Kinder zurückgekommen sind. Dann Vorwurf – wieder ein Wochenende, was wir nicht zusammen verbringen.*

*Philipp und Laura waren eine Woche bei ihrem Vater. Die ganze Woche hatte Bruno keine Zeit für mich, ständig etwas anderes vor. Jetzt, am Wochenende, wo meine Kinder von ihrem Vater zurückkkamen, ich mich sehr auf sie freute, da wollte Bruno, dass ich zu ihm komme. Seine Einstellung gefiel mir nicht! Es kam mir wie ein Machtkampf von seiner Seite vor – die Kinder oder er.*

*Und dann wieder seine Frage, was er denn noch tun soll?*

*Diese Reaktion war einfach zu viel. Nachdem wir voriges Wochenende wieder alles wegen der Klamotten in seinem Haus durchgekaut hatten, er einen angeblichen Aha-Effekt hatte, jetzt dieselbe Frage! Ich konnte nicht mehr, ich hatte keine Lust mehr, das Gespräch fortzusetzen.*

14.04.96

*Philipp ist nun ins Landschulheim gefahren. Er ist wieder dünn geworden, war schon mal kräftiger. Sein Körper wirkt schmächtig, sein Gesicht schmal. Seine Augen sehen nicht glücklich aus.*

*Hängt bestimmt auch mit mir zusammen, wer weiß, was ihm alles durch den Kopf geht. Aber ich denke auch mit seiner Freundin. Er kommt spät ins Bett, zum Lernen bleibt nicht viel Zeit, sie will ihn immer sehen. Meistens kommt er nach Hause, ist k.o., legt sich paar Stunden hin, macht noch den Abwasch usw., zieht los, kommt am Abend spät, zu spät, zum Lernen. Oder er bleibt bei ihr.*

*Fühlt er sich bei mir nicht mehr wohl, zieht er sich zurück? Ich hoffe nicht!*

*Was er von Bruno hält, weiß ich nicht. Begeistert scheint er nicht zu sein. Zu Bruno zu fahren hatte er nie Bock, er wüsste nicht, was er da soll.*

*Laura hat gestern wieder kurz nach Bruno gefragt. Ein bisschen erzählte ich ihr, ich will sie damit nicht mehr belasten.*

28.04.96

*Gestern war Bruno da. Ich hatte mich darauf gefreut, obwohl ich aus den Gesprächen heraushörte, dass er alles, was je an Streitereien und Unstimmigkeiten zwischen uns war, mir vorwarf.*

*Über alles, was sich wegen dieser Frau zwischen uns aufgebaut hat, könne er nur lächeln.*

*Wir stritten.*

*Aber der Hammer: Er tut nun so, als habe er überlegt, ob er noch mit mir zusammenbleiben will: „Ändere dich, meine Liebe!"*

*Er würde mir noch eine Chance geben!*

*Ich soll mich ändern! Er verlangt: „Wenn du mich lieb hast, dann lass mich wie ich bin!"*

*Er tut weiß Gott so, als müsste ich ihm danken, wenn ich zu ihm darf, oder er die Größe besitzt, zu mir zu kommen.*

*Er gibt mir nicht das Gefühl, mich zu lieben, er gibt mir ständig das Gefühl, nicht vollkommen zu sein.*

29.04.96

*Gestern habe ich bereits den Abschiedsbrief an ihn verfasst.*

*Und dann will ich wirklich die Beziehung abschütteln wie eine Last auf der Seele und wieder frei sein!*

*Meine zwei Kinder sind mein Glück und meine Stärke. Sie geben mir jeden Tag die Kraft, alles zu meistern. Mit ihnen ist Harmonie und Frieden da, Einsicht und Liebe.*

*Wir fühlen uns wohl miteinander.*

*Mit Bruno verstehe ich mich nicht. Die Beziehung kostet mehr Kraft, als dass sie Kraft gibt.*

*Er gab mir nie das Gefühl, uns wirklich haben zu wollen, sondern nur das Gefühl, eine Frau an seiner Seite haben zu wollen. Zu wenig!*

*Tagebuchauszug 25.06.96*

*Die Ereignisse überschlagen sich mal wieder. Vor eine Woche bekam ich ein Muster eines Aufhebungsvertrages + Deckblatt mit meinem Namen und Höhe der Abfindung in die Hände gedrückt. Ich wollte es nicht glauben. Irgendwie war es so unwahr für mich, ich konnte es gar nicht fassen. Am nächsten Morgen, Dienstag, drang es langsam in mein Bewusstsein, ich war wie vor den Kopf geschlagen. Ging zum Betriebsrat, sprach alles durch.*

*Nach Aussage meines Chefs hätten der Geschäftsführer und ein Kollege aus der Mutterfirma mich vorgeschlagen.*

*Ich nahm am Mittwoch allen Mut zusammen und verlangte ein Gespräch. Kurz darauf konnte ich kommen. Ich war total aufgeregt, mir zitterten förmlich die Knie. Ich brachte kaum ein Wort heraus, schon rollten die Tränen.*

*Das Ende vom Lied - nachdem mir zunächst begründet wurde:*

*1. mein Teilzeitwunsch, den ich mal angesprochen hatte,*

*2. andere Sekretärin – war noch ganz jung - sei wohl besser als ich – ich sollte alles vergessen.*

*Auch von der Personalabteilung wurde bestätigt, es gäbe keine weiteren Aktionen gegen mich.*

*Ruhe in mir? Keinesfalls!*

*Vielleicht war alles zu überstürzt. Vielleicht hätte ich mich zuerst einmal umhören sollen. Ich weiß nicht. Ich fühle mich nicht im Geringsten besser. Und wenn ich jetzt gehe, dann bekomme ich keine Abfindung. Die habe ich verloren.*

*Tagebuchauszug 17.07.96*

*Nächstes Wochenende kommen die Eltern. Ich freue mich auf sie.*

*08.08.96*

*Urlaub in Spanien, allein mit Laura. Philipp ist mit seiner Freundin in Tunesien. Hoffentlich geht es dir gut, mein Philipp, das 1. Mal allein in Urlaub!*

*Ja, und ich mit Laura allein. Bruno, eine Enttäuschung für mich! Dieses Hin und Her, nur Belastung. Ich dachte immer, es wird noch, aber er ist für mich mit seinen ständigen Vorwürfen, Nachtragen, Schwarzsehen unwahrscheinlich kompliziert.*

*Aber was soll's. Nach seinen Worten, dass unsere Beziehung sowieso nichts auf Dauer wird …*

*Und diese Frau geistert nach wie vor in seinem Haus herum. Er ist nicht konsequent, denn er weiß noch nicht, was er will.*

*Meine Eltern sahen – wie ich – keinen Sinn mehr in der Beziehung, wenn er doch schon weiß, dass es nicht von Dauer sein wird. Dazu meinte Vati noch, dass es für mich bestimmt besser wäre einen Mann kennen zu lernen, der auch alleinerziehend ist, da dieser sich viel eher in meine Lage versetzen könne, als Bruno. Bruno sei viel allein, habe viel Freizeit, eine Haushälterin, er putzt nicht selbst, bügelt nicht selbst.*

*Egal, Laura und ich, wir werden uns jetzt einen schönen Urlaub machen!*

*21.08.96*

*Sind wieder zu Hause. Haben erst mal viel erzählt mit Philipp. War schön. Und dann schön zusammen gegessen.*

*Tagebuchauszug 24.08.96*

*Bruno hat heute angerufen, sagte: „Ich habe viele Fehler gemacht, habe Sehnsucht".*

*Ich erwiderte: „Ich habe keine Lust mehr die Beziehung fortzusetzen!"*

*Er rief später nochmal an. Er möchte nur mit mir sprechen, aber nicht am Telefon. Will morgen nochmal anrufen. Ich weiß nicht, ob ich Lust habe. Falls ich bereit wäre, gibt es nichts in die Wohnung, ist out!*

*03.09.96*

*Ich hatte eigentlich nicht mehr groß das Bedürfnis mich mit Bruno zu treffen, aber er wollte das nicht am Telefon besprechen, also trafen wir uns am Sonntag (die Kinder waren bei Wolfgang).*

*Bruno redete über Tod und Teufel, hatte einen Plan für den Tag gemacht – einen Ort zu besichtigen, dann Mittagessen zu gehen, anschließend in den Schwarzwald zu fahren, Kaffeetrinken, usw. Ich bremste ihn. Ich wollte keinen Tag mit ihm verbringen, sondern ihn anhören und fragte, was er mir denn nun sagen wollte. Aber mehr als ‚er habe Fehler gemacht und das wäre vorbei', äußerte er nicht.*

*Aber das ständige Hin und Her hatte nun auch mich zum Pessimisten gemacht. Zusätzlich hatte ich arge Bedenken wegen Laura - ich wollte ihr das nicht länger zumuten. Ich hatte ihr – da sie ja eh alles mitbekommen hatte und ich auch meine Gefühle schlecht verbergen konnte – viel zu viel erzählt, eine riesengroße Überforderung für ihr Alter! Ich mache mir da große Vorwürfe! Nein, Laura wollte ich das alles zukünftig ersparen!*
*Wir unterhielten uns dann noch eine Weile, dann verabschiedete ich mich. Bruno sagte noch, er könne warten. Lässt mir Zeit.*
*Und die sollte ich mir auch nehmen, und nichts tun, was ich nicht wirklich will!*

*05.09.96*

*Carmen hat mir auf meinen Brief geantwortet, rät mir auch von Bruno ab. Da bräuchte ich mehr Nerven, als was ich glücklich wäre. Ich soll meinen Interessen nachgehen, hätte auch noch die Kinder.*

*Vorhin habe ich mal überlegt, was ich gern mal mache, wenn ich Zeit habe, und mit Bruno verglichen:*

1. *Kino – waren wir nicht ein Mal*
2. *Tanzen – kann er nicht gut und macht er nicht gern*
3. *Sport – macht er gar nicht*
4. *Nette Leute treffen – macht er auch gern*
5. *Boccia spielen – geht er nur mir zuliebe mit*
6. *Bummeln gehen – macht er mit*
7. *Sommer Baggersee – macht er mit, liebt es aber nicht so*
8. *Konzerte – hat er einen anderen Geschmack*
9. *Theater – hat er einen anderen Geschmack …*

*27.09.96*

*Philipp sagte, ich soll nicht wieder zu Bruno gehen. Philipp gönne mir alles, aber das würde mich nicht glücklich machen, ich sei so oft enttäuscht gewesen. Ich stimmte Philipp zu. Er sagte auch, so als Freund könne man Bruno behalten, so ist er schon ok.*

Die Beziehung zu Bruno habe ich letztendlich abgebrochen.

Als ich mich endlich – nach dem ewigen Hin und Her - für eine Trennung entschied, hatte ich auf einmal das Gefühl, wieder Luft zu bekommen, als hätte die ganze Zeit über ein Eisengürtel meine Brust eingeschnürt.

Auch für meine Kinder war dieses Ungewisse in dieser Beziehung sicher nicht gerade angenehm.

P.S.: Trotz dass es für eine Partnerschaft zwischen Bruno und mir nicht gereicht hatte, haben wir über die Jahre eine freundschaftliche Beziehung aufgebaut. Wir telefonieren hin und wieder oder besuchen uns auch mal. Die Telefonate mit ihm sind sehr angenehm und auch unterstützend, Bruno ist ein interessierter Zuhörer.

Wenn ich mal zu ihm und seiner Frau fahre (er ist inzwischen verheiratet), empfinde ich die Atmosphäre bei ihnen immer als sehr angenehm. Und auch durch Brunos ruhige, freundliche Art spüre ich dann, wie auch ich ruhiger und entspannter werde, das tut mir immer wieder gut.

Im Oktober kaufte ich mir wieder ein Auto.

Von meiner Versicherung wurde mir Vollkasko empfohlen, da zusätzlich Philipp als Fahranfänger mit dem Auto fahren würde.

Trotz Vollkasko war die Versicherung kostengünstiger als damals für den Golf (Haftpflicht und Vollkasko 88,90 DM). Mir wurde erklärt, dass der Golf zum einen mehr PS hatte, zum anderen ein beliebtes Fahrzeug junger Männer war, die auch mehr Unfälle verursachten. Und nicht zuletzt wurden diese Fahrzeugtypen auch öfter gestohlen.

Jetzt waren wir wieder flexibler – wie schön!


Mit der Zeit fühlte ich mich wieder besser. An unserem Wohnort trat ich einem Turnverein bei, wo ich auch neue Freundinnen fand. Nach unserem Sport gingen wir meistens noch gemeinsam was trinken und unterhielten uns dabei über unsere Probleme. Wir waren alle etwa gleich alt und fast alle hatten auch Kinder, sodass es immer sehr interessante und anregende Gespräche waren.


Einmal fühlte ich mich bei der Arbeit ungerecht behandelt und besprach dieses Thema im Freundeskreis. Laura war erkrankt gewesen, hatte hohes Fieber, fühlte sich sehr schwach und hatte starke Kreislaufprobleme. So wollte ich sie nicht sich selbst überlassen, sie auch zum Arzt begleiten. Ich rief bei der Arbeit an und teilte mit, dass ich zu Hause bleiben müsste. Die Personalabteilung teilte mir mit, dass ich das mit meinem Chef klären sollte, da ich für Laura keinen Anspruch mehr auf Krankengeld hatte. Dieser war aber an diesem Tag nicht da, sodass ich es meiner Kollegin mitteilte. Ich würde dafür Überstunden absetzen, sagte ich, ich hatte mehr als genug davon.

Als es Laura am Folgetag besser ging und ich sie ruhigen Gewissens allein lassen konnte, ging ich wieder zur Arbeit. Mein Chef war wieder im Haus und teilte mir telefonisch einen Termin für ein Gespräch mit, da er mein Fehlen ohne sein Einverständnis nicht tolerierte. Ich informierte ihn über den Grund meines Fehlens, aber er blieb dabei - ich hätte mir für Laura jemanden organisieren können.

Ich war anderer Meinung. Wie oft schon war ich nach meiner Arbeitszeit noch dageblieben, weil man mich bat, noch dies und jenes zu erledigen. Diese Zeit, meine Freizeit, hatte ich in Vorleistung der Firma zur Verfügung gestellt, meinen Kindern aber genommen. Und jetzt brauchte mich Laura, es ging ihr nicht gut, und somit wollte ich einen Teil meiner geleisteten Überstunden für meine kranke Tochter abbauen. Ich fand, dass mir das auch zustand. Ich ging nicht in Minusstunden, ich hatte eine Vorleistung erbracht. Und selbst, wenn ich diese nicht gehabt hätte – ich erwartete mehr Mitgefühl für ein krankes Kind.

Alle meine neuen Freundinnen waren meiner Meinung und bestärkten mich.

Als dann das Gespräch bei unserem neuen Chef stattfand hatte ich das Gefühl, meine Freundinnen, Silke, Barbara und Birgit, würden alle mit im Zimmer sitzen, fühlte mich dadurch sicher und bestärkt und blieb bei meiner Meinung.

Mein Chef hatte sicher nicht damit gerechnet. Er forderte von mir dann nur noch, die genommenen Überstunden entsprechend einzutragen, was ich aber bereits getan hatte.

Ein Sieg für mich, auch dank meiner Freundinnen, ich war sehr zufrieden!

*Tagebuchauszug 11.11.96*

*Das Wochenendseminar war der Hammer! Ohne zu fragen! Einfach die Festlegung- Tagung von Freitag 14:00 bis Sonntag 16:00 Uhr, Tagungsort Stuttgart. Workshops, wo wir unsere Meinung äußern sollten.*

*Der Stress, die Hektik auf Arbeit fressen mich auf. Ich kriege mein Zeug nicht mehr auf die Reihe, es ist viel zu viel!*
*Das hat mit Arbeit nichts mehr zu tun, nur noch Hektik, Hektik, Hektik, man spielt die Leute kaputt!*

*Ich sehne mich nach einer starken Schulter, nach Halt.*
*Ob ich Weihnachten zu den Eltern fahre, weiß ich auch noch nicht. Mir fehlt die Kraft zu allem. Ich brauche wieder mal schöne Erlebnisse, von denen ich lange zehren kann!*

*Tagebuchauszug März 97*

*Von Bruno habe ich gelernt – obwohl ich es noch zu wenig anwende – dass man den wichtigeren Dingen mehr Zeit widmen sollte.*

*Wenn Laura mit mir basteln will und ich bin da, warum sauge ich dann Staub? Ok, ich mache Abstriche, wenn es schlimm aussieht, kann auch sie mal kurz warten. Aber ich hatte die ganze Wohnung gemacht, sie bastelte, allein, und das wunderschön. Sie rief mich, es anzuschauen, ich ging kurz hin, bewunderte es - es war sehr schön, ein Geschenk für ihren Vater zum Geburtstag.*

*Ich widmete mich wieder meinem Putzfimmel, merkte, wie meine Kräfte langsam nachließen, sah alles, was noch nicht getan war, ärgerte mich über Lauras Rumpelkammer, rief sie zu mir, meckerte und verlangte, dass sie sofort dies und das und jenes aufräumte. Ihre Augen waren den Tränen nah, ihr Mündchen verzog sich. Erst da wurde mir mein Verhalten bewusst. Als sie alles erledigt hatte, setzte sie mit traurigem Gesichtsausdruck ihre Basteleien fort.*

*Über diese Reaktionen von mir ärgere ich mich im Nachhinein sehr! Wie oft wünsche ich mir, mehr Zeit für die Kinder zu haben. Laura ist sehr viel allein, ich bin auf Arbeit. Und dann bin ich zu Hause und nehme mir nicht die Zeit für sie!*

*Tagebuchauszug 27.04.97*

*Gestern zog es mich wieder wie einen Magnet zu Bruno. Aber dann hatte ich wieder alles vor meinen Augen, was mich abgestoßen, was ständig Unstimmigkeiten hervorgerufen hatte.*

*Wir fuhren trotz allem, ich nahm zwei Gegenstände mit, die ich von ihm noch hatte (als Ausrede). Ich wunderte mich auch, dass Laura keinesfalls abgeneigt war, mit hinzufahren.*

*Bruno war nicht da. Trotzdem überkam mich dort ein Gefühl der Geborgenheit. Es ist schon komisch, ich kann das alles nicht erklären. Ich könnte mir nicht vorstellen mit Bruno hier zu wohnen. Wahrscheinlich sehne ich mich nach der Sicherheit, der Geborgenheit, nach etwas Endgültigem, was Bruno mir angeboten hatte. Oder ist es die Ruhe, die er ausstrahlt? Ich weiß es nicht.*

*Was mich noch arg verwunderte – Laura schien sich dort auch wohl zu fühlen. Sie sprang herum, tollte mit den Katzen. Weil Bruno nicht da war, wollte ich schon bald wieder aufbrechen. Aber ich musste Laura richtig drängeln, irgendwie wollte sie nicht, war ausgelassen und wirkte zufrieden.*

*Tagebuchauszug 19.05.97*

*Es geht mir nicht gut, seit Tagen habe ich jede Nacht totale Schweißausbrüche.*

*Am Freitag erwachte ich mit Kopfschmerzen, Herzrasen und den ganzen Tagesstress, der wieder auf mich zukommen würde, vor meinen Augen. Trotz dass es mir schlecht geht, würde ich wieder versuchen so viel wie möglich auf die Reihe zu kriegen, würde bis Nachmittag in der Firma sein, Laura müsste den 3. Ferientag allein verbringen. Dann würde ich nach Hause kommen - total ausgezehrt.*

*Nein, dachte ich, jetzt reicht's, ich kann nicht mehr, ich mach mich ja kaputt! Mein totaler Einsatz trotz meiner Erkältung, die ich schon 1 ½ Woche mit mir rumschleppe, wird eh nie gewürdigt und anerkannt, ist selbstverständlich. Heute bleibe ich bei meinem Kind! Das braucht mich auch, vielleicht noch viel mehr, und muss immer nur zurückstecken. Wenigstens ein Ferientag für sie! Denn am Samstag würde Laura abgeholt werden und dann den Rest der Ferien – wie so oft – bei ihrem Vater verbringen. Von da will sie dann nicht zu mir (tut mir sehr, sehr weh!), es gefällt ihr so. Trotz dass er auch wenig Zeit hat, scheint Wolfgang (und auch seine Freundin) sich mehr Zeit für Laura zu nehmen, sich mehr mit ihr zu beschäftigen.*

*Ich war dann sehr glücklich, so entschieden zu haben! Es war richtig! Und es tat uns beiden sehr gut!*


*30.06.97*

*Laura ist auch nicht mehr so anschmiegsam wie früher. Gebe ich ihr einen Kuss, wischt sie ihn ab, wie was Ekliges, Lästiges. Das tut weh. Philipp macht das nicht. Er hält seine Wange hin, wenn ich ihn drücke. Habe das Gefühl, dass es ihm auch gut tut. Vielleicht ist es das Alter bei Laura. (Hoffentlich nur das!)*

Ich habe dieses Jahr schon wieder viel erlebt, auch viel, was mich Nerven gekostet hat. Zuerst Philipp am 01. Mai mit seiner Riesenverbrennung, als er sich das Bein verbrüht hatte. Ich befürchtete, er würde Narben zurückbehalten. Bin so froh, dass das so blendend herausgewachsen ist, da ich auch klug genug war, Philipp zum Spezialisten zu schicken, als mich die Behandlungsmethode des Hausarztes zweifeln ließ, da die Wunde immer wieder nässte und der Verband die neugebildete Haut ständig aufriss.

Nachdem dieser Schock überwunden war, der nächste:

1 ½ Wochen ist es her. Laura rief mich auf Arbeit an. Sie hätte sich den Finger eingeklemmt, würde ihn nicht mehr rausbringen, er wäre oben schon ganz weiß. Sie hatte ihn durch den Plastikverschluss einer Dose für feuchtes Toilettenpapier geschoben. Ich stellte es mir nicht ganz so tragisch vor, sagte aber ich würde kommen und fuhr sofort nach Hause.

Laura hielt mir von weitem schon den Finger mit der Kappe entgegen - die Fingerkuppe sah aus wie schon abgestorben, total blutleer, war hart wie ein Stück Käse - erschrak ich zutiefst. Und dann war mir schlecht vor Hilflosigkeit, denn ich bekam die Kappe auch nicht ab, konnte sie keinen Millimeter bewegen, Laura schrie dabei entsetzlich. Ich war am Verzweifeln. Wie sollte ich ihr helfen? Ich wusste, dass es nicht allzu lange dauern würde und die Fingerkuppe war nicht mehr zu retten, wenn überhaupt noch.

In meiner Verzweiflung rief ich den Notarzt an.

Dann schlug Laura vor, die Schere zu nehmen. Laura stöhnte vor Schmerzen, aber Millimeter um Millimeter kämpfte ich mich nach vorn. Plötzlich war es geschafft, das Plastikteil war ab. Und das Blut schoss in die Fingerkuppe! Keiner kann nachfühlen, was ich empfand, als die Kuppe Farbe annahm.

Gerade wollten wir dem Notarzt absagen, da hörten wir das Signalhorn. Sie kamen gleich mit Arzt. Es war mir nun fast peinlich, nachdem man dem Fingerchen nur noch leichte Eindrücke

*ansah. Sie schauten sich den Finger nochmal an und gingen mit der*
*Bemerkung: „Noch mal gut gegangen. Gott sei Dank!"*

*War ich froh, mir war von der Aufregung lange hinterher noch*
*schlecht.*

*Tagebuchauszug 25.08.97*

*Heute auf Arbeit las ich ein Schreiben, worin die Inventureinsätze standen und die entsprechenden Mitarbeiter wurden benannt. Natürlich war ich auch dabei. Ich glaubte nicht richtig zu sehen: keine andere Sekretärin, nur ich! Einsätze Mi, Do, Fr von 6:30 bis 19:30 Uhr! 13 Stunden, eine riesengroße Frechheit! Und zusätzlich noch Samstag bis 18:00 Uhr!*

*Ich bin da nicht einverstanden! Ich habe Familie, die anderen Sekretärinnen sind kinderlos!*

*Warum keine von den anderen Sekretärinnen? Der Chef einer Sekretärin ist in Urlaub, ein anderer hält voll zu seiner Sekretärin. Ist auch ein anderes Verhältnis bei denen, alle per du, gehen oftmals (sie mit Freund) was trinken. Schon damals bekam ich den Aufhebungsvertrag angeboten, nachdem ihrer (ließ der Betriebsrat durchblicken) zurückgezogen wurde, weil sich ihr Chef so für sie eingesetzt hatte.*

*Ich war so verärgert!*

*Da ich mir vor 5 Wochen den Fuß mächtig umgeknickt hatte, den ganzen Urlaub über einschmierte, humpelte (ich blödes Huhn hätte mich krankschreiben lassen sollen), nach dem Urlaub das Dilemma weiterging, beschloss ich schon letzte Woche zum Arzt zu gehen, nahm aber Rücksicht auf die Firma, hatte es auf heute – Montag – verschoben. Muss den einen Kollegen mal ansprechen, fragen, wie der auf mich gekommen ist, usw. Werde ihm gleich sagen, dass ich nicht groß gehen und stehen kann.*

*Der Arzt sagte heute nach Röntgenaufnahme: Knöchel angebrochen, Band schon wieder angelehnt. Das nächste Mal soll ich gleich kommen. Bis Freitag Tape, wenn die Schwellung weg ist, krieg ich einen Stützverband. Bin gerade noch so in die Sportschuhe gekommen, die einzigen Schuhe, die ich gerade tragen kann!*

Gott sei Dank haben Wolfgang und seine Freundin Laura abgeholt. Sie täte mir ja so leid, gerade jetzt in den Ferien! Ist schon lang genug jeden Tag allein!

Die Frauen hier bleiben größtenteils mit ihren Kindern zu Hause. Jedes Kind wird bis zum vollendeten 12. Lebensjahr als Erziehungszeit an die Rente angerechnet. Ich hätte demnach 19 Jahre zu Hause bleiben können, die Kinder hätten viel, viel mehr von ihrer Kindheit gehabt, ich von den Kindern.

So war ich bei Philipp und Laura jeweils nur ein Jahr zu Hause. Habe also 17 Jahre geschafft, wo andere sich voll der Familie widmen können. Und das so im Stress (06:00 an der Kinderkrippe und 6:30 auf Arbeit sein, bis 16:15 Uhr, täglich!).

Die Zeit im Busunternehmen in Bayern war schön, die Zeit hier in der vorherigen kleinen Firma noch schöner - anfangs vier Stunden täglich, dann 5, dann 6, zuletzt Vollzeit, weil Heiko und ich uns trennten und ich Geld brauchte.

Die Zeit der Arbeitslosigkeit von Mitte September bis Ende Dezember 89 habe ich auch voll genossen. Es war nicht viel Geld da, aber wir waren glücklich.

Muss meine Finanzen demnächst neu durchplanen. Bereits nächstes Jahr zu Weihnachten wird es weniger geben. Und ich muss 5 TDM (+ Zinsen) zurückzahlen! Der Urlaub wird nächstes Jahr ausfallen müssen, d. h. das Verreisen. Schau'n wir mal.

21.09.97
Laura war die ganze Woche krank, Kopfschmerzen und Übelkeit. Ich streichelte sie in den Schlaf. Einmal umarmte sie mich ganz fest und sagte, sie habe mich genau so lieb wie Papi. Das tat sehr gut, gab mir aber auch deutlich zu verstehen, dass ihr Papi ganz oben steht.

*Tagebuchauszug 07.02.98*

*Allein die Nachricht, dass unsere Mutterfirma und eine andere große Firma wahrscheinlich im Oktober 1998 fusionieren werden, löste bei mir eine große Ungewissheit für die Zukunft aus. Es gab Sparmaßnahmen, die ich noch gelassen hinnahm. Aber - werden sie mich übernehmen? Die Unsicherheit erhöhte sich, als unsere Abteilung in eine andere integriert wurde. Plötzlich gab es mit mir zwei Sekretärinnen. Kurz danach die Bekanntgabe der neuen Abteilungsstruktur, jedes Mal meine Kollegin als Sekretärin, ich als Stellvertreterin. Dafür stand ich bei „Zentrale Peripherie". Unser gemeinsamer Chef begründete es damit, dass ich einerseits vertreten sollte, andererseits aber die Dokumentation weiter pflegen sollte und deshalb bei „Zentrale Peripherie" eingetragen war.*

*Dann das Gespräch mit meinem ehemaligen Chef unter vier Augen. Er vertraute mir an, dass unser neuer Chef ihn um Rat gefragt hätte, er wüsste nichts mit mir anzufangen. Super! Wieder ich! Das 3. Mal! 1. Strukturwechsel bei Informatik – ich bekomme den Vorschlag Teamassistenz Marketing, ansonsten gehen; 2. geplante Entlassungen – Vorschlag ich, da ich noch nicht lange in der Firma bin und andere Chefs ihre Sekretärin für unentbehrlich hielten, was mein Chef nicht tat (ihm wurde auch ein Aufhebungsvertrag angeboten); 3. man integriert unsere Abteilung in eine andere – eine Sekretärin – die, die integriert wird, also ich, ist zu viel.*

*Mein ehemaliger Chef schlug mir vor, mich als Sachbearbeiterin VDS, die alles über hat, einzusetzen. Er riet mir, mich nicht so sehr in die Sekretärinnen-Stelle zu vertiefen, sondern lieber in Richtung Sachbearbeitung. Ich glaube sein Ratschlag ist gut durchdacht.*

*Allerdings sollten dann endlich auch mal mein Arbeitsvertrag und die Stellenbeschreibung geändert werden!*

*Letztens sprach Laura wieder von unserem ehemaligen Wohnort in Bayern. Sie würde gern wieder zurückgehen. Wir diskutierten das alles durch und ich stellte fest, dass auch das nicht mehr ohne weiteres möglich war. Mein damaliger Chef hatte erzählt, dass sein Sohn das Büro ab Frühjahr 98 führen würde. Eine Wohnung von der GWU war vielleicht eine Möglichkeit. Und Arbeit? Der Verdienst würde auch anders aussehen als hier, schlechter. Ich hatte inzwischen ganz andere Ausgaben – allein 1000 DM ohne täglich Brot, Kleidung und Miete! Ich wüsste nicht, wie ich das packen könnte. Aber der Gedanke, vielleicht doch wieder dorthin zurück zu gehen, beruhigt mich trotzdem etwas. Ich wäre nicht mehr den Entscheidungen der Firma hier so ausgeliefert. Und so fühle ich mich gerade.*

*Mir geht durch den Kopf, wie sehr ich hierher wollte. Hatte ich falsch entschieden? Nein, so wie es da war, in der DDR, so war es auch nicht in Ordnung. Aber so, wie es hier ist, ist es das auch nicht! Diese schreckliche Unsicherheit, diese Zukunftsangst! Die gab es in der DDR wirklich nicht.*

*Ich kann nachfühlen, glaube es zumindest, was meine Eltern empfunden haben müssen. Sie sind wesentlich älter, hatten sich was aufgebaut, fühlten sich fürs Alter abgesichert. Plötzlich war das alles geplatzt, wie eine Seifenblase.*

*Auch ich weiß nicht, was wird. Ich versuche mich abzusichern, aber wird es etwas bringen? Ich kann nicht in die Zukunft schauen.*

*Aber eins sollte ich tun: Ich sollte Laura das Gefühl von Geborgenheit und Liebe geben. Denn das gibt Kraft, und die braucht man. Mit Liebe schafft man viel, Geld ist zweitrangig, irgendwie geht es.*

*Tagebuchauszug 22.02.98*

*Bin allein. Die Kinder sind mit Philipps Freundin zu Wolfgang gefahren, allein, mit ihrem Auto. Gott sei Dank spielte das Wetter mit, es regnete zwar, aber mit Eis und Schnee war wenigstens nicht zu rechnen. Trotzdem war mir ganz flau, es gibt ja noch genug andere Gefahrensituationen.*

*Der Stein plumpste, als Philipp um 14:40 Uhr hier anrief, sie seien da. War ich froh!*


*23.05.98*

*Habe gestern Laura zu ihrem Vater gebracht, heute fuhr ich zurück.*

*Zu Philipp war ich heute nicht lieb genug. Hatte ihn am Donnerstag das letzte Mal gesehen. Mir stieg es bisschen in die Nase, dass er die Wanne so schmutzig hinterlassen hatte und nicht mal abgesaugt war.*

*Ja, ich bin pingelig! Sehe meinen Sohn zwei Tage nicht und dann maximal eine halbe Stunde. Ein bisschen erzähle ich (er kam gar nicht zu Wort), den Rest meckere ich. Wie blöd!*

*Und dann – kurz nachdem er weg ist – höre ich x Mal das Signalhorn und habe natürlich Schiss, riesengroßen! Wie unwichtig ist auf einmal die schmuddelige Badewanne!!*


*04.06.98*

*Philipps Freundin hat absolut kein Verständnis dafür, dass Philipp lernen muss. Ständig ruft sie an, dann diskutiert Philipp mindestens eine halbe Stunde mit ihr. Sein Abi scheint ihr dabei völlig egal zu sein.*

*Ich vergleiche das heute mit Bruno. Er hatte auch kein Verständnis dafür, dass ich in der Woche am Abend zum Teil zu müde war, um den Haushalt in Schwung zu halten und es am*

Wochenende tun musste. Er fühlte sich zurückgesetzt, als 5. Rad am Wagen, wenn ich ihm das erklärte. Dieses Klammern stieß mich ab. Ich wollte nicht ständig unter Druck gesetzt werden, sondern gern zu ihm fahren und meinen Haushalt auch in Ordnung bringen. Er verstand das nie!


10.06.98

Jetzt ist Laura unterwegs, unterwegs nach London. Ich freue mich sehr für sie, dass sie so eine schöne Fahrt von der Schule aus machen kann, aber – sie sind 19/20 Stunden unterwegs, eine sehr lange Zeit! Hoffe nur, dass sie gesund und glücklich ankommen in London und nächste Woche am Dienstag wieder zu Hause.

Ich bin so nervös, besonders jetzt nach dem schweren Zugunglück vor genau einer Woche in Eschede, wo ein ICE entgleiste. Verheerende Folgen, unglaublich, furchtbar!

Ja, ich hoffe, dass alle eine schöne Zeit haben und ich meine Laura nächsten Dienstag wieder gesund in die Arme schließen kann. Es ist das erste Mal, dass Laura so weit reist.

Bei Philipp ging es mir so, als er 18-jährig allein mit seiner Freundin das 1. Mal nach Tunesien flog.

*Tagebuchauszug 20.06.98*

*Heute ist Philipps Abschlussfeier. Er hat sein Abi gemacht! Super! Die 13/2 hat er mit 1,9 abgeschlossen. Das Abi zählt alle Jahre von 11. – 13. Schuljahr plus mündliche und schriftliche Prüfungen mit unterschiedlicher Wertigkeit.*

Ich war mächtig stolz auf Philipp. Durch unseren Umzug von Bayern nach Baden-Württemberg 1991 hatte er einen nicht ganz einfachen Schulwechsel zu bewältigen. In Bayern war ein Wechsel von der Hauptschule zur Realschule erst nach der 6. Klasse, in Baden-Württemberg bereits nach der 4. Klasse. Im fehlten somit 2 Jahre Realschule, denn Philipp wollte trotzdem nicht zurückgestuft werden. Er schaffte den Wechsel nicht nur problemlos, sondern gehörte bald zu den besten Schülern der Klasse.

Nach der Realschule entschied sich Philipp für das Technische Gymnasium, um dort sein Abitur zu machen. Und nun hatte er auch das mit Bravour absolviert.

Nun war die Schulzeit für Philipp beendet und er konnte wirklich richtig stolz auf das sein, was er – besonders durch die zwei harten Einschnitte - geleistet hatte.

Philipp hatte sich zunächst erst einmal auf die Sommerferien gefreut, wenn die lange Schulzeit beendet sein würde und er sein Abi-Zeugnis in den Händen hätte. Aber diese Zeit war ihm nicht vergönnt – er erhielt seine Einberufung zur Bundeswehr – ab 01.07. für 10 Monate. Nur noch 10 Tage ist Philipp zu Hause!

*Tagebuchauszug 20.07.98*

*Hatte auf eine Anzeige geschrieben. Am Montag rief er mich an, am Dienstag haben wir uns dann getroffen und seitdem schon paarmal und mehrfach telefoniert.*

*Als Jens von seinen Freizeitaktivitäten erzählte, dachte ich – mein Gott, ist dieser Mann aktiv. Aber es war nichts, was mich nicht auch interessiert hätte.*

*Er hat mir inzwischen mehrfach gesagt, dass ich ihm gefalle, nicht nur äußerlich, sondern meine ganze Art. Tut das gut! Eigentlich wollte er mich schon am Donnerstag wiedersehen, und mir erschien die Zeit von Dienstag bis Sonntag auch zu lang, aber es ging nicht, da wir am Freitag zu Philipps Vereidigung fahren wollten.*

*Jens verstand es, wollte aber, dass wir uns zukünftig öfter als dienstags und sonntags sehen, das sei ihm zum Kennenlernen zu wenig.*

Jens gefiel mir und er war ein liebenswerter Mensch. Er war auch sehr ordentlich und sauber, sportlich, geschickt, hatte einen guten Geschmack und ich verstand mich in vielen Dingen recht gut mit ihm. Ich war gern mit ihm zusammen. Allerdings wurden mir die vielen gemeinsamen Freizeitaktivitäten, bei denen er mich auch dabeihaben wollte, bald zu viel.

*Tagebuchauszug 05.10.98*

*Ich glaube ich kriege Probleme mit Jens. Jetzt ist es bereits das 2. Mal, dass mir das passiert – ich bin müde und gestresst und sehne mich nach Ruhe, einfach nichts tun, sich fallen lassen, entspannen.*

*Bei Jens geht das nicht so richtig. Jedes Wochenende ist voll verplant. Einerseits schön, andererseits ist es mir zu viel. Er scheint das zu brauchen, sonst würde er nicht täglich was unternehmen. Seine Zeit ist genauestens durchgeplant, täglich.*

Irgendwie stört mich das, denn gleiches erwartet er von mir. Außer montags und mittwochs, wo er mich nicht einplant, sehen wir uns fast täglich.

Bin ich mal kurz zu Hause, ist nur Hektik angesagt, so viel wie möglich erledigen, zwischendurch Essen kochen und Laura bei den Hausaufgaben helfen. ...

Jens half mir - „damit wir fortkommen", sagte er – aber ich will's eigentlich gar nicht. Viel lieber will ich mal wieder alles in Ruhe machen, allein mit Laura sein, in den Tag hineinwachsen, dabei dies und jenes tun, aber schön gemütlich, in aller Ruhe.

Sicher würde Jens das langweilen, denn er ist sehr aktiv.

Ja, er ist sehr lieb und aufmerksam, aber er ist so schrecklich unruhig. Das wirkt sich auf mich ebenso aus und das tut mir nicht gut. Für meine Begriffe packt er zu viel in die Freizeit. Ich unternehme auch gern mal was, aber nicht so viel, nicht ständig, das ist mir zu viel. Bei ihm muss es immer irgendetwas sein.


20.10.98

Auf Arbeit gleiche Situation wie immer - gegen 18:00 Uhr war ich endlich zu Hause, 18:45 Uhr wollte mich Jens abholen. Laura saß über Matheaufgaben, sie übte für die Arbeit, die am nächsten Tag geschrieben werden sollte. Ich hin und her bei einer Frage von ihr zwischen Matheaufgaben und Haare waschen. Hektik war angesagt!

Um sieben zogen wir los – Küsschen auf Lauras Backe, die noch über den Aufgaben saß, Bemerkung: „Mach dir dann was zu essen, kannst Sandwich machen." Und: „Geh nicht so spät ins Bett."

Und tschüss!

Toll! Alleingelassen meinen Schatz, weil die Mutter wegrennen muss! Weil sie denkt, sie könnte Jens verlieren, wenn sie nicht mithält!

Gebe ich nicht mein eigenes Ich auf?? Ist es das, was ich will?? Meine Kinder waren mir schon immer zu wichtig, als dass ich sie so *abfertigen wollte. Jetzt tat ich's! Wenn ich von Drogenproblemen hörte, weil die Eltern keine Zeit mehr für die Kinder hatten, dachte ich, das soll mir nie passieren. Was tat ich jetzt?! Ich fing an mich für ihn total umzustellen, meine Freizeit nach seiner einzuteilen. Sicher muss man sich irgendwie aufeinander einstellen, aber so???*

*Ich glaube ich brauche Abstand. Ich brauche etwas Zeit, um zu mir zu finden!*

*Vielleicht geht es Jens auch so. Er wünscht sich mehr Aktivitäten und Initiative von mir. Und er erwartet, dass ich noch mehr Freizeit mit ihm verbringe, noch mehr mit ihm unternehme!*

*Mir wird das alles zu viel. Ich möchte mal wieder ein normales Wochenende erleben, auch wenn ich da nur rumgammele und esse.*

*Irgendwie ist es nicht mehr so gemütlich bei uns am Wochenende, wenn wir so viel wegrennen. Immerhin war es nicht schlecht, wenn wir am Sonntag zum Mittagessen mal alle zusammen in Ruhe am Tisch saßen und plauderten, oder anschließend was spielten oder gemeinsam einen Film ansahen. Das ist nun total ins Hintertreffen geraten.*

*Die Freizeit wird für mich zum Freizeitstress!*

*Außerdem stehen meine Finanzen schlimm wie nie zuvor, bedingt durch das viele Fortgehen und anschließende Essengehen, die zwei zusätzlichen nicht geplanten Urlaube etc.*

*Mit Laura relaxe ich sehr gerne. Sie malt manchmal, ich mache dann in aller Ruhe meine Hausarbeiten. Oder wir machen was zusammen, dann bleibt die Hausarbeit eben liegen. Ist Jens da, kann ich das nicht. Wir spielen auch gern, er nicht.*

Einerseits verstand ich mich ganz gut mit Jens, aber auch er war – wie Bruno – alleinstehend, noch nie verheiratet gewesen und kinderlos und hatte sehr viel Freizeit. Zwar machte er alle anfallenden Hausarbeiten selbst, aber seine Tage waren fest durchstrukturiert und er wünschte sich, dass wir den größten Teil seiner vielfältigen Freizeitaktivitäten miteinander verbringen, was mir nach wie vor nicht möglich war und was ich so auch nicht wollte.

Auch plante Jens eine große Urlaubsreise. Als ich ihm mitteilte, dass ich mir das finanziell gar nicht leisten könnte, merkte ich ihm sehr stark seine Unzufriedenheit an.

Jens nahm dann einen kleinen Streit zum Anlass, die Beziehung zu beenden. Er schrieb mir einen Brief, dass er keine Zukunft für uns sah. Es tat mir weh, denn wir hatten in diesem halben Jahr unserer Beziehung auch viel Schönes gemeinsam erlebt. Aber ich hatte ja selbst gemerkt, dass wir von unserer Freizeitgestaltung zu unterschiedliche Vorstellungen hatten und keine für beide zufriedenstellende Lösung fanden.


P.S. Bruno hatte ja einmal behauptet, Männer hier seien halt so (unordentlich, schludrig wie er), ich würde mit meinem ‚Ordnungs- und Hygienetick‘ immer Probleme kriegen. Ich hatte vor Bruno Männer aus dem Westen nur bei der Arbeit kennengelernt, konnte also nur damit dagegen halten. Aber nun sah ich wieder, dass Bruno damit Unrecht hatte!

Ende 98 wurde die geplante Fusion unserer Firma Realität und damit im Zusammenhang waren zahlreiche Entlassungen geplant. Als ich deswegen beim Betriebsrat vorsprach, äußerte er bezüglich meiner Person keine Bedenken. Ich atmete erleichtert auf!

Leider sollte diese Fusion auch mit einer Verlegung unserer Außenstelle verbunden sein, sodass ich dann statt fünf Minuten mit dem Fahrrad ungefähr eine Stunde mit öffentlichen Verkehrsmitteln unterwegs, und somit noch später zu Hause sein würde.

Philipps Autounfall (am 21.01.1999)

Schock! Mein Telefon klingelte morgens zu einer Zeit, zu der ich noch schlief. Ich sprang aus dem Bett, rannte ans Telefon. Philipp meldete sich, sprach sehr hastig: „Mama ich hatte einen Autounfall, ruf mal zurück, mein Guthaben ist alle." Dann war das Gespräch abgebrochen.

Ich zitterte, hatte totale Angst um meinen Philipp. Ich wollte ihn sofort zurückrufen, zitterte aber so sehr, dass ich mich ständig vertippte.

Mir versagte fast die Stimme, als ich ihn endlich erreichte.

Philipp erzählte, er habe sich überschlagen, sei sehr müde gewesen, ihm habe es immer die Augen zugezogen, habe dann gemerkt, wie er nach rechts von der Fahrbahn abkam und das Lenkrad zu heftig herumgerissen. Das Auto liege auf dem Dach, die Türen seien verklemmt, er sei durch den Kofferraum nach außen geklettert. Er habe auch mit der Polizei telefoniert, gesagt, sie bräuchten keinen Krankenwagen schicken. Ein Abschleppdienst sei informiert worden.

Dann plötzlich sagte er, ihm würde gerade so schlecht werden und sei ganz schwindlig und ich riet ihm dringendst, den Rettungsdienst anzurufen. Plötzlich war das Gespräch unterbrochen. Mir wurde richtig schlecht vor Angst. Ständig versuchte ich Philipp zu erreichen, er meldete sich nicht.

Ich musste mich dann für die Arbeit fertigmachen, Laura musste zur Schule. Kaum bei der Arbeit angekommen, versuchte ich wieder Philipp zu erreichen, erfolglos. Ich konnte vor Angst nicht arbeiten, war nur am Telefon. Da

Philipp nach dem freien Wochenende unterwegs zu seiner Einheit war, rief ich dann auch dort an, fragte, ob er inzwischen angekommen sei – er war noch nicht da. Ich erzählte, was passiert war und wo. Ich sollte mich wieder melden.

An Arbeit war nicht zu denken, ich zitterte nur und hatte unwahrscheinliche Angst um meinen Philipp. Auch bei wiederholten Anrufen in seiner Einheit konnte mir nichts anderes gesagt werden, ich sollte mich wieder melden.

Dann endlich – es war bereits Nachmittag - wurde mir bestätigt, dass Philipp eingetroffen war und gerade beim Arzt zur Untersuchung sei! Und als sich kurz danach Philipp meldete und mitteilte er habe ein Schleudertrauma, es gehe ihm aber soweit gut, konnte ich erst einmal nur weinen, so froh war ich, dass es so ausgegangen war.

*Tagebuchauszug vom 26.01.99*

*Es war fürchterlich für mich, als Philipp mich früh vor 5:30 Uhr per Handy anrief, ich soll mal schnell zurückrufen, er hätte einen Unfall gehabt. Es war so furchtbar, so ein Schock, ich fing fürchterlich zu weinen an, konnte mich nicht halten. Ich hatte so eine Angst um Philipp und war so weit weg, konnte ihm nicht helfen! ...*

*Den ganzen Tag hatte ich noch die wahnsinnige Angst, dass Philipp noch umkippen könnte, der Kopf oder die Halswirbel was abgekriegt haben könnten. Er habe - als die Polizei da war - gesagt, er bräuchte keinen Arzt und die hatten tatsächlich keinen gerufen! Dabei kann er doch unter Schock gestanden haben, das kann doch die Polizei nicht einschätzen!*

*Ich hatte wahnsinnige Angst, rief immer wieder in seiner Dienststelle an, ob er angekommen sei, es vergingen Stunden! Erst am Nachmittag gegen 15:45 Uhr erfuhr ich von Philipp, dass mit dem Kopf und den Halswirbeln alles in Ordnung war, er war mit* einem Halswirbelschleudertrauma davon gekommen. Er hatte so ein Glück, so ein Glück!!

So schnell kann was passieren, so schnell! Ich würde daran kaputt gehen, wäre mit Philipp Schlimmeres passiert, nicht daran zu denken! Ich bin so froh, dass es so ausgegangen ist.

Das Auto ist wahrscheinlich hinüber. Tut schon weh. Es war so ein zuverlässiges Auto. Philipp tat es auch weh. Er sagte: „Das Auto hat mich überall hingebracht, alle möglichen Autos sind bei schlechtem Wetter auf der Strecke geblieben, selbst Mercedes, das hat durchgehalten." Es tut ihm so leid. Er hat sich bei mir entschuldigt: „Tut mir so leid, Mama, das wollte ich nicht." Er hätte durchdrehen können, als er das Auto gesehen habe. War dankbar, dass ich so viel angerufen hatte.

Aber selbst bei dem Unfall hatte das Auto noch sein Bestes gegeben und Philipp nicht weiter verletzt. Wir können wirklich so froh sein!

Mit dem Auto – wir werden sehen. Wahrscheinlich Totalschaden, sagte Philipp, das Dach und vorn alles eingedrückt.

Von der Versicherung habe ich noch keinen Bescheid. Aber egal. Das Auto kann man ersetzen! Und wenn eine gewisse Zeit nicht, dann eben nicht, das kleinere Übel!!

Noch heute nimmt es mich total mit, wenn ich darüber schreibe. Es war für mich eine ganz schreckliche Situation, ich hatte so eine Wahnsinnsangst um meinen Philipp. Nie möchte ich erleben, dass meinen Kindern irgendetwas passiert!!!

*Tagebuchauszug 03.02.99*

*Mit dem Auto – das ist so was von kompliziert! Ich habe mich mit vielen beraten. Beate und ihr Mann rieten mir auch das Angebot der Versicherung anzunehmen.*

*Am Montag soll es nun abgeholt werden. Am Samstag fahren wir nochmal hin. Ich werde es noch ein letztes Mal streicheln, letzte Ehre. Fotos machen, Nummernschilder ab, dann abmelden.*

*Es wird weitergehen. Das Wichtigste – Philipp ist nichts passiert!!*

Das Auto war nicht mehr zu reparieren, aber das war für mich sooooo nebensächlich. Es war nur ein Auto, man konnte es ersetzen. Es war mir so egal.

Philipp entschuldigte sich immer wieder, dass er mir mein Auto kaputtgefahren hatte, aber es war für mich wirklich nicht wichtig. Wichtig war, dass ihm nichts Schlimmes passiert war, das Schleudertrauma würde er in nicht allzu langer Zeit überstanden haben.

(Durch die Vollkasko-Versicherung erhielt ich sogar eine Schadensvergütung ausgezahlt.)

Lauras Konfirmation

Meine Eltern waren da, Wolfgang mit Freundin, die Ex-Schwiegermutter, natürlich auch Philipp mit Freundin. Dem Ex-Schwiegervater sei es nicht so gut gegangen, wollte lieber nicht mitkommen (war ja auch eine lange Strecke zu fahren).

Ich war sehr erstaunt und erfreut, als alle mit in die Kirche zur feierlichen Konfirmation gingen, besonders, da ja fast alle nicht religiös waren. Es war eine Ehre für Laura. Meine Mutter sang sogar teilweise mit (sie kannte die Lieder noch aus ihrer Kindheit, sagte sie).

Im Anschluss gingen wir in eine Pizzeria essen, wo ich Plätze reserviert hatte.

Es war insgesamt eine schöne Feier und eine sehr angenehme Atmosphäre.

Meine Freundinnen wollten mich verkuppeln, nur einen Mann zum Ausgehen, wenn ich dazu Lust hätte und – falls wir dann hoffentlich Jens begegnen würden – um ihn eifersüchtig und vielleicht nachdenklich zu machen.

Ich fand den Plan gut, hatte Jens gefühlsmäßig noch nicht richtig abgehakt, und traf mich mit einem Bekannten aus dem Freundeskreis einer Freundin.

Ludwig sein Name, war viele Jahre jünger als ich, aber das war ja egal.

*Tagebuchauszug 10.03.99*

*Ludwig ist unwahrscheinlich. Er gibt mir ein Gefühl von Sicherheit und Verständnis - ich finde keine Worte.*

*Ich bin mir schon gar nicht mehr sicher, ob ich so etwas schon einmal erlebt habe. Ich denke an Jens: Nein, so wichtig war ich ihm nie! Wie schrieb Ludwig: ,Wenn ich ihn brauche, wird er für mich da sein, es wird nichts Wichtigeres geben'.*

*Tagebuchauszug 22.03.99*
*Ludwig wollte am Montag nur kurz vorbeikommen. Aber aus Kurz wurde Lang. Und ich hatte nicht den Mut ihm zu sagen, dass ich mir den Tag eigentlich mit Laura eingeplant hatte. Wir wollten gemeinsam Hausaufgaben machen. Hatte zu ihr so selbstverständlich gesagt – ich bin ja da, kann dir ja helfen.*

*Ich hoffte dann auch noch Zeit zu haben für Laura. Aber er ging nicht. Ich rang mit mir ihm zu sagen, dass mir das nicht passte, sagte es leider nicht. Übrig blieb Null Zeit für Laura!*

*Am nächsten Morgen ging es mir nicht gut, ich war mir selbst nicht mehr gut! Warum sagte ich nicht ehrlich, was ich dachte und fühlte! Noch dazu enttäuschte ich Laura, da ich ihr einiges versprochen hatte, was ich nicht hielt.*

*Ich hatte am Dienstag nur einen Wunsch, ihm mitzuteilen, was ich wirklich fühlte. Es war mir egal, wie er reagieren würde.*

*Ludwig hatte Verständnis.*

*15.04.99*
*Gestern nach Sport fragten meine drei Freundinnen natürlich, was meine Beziehung zu Ludwig mache.*

*Meinem Argument, dass ich wegen des Altersunterschiedes sowieso keine nähere Beziehung zu ihm wollte, stimmten sie mir in keinster Weise zu. Außerdem sagten sie, soll ich von Anfang an gleich sagen, was mir nicht passt und ja nicht einengen lassen.*

Es fiel mir schwer anderen zu sagen, was ich denke, fühle, wollte oder nicht wollte. Ich wollte niemanden verletzen und wollte mich auch nicht unbeliebt machen.

Ich hatte es nie gelernt. Als Kind nicht, da hatte ich zu gehorchen, ein Widerwort wurde nicht geduldet. Und als Erwachsene in der DDR war es gefährlich, man konnte dafür im Knast landen.

Als Kind wollte ich geliebt werden und passte mich den Wünschen meiner Eltern, Lehrer, Erzieher und Verwandten an, als Erwachsene fraß ich zunächst alles in mich hinein. Und als ich begann meine Meinung zu sagen, hatte dies harte Konsequenzen für mich gehabt, die mich letztendlich dazu trieben, aus meiner Heimat, der DDR, zu flüchten.

*Tagebuchauszug 10.11.99*

*Ich merke, wie sich Laura immer weiter von mir entfernt. Durch den viel weiteren Arbeitsweg (nach der Fusion) gehe ich kurz nach ihr aus dem Haus, habe also morgens nicht mehr so viel Zeit wie früher. In den Mittagspausen nach Hause kommen fällt leider durch die Entfernung auch flach. Und gerade da merkte ich, wie froh Laura früher war, gleich erzählen zu können. Ich bekam so viel mit – von der Schule, von Freundinnen, … Wann habe ich diese Zeit noch für Laura?? Und abends bin ich auch durch den langen Arbeitsweg später da als vorher.*


*Jazztanz gefällt mir auch immer weniger, es wird mir zu viel gequatscht. Da gefällt mir Step-Aerobic tausendmal besser. Wenn ich Barbara, Silke und Birgit nur dahin bekäme! Denn wegen dieser drei gehe ich hauptsächlich noch zum Jazztanz.*

Wir gehen anschließend immer noch in eine Pizzeria und die Gespräche mit ihnen tuen mir einfach gut. Wir sind ungefähr im gleichen Alter, haben alle Kinder und ähnliche Probleme.

Orkan Lothar am 26.12.1999

Philipp und Laura waren dieses Jahr über Weihnachten bei Wolfgang und seinen Eltern, am 2. Weihnachtsfeiertag wollten sie zurückfahren. Genau an diesem Tag wurde für Süddeutschland ein Orkan angekündigt und viele Warnungen über Radio und Fernsehen verkündet, sich möglichst nicht im Freien aufzuhalten. Und Philipp und Laura waren bereits nach Hause unterwegs! Ich verfolgte die Nachrichten und sah, wie in unserem Hof ein riesiger Ast von einem Baum abbrach und in den Garagenhof auf Autos stürzte. Mir wurde angst und bange! Immer wieder rief ich an, um die beiden zu warnen und mich zu versichern, dass es ihnen gut geht. Stunden vergingen, voller Angst! Ich zitterte um das Leben und die Gesundheit meiner Kinder, hatte keine ruhige Minute!

Und wie glücklich war ich, als ich sie endlich unversehrt in die Arme schließen konnte. Sie erzählten mir dann von umgestürzten Bäumen, die plötzlich vor ihnen auf der Straße lagen und der Angst, die auch sie die ganze Zeit hatten. Ich war so dankbar, dass alles gutgegangen war, meinen Kindern war – Gott sei Dank – nichts passiert!

Die Meldungen in Radio und Fernsehen waren katastrophal. Einige Menschen wurden durch umstürzende Bäume oder herumgeschleuderte Gegenstände erschlagen, Dächer wurden abgedeckt, in den Wäldern waren durch den Orkan riesige Schneisen entstanden.

Am Folgetag sahen wir in unserer unmittelbaren Umgebung die Schäden, die der Orkan Lothar angerichtet hatte – viele entwurzelte Bäume, zerschlagene Dachziegel auf den Fußwegen, Mülltonnen und andere Gegenstände, die herum lagen. Ich kann nicht beschreiben wie froh ich war, dass meinen Kindern nichts passiert ist!!

*Silvestersturz 1999/2000*

*So ärgerlich! Wir rennen nach einer Straßenbahn, obwohl wir's nicht eilig hatten und das sicher nicht die letzte Bahn war. Ich komme ins Stolpern, stürze hin. Will wieder aufstehen, im linken Knie knirscht es unheimlich, ich sacke wieder zusammen. Beate und Bernhard sind sofort bei mir, stützen mich und mein Knie, ich soll mich nicht bewegen. Bernhard ruft sofort einen Rettungswagen. Ich schaue mein Knie an, es ist spitz oberhalb der normalen Position zu sehen.*

*Dann kommt der Rettungswagen, sie schienen mich sofort ganz vorsichtig. Ich hatte noch Hoffnung, dass mir die Kniescheibe nur rausgesprungen sei, ich also nach dem Einrenken sofort wieder nach Hause könnte, aber der Rettungsdienst sagte mir, sie sei mindestens 1 x gebrochen, ich müsste Minimum mit 10 – 14 Tagen Krankenhausaufenthalt rechnen.*

*Oh Gott, dachte ich, so ein Ärger. Wäre ich doch nicht... Aber dazu war es zu spät. Unsere schöne gemeinsame Urlaubswoche, auf die ich mich so gefreut hatte!*

Laura musste informiert werden, sie wusste ja von nichts, war allein zu Hause, Philipp wollte erst am Sonntag kommen, es war Samstag. Ich bat Ludwig darum.

*Im Krankenhaus die Aufnahme, dann Röntgen. Es sollte sofort operiert werden, sobald der OP frei ist.*

*Das Gespräch mit dem Anästhesisten: Da ich ca. 22:00 Uhr noch gegessen und nach 01:00 Uhr noch getrunken hatte und sofort operiert werden sollte, war nur Teilnarkose möglich. Das hieß –*

Spritze ins Rückenmark (Spinalkanalanästhesie), ab Hüfte wäre dann alles taub. Ich hatte Schiss, als ich nach den Risiken fragte und mir gesagt wurde, es könnte ein Nerv verletzt werden, sodass dann die Bewegungsfähigkeit eingeschränkt wäre. Aber – so etwas käme sehr selten vor.

03:45 Uhr schoben sie mich in den OP, 05:50 Uhr kam ich auf Station. Zunächst hatte ich kein Gefühl in den Beinen, nach 3 – 4 Stunden sollte es wiederkommen. Ich versuchte zu schlafen - konnte nicht, weil ich auf dem Rücken lag, mich ab Hüfte nicht bewegen konnte, die Lage unbequem war, der Rücken schmerzte.

Nach und nach kam Gefühl in die Beine, aber nur sehr schwach, ich konnte sie noch immer nicht selbst bewegen, die Füße waren taub. Und es waren bereits über vier Stunden vorbei! Ich hatte Angst, ich könnte gelähmt bleiben, rief nach der Oberschwester – ich sollte Geduld haben. Meine Angst vergrößerte sich immer mehr.

Und irgendwann konnte ich dann endlich meine Beine bewegen. Ich war so froh!!


Für Laura ist's bestimmt eine Umstellung, nun ganz allein zu Hause zu sein. Lieb von Philipp, dass er zu Hause schläft. Und nachdem ich Ludwig bat, hat er auch mal was gekocht – Laura isst ja sonst nichts, ist eh so dünn.


Mit den Frauen in meinem Zimmer unterhalte ich mich viel. Es ist interessant älteren Leuten zuzuhören, sie haben schon so viel erlebt und so viel Erfahrung.

*Tagebuchauszug 13.01.00*
*Entlassung. Laufen ist für mich total anstrengend. Die vielen Unebenheiten auf den Fußwegen, jedes kleine Auf und Ab verlangen meine volle Aufmerksamkeit, besonders wenn die Schräge zur Straße abfällt (war mir früher nie aufgefallen) werde ich unsicher.*

Während der 12 Tage im Krankenhaus bekam ich täglich Besuch und viele Anrufe. Auch meine Ex-Schwiegermutter rief mich an. Ihr stand demnächst eine Gallen-OP bevor. Obwohl es – wie sie sagte - eine Routine-Operation sei, habe sie große Angst davor. Sie verstehe es selbst nicht, kenne sich so gar nicht.

Übrigens bekamen die anderen Patientinnen aus meinem Zimmer unmittelbar nach dem Krankenhausaufenthalt (nach Knie- oder Oberschenkel-OP) eine Anschlussbehandlung in einer Rehaklinik. Die Aufnahme wurde noch während des KH-Aufenthaltes organisiert. Als ich danach fragte erklärte man mir, dass müsse mein Hausarzt für mich organisieren. Auf jeden Fall wünschte ich mir auch irgendwann wieder ganz normal laufen zu können.

Mir wurde Krankengymnastik verordnet, zwischen den Terminen sollte ich zu Hause selbst viel üben. Für eine Reha-Behandlung musste ich einen Antrag bei meiner Rentenversicherung stellen. Nach einiger Zeit erhielt ich dafür eine Genehmigung, war nun auf der Warteliste.

*Tagebuchauszug 03.03.00*

*Heute wurde meine Ex-Schwiegermutter beerdigt, um 11:30 Uhr.*

*Es ist noch immer unfassbar für mich. Es kam so plötzlich. Die geplante Galleoperation im Januar. Nach der OP sprachen wir mit Opa (meinem Ex-Schwiegervater), da die Oma für uns noch nicht erreichbar war. Sie würde noch schlafen. Die OP war am 24.01. gewesen, Dienstag. Am Mittwochabend dann erfuhren wir, dass es Oma nicht so gut ging, sie einen Kreislaufkollaps hatte und in ein künstliches Koma versetzt worden war. Am Sonntag sollte sie davon wieder weg, aber die Organe arbeiteten noch nicht wieder selbstständig. Und am Dienstag rief uns Wolfgang an, dass sie am Vormittag verstorben sei. Ich konnte es nicht fassen. Eine gewöhnliche OP! Es ging so schnell! Und sie war eigentlich ein so lebensbejahender Typ. Es wollte die ganze Zeit nicht in meinen Kopf und will noch nicht.*

*Ich wäre gern mit zur Beerdigung gegangen, aber ich halte die lange Fahrt noch nicht durch, kann noch nicht so lange sitzen. Das Knie fängt bereits nach einer halben Stunde an zu schmerzen.*

*Wie schrecklich muss es für Wolfgang, Opa und Wolfgangs Bruder gewesen sein, sie haben Oma nach der OP nur kurz wach gesehen, wenn überhaupt, und da nahm sie niemanden wahr. Nicht einmal ein Verabschieden war möglich, auch für meine Kinder nicht.*

*Es tut mir so Leid um Oma. Sie war nicht nur die Oma meiner Kinder, eine sehr liebe Oma, sondern auch mir wie eine Freundin, wenn ich Rat und Hilfe brauchte.*

*Tagebuchauszug 03.04.00*

*Heute war ich das erste Mal wieder bei der Arbeit. Und es war total frustrierend für mich!*

*Nicht etwa, dass ich mit dem Knie riesengroße Probleme gehabt hätte – nein, das ging einigermaßen. Nein, andere Gründe, die mein Herz erstarren ließen.*

*Mein erster Schock: Die Begrüßung meiner Kollegin war total frostig, abwehrend.*

*Dann wurde mir mein neuer Arbeitsplatz gezeigt, denn es war in meiner Abwesenheit erneut viel umstrukturiert worden. Viele Kollegen mussten ihr Büro wechseln, so auch ich.*

*Es herrschte eine angespannte, unangenehme Stimmung unter den Kollegen. Viele äußerten, sich nicht mehr wohl zu fühlen und wollten den Job wechseln, anderen legte man nahe zu gehen. Ich konnte es kaum fassen! Unser ehemaliges Team war total geschrumpft.*

*Und nicht zuletzt mein Gespräch mit meinem neuen Chef, was alles andere als aufbauend war. Es ging wieder um meine zukünftige Tätigkeit, er meinte, ich sei wahrscheinlich in letzter Zeit nicht voll ausgelastet gewesen.*

*Na super!*

*Prima - ich durfte mich verteidigen! Aber was zählt man auf, wenn man für das gesamte Team zuständig ist, von x Leuten x Sachen zu erledigen hat, die im Einzelnen klein und nichtig erscheinen, in der Summe einen aber voll ausfüllen?? Ich zählte auf: Reiseorganisation, Reisekostenabrechnung, Pflege diverser Verteiler, Pflege Standsammlung, Erstellung von Unterlagen für Präsentationen, Zusammenstellen von Informationen für die monatliche Abteilungszeitschrift, Organisation und Vorbereitung von Besprechungen, usw. Er nahm es zur Kenntnis, verlangte aber trotz allem von mir, noch weitere Aufgaben zu übernehmen.*

*Mir ist die Lust so richtig vergangen, aber total! Am liebsten wäre es mir, die Rehaklinik schreibt mich an, sodass ich wieder weg* bin vom Fenster! Und in dieser Zeit hätte ich gern eine höhere Eingebung, was ich machen könnte!

Naja, was soll's. Momentan ist's ‚mein Brot'.

Nein, es war alles andere als schön heute! Und wären da nicht einige nette Kollegen, es wäre sehr trostlos gewesen.

Vielleicht sollte ich auch einfach meinen Stil ändern. Zwei Kolleginnen lassen prinzipiell ihre Ablage liegen, andere schauen tagelang ihre Post nicht durch - sie kämen nicht dazu. Anhand des Ablage-/Postberges sollen ihre Chefs wahrscheinlich vermuten, sie seien überlastet. Taktik! Aber im Grund mag ich so eine Art nicht.

16.04.00

Ich verdiene zwar ein gutes Geld in dieser Firma, aber ich fühle mich nicht wohl, nicht geachtet, nicht anerkannt. Es macht mir überhaupt keinen Spaß mehr. Man spürt, wie jeder für sich an seinem Arbeitsplatz um seine Daseinsberechtigung kämpft, da ist kein Zusammenhalt mehr!

*Tagebuchauszug 27.06.00*
*Rehaklinik! Endlich!*
*Am Mittagstisch hatten wir uns alle vorgestellt - den Tisch bekamen wir zugewiesen - ein Mann und mit mir drei Frauen.*

Nach dem Arztgespräch erhielten wir unseren Behandlungsplan. Da ich unbedingt wieder eine volle Belastbarkeit meines Beines erreichen wollte (es war noch immer zu schwach und wacklig), hatte ich nun täglich ein volles Programm, was ganz schön anstrengend war: Aquajogging (sehr anstrengend und auch schmerzhaft), Krafttraining Beine, Ergometer, Walking, …, und dazwischen Vorträge.

Da sich alle an unserem Tisch gut verstanden, unternahmen wir auch viel gemeinsam – trafen uns am Nachmittag beim Kaffeetrinken und erzählten, um uns noch näher kennenzulernen oder gingen gemeinsam spazieren.

*02.07.00*
*Wir vier sind ein lustiger Haufen, und das ist schön.*
*Als H. kam – wie immer frisch und sauber, auch die Kleidung roch frisch – wurde mir wieder bewusst, wie angenehm ich das empfinde, wenn ein Mann Wert auf sein Äußeres legt.*
*Im Gegensatz dazu Ludwig, der zog mich bei seinem Besuch gestern wahrlich nicht gerade an. Und momentan habe ich keine Sehnsucht nach ihm.*
*Wer weiß, wozu dieser Abstand gut ist! Man findet sich selbst und wird viel ruhiger. Dieser ganze Stress bei der Arbeit, dieses Mobbing – es ist schon weit weg und so unwichtig. Hier bin ich wichtig, alles geht darum, meine Gesundheit wieder herzustellen. Die Firma wird mir langsam egal. Es gibt doch noch viel mehr auf dieser großen, schönen Welt, als die blöden, ätzenden Probleme,*

diesen Machtkampf und Kleinkrieg. Es ist so weit weg von mir und ich genieße es.

11.07.00

Am Abend rief ich die Kinder an. Laura und ich sprachen bis 20:45 Uhr. Ich merkte, dass es auch ihr gut tat.

12.07.00

Ein Mal-Kurs wurde angeboten – Aquarellmalerei – hat Spaß gemacht.

17.07.00

Die letzte Nacht in diesem Bett!

Heute hatten wir noch einmal einen sehr schönen Tag. H. hatte uns vorgeschlagen, unseren Abschied gemeinsam zu feiern. Nachdem wir zunächst zum Wildgehege gewandert waren, was sehr gut tat – schöne Landschaft, schöner Ausblick, Sonne - fuhren wir nach dem Abendbrot nach Saarburg - ein sehr hübsches, altes Städtchen, wunderschön erhalten, sehr reizvoll. Waren bei einem Italiener, haben uns gut unterhalten und noch einige Fotos geschossen. (Ich mag H. sehr, er ist ein sehr sympathischer Mann. Und sieht gut aus, und, und, und.)

Adressen und Telefonnummern haben wir auch alle ausgetauscht. Die beiden Frauen boten H. an, sie doch mal zu besuchen. Ich natürlich sofort auch. Ja, er würde kommen, sagte er, sei kein Problem, da er gelegentlich in der Nähe sei. Bin gespannt! Ja, ich mag ihn wirklich, mir gefällt seine Art. (Und ich bin ziemlich überzeugt, dass ihn Philipp und Laura auch sympathisch finden würden.)

Wusste allerdings nie, was er von mir hält.

25.07.00

Heute hat Laura Fotos abgeholt (u. a. von der Reha). Ich konnte es kaum erwarten. Wir schauten uns die Fotos an, Philipp nur mal schnell, Laura intensiver. Dann sagte Laura: „Zu ihm (H.) würdest du aber viel besser passen als zu Ludwig." Und als ich dann einiges von H. erzählte, kam immer wieder: „Nimm ihn Mama, der passt doch wirklich viel besser zu dir. Ich habe mich von Anfang an gefragt, was du an Ludwig findest, ehrlich!"

08.08.00

Übrigens drückt mich Laura in letzter Zeit öfters oder nimmt mich in die Arme. Das hat sie sehr lange nicht getan. Es macht mich sehr glücklich!

*Tagebuchauszug 26.08.00*

*Der Urlaub ist vorbei, wir sind wieder zu Hause. Es war sehr anstrengend und alles andere als erholsam. Ich weiß nicht, was in Ludwig gefahren ist, dass er größtenteils so übellaunig und hässlich zu uns war.*

*Wir passen nicht zusammen, sagten mir Philipp und Laura.*

*„Liebe, was ist das?*
*Du verletzt mich,*
*obwohl du mich liebst.*
*Du gehst,*
*obwohl du mich brauchst.*
*Ich komme nicht zu dir,*
*trotz dass es mich zu dir zieht.*
*Ich verlasse dich,*
*und mein Herz schreit*
*nach deiner Liebe.*
*Liebe, was ist das?" (verfasst von mir am 18.06.01)*

Warum ich mich mit Ludwig eingelassen hatte, ist im Nachhinein schwer zu erklären, mein Typ war er nicht, außerdem war mir der Altersunterschied viel zu groß. Aber ich suchte Liebe, Wärme, Geborgenheit. Ludwig gab mir eine Zeit lang das Gefühl, dass jemand für mich da war, mir zuhörte, mich in die Arme nahm; seine Streicheleinheiten taten mir gut, gaben mir Kraft.

Ich interpretierte dann wahrscheinlich das in ihn hinein, was ich gern gehabt hätte, sah ihn, wie er doch gar nicht war oder sein wollte.

Wir passten überhaupt nicht zusammen, weder von der Art, noch von unseren Interessen, vom Geschmack oder von unseren Einstellungen her.

Irgendwann spürten wir beide wohl, dass wir unsere Zeit mit dem falschen Partner verbrachten.

Meine Kinder nahmen das bereits viel früher wahr. Mir musste es immer wieder durch verschiedene Ereignisse bewusst vor Augen geführt werden, bis ich schließlich begriff und endlich den Schlussstrich zog, wozu mir meine Kinder und auch meine Freundinnen schon lange geraten hatten.

*Tagebuchauszug 30.08.00*

*Heute waren wir – Laura und ich – bei Philipps Freundin in ihrer neuen Wohnung zum Kaffee eingeladen. Eine schöne kleine Wohnung, gefällt mir. Und hübsch eingerichtet mit dem, was sie schon haben. Ich war begeistert. Und Philipp bezeichnete die Wohnung schon mehrmals als ‚unsere'. So, so, … Na, schau'n wir mal. Süß sind die zwei ja.*

*Tagebuchauszug 08.11.00*

*Die Arbeit frisst mich mehr und mehr auf. Ich schaffe es seit einiger Zeit überhaupt nicht mehr. Zwar war das noch nie möglich, aber es wird von Tag zu Tag mehr. Dazu kommt die Delegierung minderwertiger Tätigkeiten von zwei Sekretärinnen an mich (wohl von ihrem Chef angeordnet). Ich möchte lieber richtige, anspruchsvolle Aufgaben haben, grübeln, was schaffen, was auch mir Bestätigung gibt. Aber das ist bestimmt nicht Geschirr ein- und ausräumen, Besprechungsraum aufräumen, Blumen gießen, …, was diese beiden mir übertragen. Zu 70 Prozent mache ich Tätigkeiten, die mich total unterfordern, der Rest geht so. Sicher ist es ein gutes Geld, was ich verdiene, aber der Preis dafür ist zu hoch!*

*27.11.00*

*Ich habe die drei Monate meiner Krankschreibung diesbezüglich etwas genießen können – anfangs weniger, da mir vieles noch sehr schwer fiel und meine Kinder zusätzlich für mich da sein mussten. Aber dann hatten wir viel mehr Zeit füreinander, und das war richtig schön.*

*Und jetzt???*

*Die Erwartungen an die zu erbringende Arbeitszeit werden immer höher. Gerne würde ich spätestens 16:30 gehen, dann 17:30 Uhr zu Hause sein. Aber es wurde in letzter Zeit oft viel später! Die anderen Frauen in der Abteilung haben keine Kinder, meine Kinder sind für sie kein Argument, ,sie seien doch schon groß'. Man merkt, dass sie nie Kinder hatten, sonst wüssten sie, dass diese Beziehung mehr ist, als den Kindern ein Essen zu machen oder dergleichen. Es ist auch Kontakt, Austausch, Dasein für den anderen. Aber leider – es gibt so wenig Verständnis, zu wenig Kollegialität unter allen.*

*Tagebuchauszug 10.01.2001*

*Noch einen Tag, dann am Freitag zur Vorbereitung OP vorsprechen, Sonntag rein, Montag OP! (Narbe wieder öffnen, Metall raus, wieder schließen.) Hoffe dass sich danach alles noch weiter verbessert mit dem Knie - es schmerzt bei bestimmten Bewegungen immer noch - und ich gezielt Muskelaufbau machen kann.*

*18.01.01*

*So, die OP habe ich hinter mir. Wieder Spinalkanalanästhesie – wurde mir vom Anästhesisten empfohlen.*

*Als ich in mein Zimmer geschoben wurde, spürte ich im Bauch bereits das Gefühl wiederkommen und schon bald danach in den Zehen. Natürlich dann auch zunehmend die Schmerzen, aber die waren erträglich.*

*Nun bin ich wieder zu Hause, heute entlassen worden.*

*Im Krankenhaus habe ich mir übrigens aus einer Zeitung Adressen rausgeschrieben, wo man Unterlagen für Psychologische Beraterin und ähnliches anfordern kann. Diese Richtung reizt mich nach wie vor. Auch eine Adresse von einem Verlag habe ich, wo neue Autorinnen gesucht werden. Vielleicht packe ich's ja doch mal, habe ja mindestens schon 10 Anläufe hinter mir.*

Hatte Laura dieses Jahr zum Geburtstag unter anderem einen Reisegutschein nach Amsterdam geschenkt (wollten wir beide zusammen hinfahren).

Verbrachten drei Tage dort - es war sehr schön, aber zu kurz. Am liebsten hätten wir noch einen Tag verlängert, aber Laura musste für Prüfungen lernen. Haben trotzdem sehr viel gesehen. Waren auch im Anne-Frank-Haus – das war Lauras größter Wunsch gewesen, nachdem diese Thematik in der Schule behandelt worden war und Laura die Tagebücher der Anne Frank gelesen hatte.

In Summe war es ganz schön teuer, aber es hat sich gelohnt. Und - es war für uns beide endlich mal wieder eine schöne gemeinsame Zeit! Tat gut!

Philipp hatte sich im Frühling neu verliebt! Muss wohl ganz schön eingeschlagen haben, denn sie wollen schon Anfang Juli zusammenziehen! Seine neue Freundin hat ihre Arbeitsstelle in ihrem Wohnort bereits gekündigt. Geht alles sehr schnell, ich hoffe und wünsche den beiden das Beste.

Das heißt aber auch, dass Philipp nun ausziehen wird. Zwar war er auch vorher schon weniger zu Hause, durch die Bundeswehrzeit und auch, da seine vorherige Freundin dann eine eigene Wohnung hatte, aber so ein endgültiger Cut ist doch noch mal was anderes. Wenigstens haben sie sich eine Wohnung in unmittelbarer Nähe zu unserer gesucht, sodass wir uns noch oft sehen können.

Aber ich freue mich auch, mir jetzt ein eigenes Zimmer einrichten zu können. Bisher schlief ich ja bei Laura im Zimmer, welches ich mit meinem Kleiderschrank abgeteilt hatte, oder auch im Wohnzimmer auf der Couch.

*Tagebuchauszug 12.06.01*

*Gestern war ein schlimmer Tag! Ich weiß nicht, aber an manchen Tagen bin ich übersensibel. Ich fühlte mich so elend, so verletzt und ungeliebt, dass ich mir selbst nur noch zu viel und im Weg war und regte mich total über Kleinigkeiten auf.*

*Wenn alles allein auf meinen Schultern lastet, wird es mir einfach manche Tage zu viel.*

*Aber ich will nicht so sein! Schlimm genug, dass es meine Kinder so miterleben mussten!!*

*Tagebuchauszug Sept. 2001*

*Und dann die Weltereignisse, die langsam wieder durch den Alltag verdrängt werden! Der Anschlag auf die USA am 11.09.2001! Es war ein Schock, der noch nicht raus ist aus den Knochen. Die Angst, dass ein Krieg ausbricht, der schnell zum Weltkrieg werden kann. Die Angst, dass auch deutsche Soldaten als NATO-Verbündete eingezogen werden! Philipp! Niemals! Niemals würde ich das wollen! Ich hätte keine ruhige Minute mehr, nur noch Angst! Der Gedanke wegzugehen, auszureisen, ehe es zu spät ist, alles stehen und liegen zu lassen! Der Schmerz, alles, was man sich aufgebaut hat, viele Erinnerungen zu verlieren, die große Ungewissheit, die käme. Ein Wirrwarr im Kopf, und so wenig, um das alles etwas ins Gleichgewicht zu bringen. Mir fehlt ein Partner, sehr! Ich bin nicht der Typ, der alleine leben will! Ich hoffe täglich!*

*Vorhin beschloss ich, zwei Briefe an neue Anzeigen zu schicken.*

*Ich sehne mich unendlich nach warmer, herzlicher, ehrlicher Liebe.*

*Ich fühle mich so ausgelaugt und unzufrieden.*

*Ich sollte mir endlich eine andere Arbeit suchen, die Spaß macht! Dabei denke ich wieder an die eine in unserer Sportgruppe, die Psychologin. Psychologie, das würde mich auch interessieren. Überhaupt irgendetwas, was mit Menschen zu tun hat. Nicht diese Teamassistenz in einem technischen Job! Noch dazu dieses ungesunde Arbeitsklima und der Dauerstress!*

*Was ist wirklich wichtig???*

*Wir haben es doch gemerkt, als dieser Terroranschlag in den USA war! Das Blut erstarrte uns in den Adern! Was zählte die Arbeit, diese Arbeit, in diesem Moment noch! Überhaupt, die ganze Art, wie die Menschen miteinander umgehen, diese Kälte, Härte, Arroganz, diese Wichtigtuerei, Ausspielerei! Es hängt mir so zum Hals raus! Bloß, um selbst auf dem Treppchen ein bisschen höher zu steigen! Diese vielen unmenschlichen Tritte nach unten. Ich habe das so satt!! Wie nebensächlich doch der Mensch an sich ist in dieser kalten Welt!*

*Ein Kollege aus der EDV machte letztens so eine Andeutung, als bräuchte er noch jemanden. Datenbanken pflegen würde mich auch interessieren. Ich werde ihn am Montag ansprechen.*

*So viele Männer lerne ich in meiner Firma kennen, aber keiner für mich dabei. Die mich interessieren würden, sind wahrscheinlich schon vergeben …*

04.10.01

*Habe den Kollegen bzgl. Datenbankbearbeitung angesprochen, aber sie suchen nur Werksstudenten. Schade! Habe auch in anderen Abteilungen, u. a. Einkauf nachgefragt, aber bisher ohne Erfolg.*

*Die Psychologin aus unserer Sportgruppe muss ich noch ansprechen. Ob ich da Chancen habe? Weiß nicht! Auf alle würde mich die Thematik interessieren. Und ich werde mir da jetzt gezielt Wissen aneignen. Wenigstens erst mal ein Buch kaufen – Grundwissen Psychologie – und das lesen. Und dann herantasten.*

*Tagebuchauszug 16.10.01*

*Habe gestern zwei Briefe auf Annoncen eingeworfen. Mal sehen!*

*14.11.01*

*Jetzt kenne ich Freddi bald vier Wochen und habe noch kein Wort eingeschrieben. Aber es waren bis jetzt so viele, viele Eindrücke, dass ich nicht das Bedürfnis hatte zu schreiben, sondern diese einfach nur verarbeiten wollte.*

*Wir haben uns in dieser Zeit schon so oft gesehen, dass ich Ewigkeiten bräuchte, um alles Erlebte zu Papier zu bringen. Und ich habe ihn schon lieb gewonnen, trotz dass ich anfangs ganz neutral war.*

*19.11.01*

*Ich habe viele wunderbare Sachen erlebt, die mich angenehm überraschten und erfreuten. Und trotzdem schlägt mir mein Gefühl heute ein Schnippchen, ich fühle mich nicht richtig wohl.*

*Freddi überschüttet mich. Mag sein er ist glücklich und hat ständig das Bedürfnis, es mir in irgendeiner Form zu zeigen. Aber es ist mir zu viel, es erdrückt mich. Er tut so vieles für mich, was ich ihm hoch anrechne. Aber die vielen Geschenke sind mir zu viel. Und sein ständiges Bedürfnis mich zu sehen ist mir zu eng, lässt mir keine Luft mehr für mich, für Laura, zum Nachdenken, ...*

*Ich fühle mich wieder wie bei Bruno. Ständig erwartet er, dass wir uns sehen und ich muss mich rechtfertigen, wenn ich es nicht will. Weil ich Abstand brauche, auch meinen Interessen nachgehen will und ohne Zeitdruck alles auf mich wirken lassen will. Er tut so viel, so viel Schönes, doch er lässt mir keine Luft zum Atmen!*

*Es ist mir zu viel! Ich komme mir vor wie Gehirnwäsche, keine Zeit zum Verarbeiten! Notbremse!!*

*28.11.01*

*Bin schon wieder bei der Notbremse! Bin gerne mit Freddi zusammen, es macht mir Spaß und gibt mir viel. Und trotzdem ist mir das alles schon wieder zu viel, zu intensiv, werde immer unzufriedener. Ich möchte mal wieder ein Wochenende mit Laura verbringen und auch mal wieder meinen Interessen nachgehen. Ich fühle mich gehetzt, sehne mich nach Ruhe! Ständig macht Freddi Vorschläge, was wir zusammen unternehmen könnten. Es klingt interessant, sodass ich schlecht nein sagen kann, aber ich fühle mich nicht mehr gut.*

*Tagebuchauszug 07.04.2002*

*Unseren Marokko-Urlaub haben wir auch schon hinter uns und er war wunderschön! Und das nicht nur darauf bezogen, was wir dort gesehen und erlebt haben, sondern auch auf uns beide. Wir haben uns super verstanden, es lief alles so harmonisch und Hand in Hand. Wir sind uns in dieser Zeit wieder ein riesengroßes Stück näher gekommen.*

*Ich war 14 Tage lang täglich mit Freddi zusammen und keine Minute, keine Sekunde mit ihm gemeinsam war mir zu viel, im Gegenteil.*

*Nun spiele ich mit dem Gedanken, der sich immer mehr in meinem Kopf einpflanzt, auf Freddis Angebot einzugehen und mit ihm zusammen zu ziehen. Vorschnell hatte mein Mund wieder zugesagt, das gesagt, was ich in diesem Moment empfand. Freddi ging sofort darauf ein, und als es mir bewusst wurde, wurde mir ganz anders und ich versuchte Freddi wieder zu bremsen. Aber ich kann es mir von Tag zu Tag mehr vorstellen. Ich habe ihn sehr lieb.*

Ende April hatte ich Freddi endgültig den Umzug zu ihm zugesagt. Nun musste ich alles dafür organisieren, zuerst mal unsere Wohnung kündigen.

Anfang Juli dann Wohnungsbesichtigungen und Kaufinteressenten für mein inseriertes Küchen- und Wohnzimmermöbel. Da wir ja in Freddis Wohnung ziehen wollten, konnten wir nicht mein ganzes Möbel mitnehmen und entschieden uns für Lauras und mein Zimmer. Alles andere versuchte ich zu verkaufen. Einige Möbelstücke waren noch keine 9 Jahre alt, auch gut erhalten, aber ich musste mit den Preisen ziemlich nach unten gehen, um sie los zu kriegen. Und dann waren wir natürlich am Ausmisten und Packen. Auch Freddi hatte viel zu tun, war am Umräumen und Renovieren.

Im Juni erblickte ich eine Anzeige des Klinikums in der Zeitung, dass für die Tagesklinik der Psychiatrie eine Arztsekretärin gesucht wird.

Das ist es, dachte ich sogleich! Die Medizin interessierte mich schon immer, Psychologie fand ich besonders interessant. Auch durch Freddis Umschulung, die die Arbeit mit psychisch kranken Menschen beinhaltete, hatte ich viel von dieser Thematik mitbekommen, was mich zunehmend faszinierte. Ich hatte schon lange nach einer anderen Tätigkeit Ausschau gehalten, jetzt musste ich zugreifen. Ich versprach mir viel von dieser Änderung, würde ich doch auf einem Gebiet arbeiten, womit ich mich auch in meiner Freizeit gerne beschäftigte, mir inzwischen schon einiges an Literatur angeschafft hatte und stets neugierig diese Bücher verschlang.

Aber ich hatte auch Bedenken!

*Tagebuchauszug 02.06.02*

*Der Haken: halbtags! Zwar wäre das wunderbar, aber die Knete!!! Ich würde also nicht unbedingt viel sparen, wenn ich mit Freddi zusammen ziehe, wenn ich dann statt 1770 Euro monatlich vielleicht Netto 1000 Euro hätte. Wenn überhaupt so viel, denn ‚Gehalt nach BAT' heißt es! Ist sehr gründlich zu überlegen, denn ich möchte nicht auf Freddis Geld angewiesen sein!*

*Was Freddi übrigens zu dem Halbtagsjob einfiel: „Da hättest du vielleicht mal etwas mehr Zeit für mich." Störte mich, diese Aussage, klingt egoistisch!*

*Aber auch - ich solle es tun, damit ich den Stress los bin. Finanziell kriegen wir das schon hin, meint er.*

*Aber ich will nicht abhängig werden!*

*Ca. eine Woche später*

*Heute habe ich mich für die Stelle als Arztsekretärin beworben. Es ist das, was mich interessiert! Nur ein Problem, ein großes: halbtags! Weiß noch nicht, wie ich das regeln könnte, vielleicht mit einem 2. Halbtagsjob?*

*Was ich gar nicht will, ist, so wenig verdienen, dass ich mit dem Geld rechnen muss, mir nichts leisten kann, abhängig werde, von der Hand in den Mund lebe und nicht allein wohnen könnte.*

*Mit dieser Stelle versuche ich einzusteigen, ich möchte mich gern weiter entwickeln, anspruchsvolle Aufgaben machen.*

*04.07.02*

*Ich bin ganz schön aufgeregt und fühle mich doch auch fremd dem gegenüber, was geschieht. Als würde ein Film ablaufen beobachte ich die Dinge, gar nicht, als wäre ich selbst die Akteurin. Ein sehr eigenartiges Gefühl!*

*Die Stelle war mit Arbeitsbeginn am 01. Juli ausgeschrieben gewesen, ich versuchte es trotzdem. Und dann meldete ich mich immer wieder, nachdem ich das Vorstellungsgespräch hinter mir hatte, hoffnungsvoll war, die Stelle haben wollte – um mich ständig in Erinnerung zu bringen, mein Interesse zu bekunden.*

*Lange Zeit Ungewissheit, auch wegen des Arbeitsbeginns und natürlich, ob ich die Auserwählte war.*

*Ich war es!!! Und der Betriebsrat hat nun auch zugestimmt, die Wahl fiel auf mich! Am Montag wurde ich von der Personalabteilung sofort informiert. Ein späterer Arbeitsbeginn sei auch möglich, falls meine Firma keinem Auflösungsvertrag zustimmen würde.*

*Ich freue mich übrigens, dass auch Philipp und Laura so mitziehen bei der neuen Stelle. Sie werden dadurch ja auch finanzielle Einbußen haben, jedenfalls vorerst.*

Zunächst musste ich also sehen, dass ich aus meinem aktuellen Arbeitsvertrag heraus kam, dafür reichte die vorgeschriebene Kündigungsfrist nicht aus. Ich sprach mit meinem Vorgesetzten, der mir keine Steine in den Weg legen wollte und mir die Möglichkeit eines Aufhebungsvertrages zum 31. Juli anbot.

Bedingt durch den bevorstehenden Arbeitsbeginn im Klinikum wurde mir eindringlich geraten, unbedingt zum Sommerfest der Psychiatrischen Klinik zu erscheinen, um dem Klinikdirektor vorgestellt zu werden, zukünftige Kollegen kennenzulernen und die Klinik zu besichtigen. Es sei für mich ein wichtiger Termin.

Somit fuhr ich also nicht zur Geburtstagsfeier meines Vaters, die an diesem Wochenende anstand.

Nachdem dann alle Formalitäten in meiner Firma geklärt waren, beendete ich mein dortiges Arbeitsverhältnis und begann am Folgetag meine neue Tätigkeit. Meine Arbeitszeit umfasste nun nur noch 4 Stunden und war fest vorgegeben. Ich würde nun wesentlich mehr Freizeit haben, denn in meiner vorherigen Firma hatten wir Gleitzeit. Ich hatte das ursprünglich als sehr angenehm empfunden, da ich morgens nicht mehr ständig auf die Uhr schauen musste, somit weniger Zeitdruck hatte. Aber der Nachteil der Gleitzeit war, dass durch das hohe Arbeitsaufkommen sich das tägliche Arbeitsende immer weiter hinausschob. Hinzu kam, dass meine Kollegen zum großen Teil Wochenendheimfahrer waren und freitags Mittag den Heimweg antreten wollten. Deshalb blieben sie unter der Woche relativ lange im Büro und erwarteten das auch von mir, ihrer Teamassistentin, wodurch ich – zusätzlich bedingt durch den langen Arbeitsweg – auch oft erst später als gewünscht zu Hause war.

Endlich sollte ich nun mehr Zeit für Familie, Haushalt und Interessen haben! Und zusätzlich ein interessantes Arbeitsgebiet – ich freute mich riesig auf diesen Job!

Nur wenige Tage vor meinem Arbeitsstellenwechsel waren wir nun zu Freddi gezogen. Laura war vor dem Umzug bereits mit ihrer besten Freundin nach Italien in den Urlaub gefahren, ihre Sachen hatte sie schon alle in Kartons verpackt.

Ich hatte eine sehr ereignisreiche Zeit hinter mich gebracht und war guter Dinge.

*Tagebuchauszug 14.08.02*

*Halbtagsjob, aber da sich in der Zeit vor meinem Arbeitsbeginn eine große Menge an unerledigter Arbeit angesammelt hatte, bleibe ich täglich etwas länger, um diese Altlasten ein bisschen mehr abzubauen. Zusätzlich Teambesprechung, die mich inhaltlich sehr interessiert, aber auch im Anschluss an meine Arbeitszeit ist.*

*Die Stimmung hier ist gedrückt - logisch, es sind lauter kranke Menschen in der Klinik.*

*Jetzt habe ich viel mehr Freizeit, muss aber zuerst immer mit Freddis Hund raus. Freddi streicht täglich noch in meiner alten Wohnung die Wände.*

*Tagebuchauszug 04.11.02*

*Philipp hatte meinen Anruf erwartet. Er ist ständig in Geldnot. Bin froh, dass er sich damit an mich wendet.*

*Er ist finanziell in die Enge getrieben, ist am Verzweifeln. Wolfgang zahlt nach wie vor nicht den Unterhalt, den er zahlen müsste, egal, wie oft Philipp ihm seine Lage schildert. Larissa, seine Freundin, bekommt nur sehr wenig, ist immer noch ohne Arbeit, bekommt nur 50 Prozent vom Lehrlingsgeld, da sie nie danach ein Jahr voll gearbeitet hat. Leider!*

*Ja, sie haben eine viel zu teure Wohnung gemietet, die konnten sie sich noch nie leisten, und jetzt wird's halt total eng. Werde mit Wolfgang noch mal reden.*

*Meine neue Arbeit: Bin ich nun glücklich damit?*

*Der Inhalt ist interessant, interessanter als die Technik. Aber ich würde zusätzlich gerne bei Visiten dabei sein und in alle Therapiegruppen mal reinschnuppern. Wenn ich halbtags schaffe, ist es meine Freizeit. Werde die Oberärztin bitten, mir das alles einmal anschauen zu dürfen.*

*Tagebuchauszug 01.12.02*

*Ich fühle mich seit gestern Abend total schlecht, abgesehen davon, dass mir der Schädel brummt und die Nase nicht frei ist. Gestern Abend hatte ich das Gefühl, mich auf einem Irrweg zu befinden. Was tue ich da, was habe ich getan? Wie gelenkt von einer fremden Kraft und im eigenen Willen beeinflusst – ich weiß es nicht, kann es nicht mal definieren.*

*Freddi - ein trockener Alkoholiker!! Noch nie hatte ich mit solchen Menschen was zu tun, es ist mir alles fremd und bisschen unheimlich, jagt mir Angst und Unbehagen ein. Und trotzdem beginne ich eine Beziehung mit ihm, obwohl es mich bereits wieder abschreckt, dass er den halben Oberkiefer zahnlos hat. Er hätte momentan kein Geld dafür. Ich gehe von mir aus – da würde ich aber lieber auf anderes verzichten! So würde ich nicht rumlaufen!*

*In vielen Dingen überrascht er mich positiv, sodass ich mich in ihn verliebe. Aber mir geht alles viel zu schnell, er gibt mir wenig Zeit, zu mir selbst zu finden.*

*Und ich lasse es wieder geschehen, will ihn nicht vor den Kopf stoßen, zweifle eher an der Richtigkeit meiner Bedenken.*

*Ein wunderschöner gemeinsamer Urlaub, dann Freddis massive Besorgnis, wie er seine Hündin und seine Umschulung zeitlich auf die Reihe kriegen soll. Sein Vorschlag zusammenzuziehen, der mich einerseits erfreute, andererseits zu früh erscheint! Wieder willige ich ein – trotz meiner Bedenken, es sei noch zu früh.*

*Und dann als nächstes mein großer Schritt, meine Vollzeitjob aufzugeben und als Arztsekretärin anzufangen, halbtags!! Allein hätte ich mir das nie leisten können. Ich tue es, und begebe mich somit in Abhängigkeit! Meine finanziellen Mittel sind so eingeschränkt, dass – wenn mal die ganzen Zuschüsse und Nachzahlungen weg sind - ich mir nicht viel leisten kann.*

*Aber noch schlimmer der Gedanke, dass vielleicht alles verkehrt war und ich nicht jederzeit zurück kann. Erstens ist die Wohnung weg, zweitens wird es nicht möglich sein, weil ich Laura nicht so*

*hin und her reißen kann! Ich habe einen großen Schritt getan, auch*
*sie musste ihn tun. Und sie scheint sich ganz wohl zu fühlen.*

Aber ich verstand mich gut mit Freddi, wir fühlten uns wohl miteinander, alles war harmonisch, wir waren uns nicht zu viel. Wir hatten viele gemeinsame Interessen, Ausflüge, Veranstaltungen, Urlaube, alles war schön mit ihm. Es passte einfach alles und ich schloss ihn in mein Herz, war total zuversichtlich, dass wir es gemeinsam packen.

*Tagebuchauszug 12.12.2002*
*Vorgestern hatten wir Streit. Es ging um Philipp. Er hat große finanzielle Probleme und Probleme eine billigere Wohnung zu finden. Nun wollen sie – da sich dort ein günstigeres Wohnungsangebot ergab, ins Saarland ziehen (dort wohnen Larissas Eltern, Geschwister und viele Verwandte). Da Philipp aber noch studiert, will er sich hier ein Zimmer suchen. Laura und ich waren sich einig, dass er doch vorübergehend hier mit wohnen könnte. Wäre ja nur zeitweise. Freddi will das nicht. Wir diskutierten lang. Sein letztes Wort: Er versucht es, braucht aber auch seine Ruhe, und wenn es ihm zu viel wird, wird er versuchen woanders unterzukommen. Die Option würde er sich nehmen, ehe er wieder das Saufen anfangen müsse, weil ihm die Decke auf den Kopf falle.*
*Das war wie ein Schlag ins Gesicht, es tat soooo weh!!*

Nie hätte es bei mir eine Diskussion gegeben, ob Philipp bei uns wohnen könnte, nie! Er ist mein Sohn! Ich will nicht, dass er nun sehen kann, wie er klar kommt, bloß weil wir zu Freddi gezogen sind. Auch wenn es Freddis Wohnung ist, jetzt wohnen wir mit hier, er wollte es so!

*Ich bereue bereits von Siemens weggegangen zu sein, wo ich ein gutes Einkommen hatte. Habe mich voll in Abhängigkeit begeben mit diesem Schritt, denn nun kann ich mir keine eigene Wohnung leisten mit 840 Euro Monatseinkommen.*

*Noch dazu interessiert mich der neue Job zwar, aber ich würde sehr gerne mehr machen, im therapeutischen Team mitarbeiten, was aber meine Qualifikation hier nicht erlaubt. Ich müsste eine Zusatzausbildung machen, diese aber auch selbst finanzieren.*

*Komme mir vor, als würde ich lauter Fehler machen in letzter Zeit!*

### 15.12.02

*Ja, jetzt wohnen wir nun mal zusammen. Wäre es nicht an dem, so wäre es für mich höchste Zeit, mich zurückzuziehen. Alles macht nur Spaß, wenn es freiwillig ist. Freddi war der, der gedrängelt hatte. Er wollte unbedingt so schnell wie möglich, dass ich zu ihm ziehe. Ging es ihm dabei wirklich so sehr um mich, oder sah er darin die einzige Lösung für seine Probleme, nämlich, dass sein Hund versorgt werden musste, und, dass er endlich seinem Onkel das Geld für das Wohnmobil zurückzahlen wollte. Jetzt bin ich ihm zu viel, fühlt er sich eingeengt und wird mich nicht so schnell wieder los.*

### 18.12.02

*Philipp wird nun wahrscheinlich ins Saarland ziehen, da sie hier keine preisgünstige Wohnung finden und Larissa noch immer keine Arbeit hat. Schade! Dann sind sie so weit weg!*

### 28.12.02

*Heute war Philipps und Larissas Umzug ins Saarland. Die Wohnung ist unter dem Dach, ganz niedlich. Nun hoffen wir, dass sie mit der Wohnung etwas mehr Glück haben, und dass es auch* mit Arbeit für Larissa und einen guten Praktikumsplatz und Arbeit für Philipp dort klappt. Riesig ist die Wohnung nicht, aber für die beiden durchaus ausreichend. (Selbst das kleine Arbeitszimmer könnte vorübergehend noch ein kleines Kinderzimmer werden.) Ich habe bei den beiden ein gutes Gefühl. Obwohl – was besagt schon mein Gefühl …!

*Tagebuchauszug 03.02.03*

*Übrigens – seit einer Woche wird mir manchmal plötzlich total heiß, meistens nachts. Erst vor kurzem sprach eine Arbeitskollegin davon, fragte, ob ich das noch nicht kenne, diese ‚fliegende Hitze‘. Oh Gott, komme ich jetzt in die Wechseljahre?!*

*Philipp schläft seit vergangenem Donnerstag bei uns im Wohnzimmer auf der Couch. Er ist tagsüber kaum da, lernt ständig für Prüfungen und Klausuren. Zuerst spürte ich Freddis Unwillen. Inzwischen scheint er es lockerer zu sehen, jedenfalls wirkt er ganz gelassen. Philipp ist eh wie ein Mäuschen, man bekommt ihn gar nicht groß mit. Und außerdem ist er mein Sohn, also für mich keine Frage!*

*10.02.03*

*Freddi ist zurzeit sehr anstrengend für mich. Er ist ständig in Bewegung, seine Unruhe überträgt sich auf mich.*

*Und es stört und belastet mich mehr und mehr zu beobachten, wie Freddi auf Laura oder Philipp reagiert. Er ist prinzipiell der Meinung, dass es Laura zu gut gehe, dass ich sie wie eine Prinzessin behandle, dass ich wohl einen Komplex hätte, wie viele alleinstehende Mütter, die ständig meinten, etwas gutmachen zu müssen. Ich sehe es nicht so! Dadurch ist immer wieder eine unangenehme Spannung hier, da Freddi mehr straft, als ich es tun würde. Und mir kommt er zu allem sehr lieblos vor. Ich habe das Gefühl, er mag weder Laura noch Philipp sehr.*

*Ich spüre zudem, wie mich Freddi total für sich in Anspruch nimmt. Ständig erzählt er von der Schule oder seinen Praktika oder* soll ich ihn abhören. Laura kommt kaum zu Wort. Einmal kritisierte sie, dass ich von ihr kaum was über die Schule wüsste, von Freddi dagegen sicher fast alles. Recht hatte sie! Freddi ist sehr vereinnahmend.

## 23.03.03

Unsere Beziehung schwankt immer mehr. Nachdem es ein paar Tage wieder schön war, Freitagabend der erste Krach, dann Aussprache, dann wieder gut. Am Samstag wieder Krach. Noch einige Wortgefechte, wo Freddi mir sagte, dass er sich so unser Zusammenleben nicht vorgestellt habe, er hätte sich 20 Jahre in dieser Wohnung wohl gefühlt, nun nicht mehr!

Oh, konnte er mir Schläge verpassen! Von zwei Frauen hatte er sich in dieser Wohnung scheiden lassen, aber er habe sich wohler gefühlt! Das tat weh, sehr, sehr weh! Ich verkraftete es kaum, schrie es ihm ran, weinte, denn ich verstand die Welt nicht mehr!

## 24.03.03

Ich bin Freddi gegenüber gefühlsmäßig jetzt wie blockiert. Mir ist bewusst geworden, dass ich mit ihm nicht zusammenbleiben kann, wenn sich dieser Zustand nicht ändert.

Da Laura sicher etwas mitbekommen hat, tut sie mir eh schon unendlich leid! Aufgewachsen ohne Vater, mehrere Freunde von mir kennengelernt und vielleicht auch gemocht, bei Heiko eine Familie kennengelernt, die wieder zerbrach – hatte sie mit diesem Umzug zu Freddi sicher auch Hoffnungen gehabt. Nun bekommt sie immer öfter unsere Streitereien mit und ich habe den Eindruck, dass sie sich nicht mehr richtig wohl fühlt, da sie sich mehr und mehr in ihr Zimmer zurückzieht, immer weniger Zeit mit uns verbringt.

*Habe ich mich mit dieser Beziehung übernommen? Sind Alkoholiker verletzender, aggressiver, unausgeglichener, unzufriedener, in ständiger Anspannung???*

Unsere Beziehung war leider inzwischen sehr wechselhaft geworden, ein ständiges Schwanken zwischen Hoch und Tief. Entweder fühlte ich mich sehr glücklich, oder sehr unglücklich. Wir hatten wunderschöne Zeiten, wo wir uns bestens verstanden, alles harmonisch war, wunderschöne Ausflüge und Urlaube.

Aber irgendwann der Schock, dass Freddi wieder Alkohol getrunken hatte, es aber am nächsten Tag total bagatellisierte.

Und leider wiederholte sich dies dann immer häufiger.

Ich glaubte zunächst, dass durch meine Liebe zu ihm wir es gemeinsam schaffen könnten, Freddi davon abzuhalten. Aber sein Suchtdruck wurde immer größer und er veränderte sich damit zunehmend, wurde ungeduldig, laut, verletzte mich immer häufiger mit seinen Worten – er wurde ein anderer Mensch!

*Hepatitis??*

*Am 31.03. war ich zur Vorsorgeuntersuchung. Am Montag darauf rief ich wegen der Werte an. Mein Hausarzt rief mich dann zurück, sagte, der eine Wert (Gamma-GT) sei erhöht! 155 – Referenzbereich bis 67! War also ganz schön drüber! Ich solle noch einmal kommen um weitere Leberwerte festzustellen und Hepatitis ausschließen zu können. Da bekam ich natürlich einen Riesenschreck. Schließlich hat Freddi Hepatitis C! Die schlimmste der drei Formen! Aber Freddi hatte mir mal erzählt, dass das Risiko sich anzustecken (nur über Blut) sehr, sehr gering sei.*

*Mein Kollege erzählte mir nun gestern alles Mögliche über diese Leberkrankheit, die mit Leberzirrhose enden konnte und den sicheren Tod bei Ausbruch bedeutete, da es noch kein Gegenmittel gebe. Hat mir alles viel Angst gemacht. Aber ich will mich nicht vorher verrückt machen. Vielleicht ist es ja harmlos. Jedenfalls ist das meine Hoffnung. Am Freitag erfahre ich diese Werte. Ja, ich hoffe!*

13.04.03

*Es ist alles wie ein Alptraum! Ich wünschte ich würde aufwachen, läge in meinem Zimmer in meiner Wohnung, würde mir den vorherigen Tag, an dem ich mich erneut mit Freddi getroffen hatte, durch den Kopf gehen lassen - die vielen Dinge, von denen er erzählt hatte und die mich negativ belasteten – und mich gegen eine Beziehung mit ihm entscheiden.*

*Noch nie habe ich gesagt - wenn ich noch einmal entscheiden könnte in meinem Leben, dann würde ich es gern wieder rückgängig machen. Noch nie musste ich eine Entscheidung so bereuen wie diese!*

*Am Freitag rief ich wieder in der Arztpraxis an, um erneut nach den Werten zu fragen, die Hepatitis bestätigen würden oder auch nicht. Mein Arzt würde mich zurückrufen. Zu dem Zeitpunkt war ich bei Beate, hatte ihr alles erzählt. Sie war mächtig erschrocken, hoffte für mich, dass ich keine Hepatitis-Viren habe.*

*Dann der Anruf. Bestätigung!! Ich habe Hepatitis C-Viren! Beate erschrak heftig, ihr standen die Tränen in den Augen. Bei mir kam es einfach nicht richtig an. Als hätte ich etwas gehört, was nicht mich, sondern irgendjemand betreffen würde.*

*Warum hatte mich mein Arzt als erstes nach ungeschütztem Geschlechtsverkehr gefragt!? Das ist doch ein Widerspruch zu dem, was Freddi berichtete! War das nur Freddis Version gewesen???*

*Als mir langsam bewusst wurde, was da passiert war, war ich sehr wütend auf Freddi, enttäuscht, denn ich hatte ihm voll vertraut. Ich gab ihm alle Schuld, belastete ihn, er hätte Russisches Roulette mit mir gespielt, mit meiner Gesundheit gespielt. Doch ich hatte es nicht anders gemacht, ihm blind vertraut, vor Beates Warnungen am Anfang unserer Beziehung – die Hände von Freddi zu lassen - die Ohren verschlossen.*

Dann die Angst, die Ansteckung könnte über Freddis Rasierapparat erfolgt sein und Laura, die sich auch damit rasierte, könnte ebenfalls infiziert sein! Ich hatte von Beate gehört, das Blut sei lange infektiös und der Rasierapparat auch nach dem Abspülen mit Wasser nicht virenfrei. Daraufhin sprach ich mit meinem Hausarzt, der einen Bluttest bei Laura durchführen wollte.

*Tagebuchauszug 28.04.03*

*Gott sei Dank! Heute rief ich beim Arzt wegen Lauras Blutwerten an. Am Freitag war sie zur Abnahme gewesen. Habe richtig gezittert vor Angst, die Hepatitis C könnte sich auch bei ihr bestätigen. Doch – ich kann nicht genug danken – ihre Werte sind in Ordnung!!! Nur Eisenmangel hat sie, dagegen wird sie etwas bekommen.*

*Ja ich bin so froh!! Hätte nicht beschreiben können, was gewesen wäre … Aber – Gott sei Dank – sie ist gesund!!!*

17.05.03

*Er hätte es satt, schon lange. Es sei ihm alles zu anstrengend, er hätte sich das Zusammenleben mit uns leichter vorgestellt. Am besten sei es, ich würde mit Laura wieder ausziehen!!*

*Ok! Wie viele Schläge ins Gesicht brauchte ich noch, um endlich zu gehen?? Wie wollte ich noch mit mir umspringen lassen, um zu kapieren, dass er den Schritt bereute, dass er uns wieder raushaben wollte?? Seine Worte waren wieder sehr hässlich!*

*Den Urlaub mit Freddi, der in 1 ½ Wochen beginnt, kann ich mir nun leider nur noch schwer vorstellen.*

*Und heute Morgen kam Freddi zu mir und fragte, ob wir uns nicht wieder verstehen wollen …!*

*Eigentlich möchte ich nur noch raus, so bald wie möglich. Habe heute schon nach Annoncen geschaut, vielleicht rufe ich wegen einer Wohnung an.*

Ich hatte mich weiterhin nach einem Nebenjob umgeschaut. Im Klinikum gab es leider keine Möglichkeit, die ich nach meinem Vormittagsjob hätte wahrnehmen können. Aber über eine Zeitungsanzeige hatte ich Erfolg und begann im März 2003 einen Nebenjob (Datenbankerfassung). Damit hatte ich nun monatlich ca. 400 Euro mehr zur Verfügung, was in Summe zwar immer noch unter meinem ehemaligen Einkommen lag, aber es würde mir damit besser gehen.

*Tagebuchauszug 22.05.03*

*Jetzt hatte ich also einen Nebenjob, das bedeutete mehr Geld zur Verfügung und somit die Möglichkeit, nicht abhängig zu sein und uns gezielt nach einer eigenen Wohnung umschauen zu können.*

*Allerdings waren die Mieten auf dem freien Wohnungsmarkt wirklich sehr hoch!*


*Tagebuchauszug 29.08.03*

*Wolfgang hat nun auch einen Anwalt eingeschaltet, um mich zu Unterhalt gegenüber Laura mit zu verpflichten. Dass sie bei mir wohnt und ich nur noch 849 Euro monatlich habe, ist ihm egal. Im Gegenteil, er antwortete noch, dann werde er auch bloß noch halbtags schaffen, um nicht zahlen zu müssen. Dass ich jahrelang voll arbeitete (bis auf 2 Jahre), um unseren beiden Kindern ein schönes Leben ohne Entbehrungen bieten zu können, das sieht er nicht. Und dass ich mir nur eine Mietwohnung leisten kann, er sich dagegen ein Haus gebaut hat, das sieht er auch nicht. Es ist furchtbar! Auf normaler Ebene kann ich mich nicht mit ihm unterhalten, er fühlt sich nur benachteiligt.*

*Tagebuchauszug vom 30.08.03*

*Ich sagte zu Freddi, dass ich am liebsten mal eine Woche ganz allein wäre. Er ging schließlich darauf ein.*

*31.08.03 (1. Tag ohne Freddi)*

*Laura erzählte mir viel vom Urlaub (war mit ihren Freundinnen in Bulgarien). Dann nochmal ins Bett, schön ausgeschlafen, durch die Glocken geweckt worden. Ich freute mich darauf, alles in Ruhe machen zu können, kein schlechtes Gewissen haben zu müssen, weil ich noch im Bett lag.*

*Ich stand auf - es war alles noch so herrlich sauber! Eine Wohltat für die Augen. Wie hasse ich es, wenn täglich dieser Dreck von dem Hund in der ganzen Wohnung rumliegt, obwohl man am Vortag alles geputzt hatte. Angenehme Luft, mich erwarten keine Rauchschwaden.*

*Es ist schön draußen, Laura schläft noch immer. Ich werde in den Vorgarten gehen Unkraut jäten, vielleicht ist Laura dann munter. Mal sehen, was sie dann vorhat.*

*02.09.03 (3. Tag ohne Freddi)*

*Habe auf einmal so viel Zeit, werde ruhiger, es tut mir gut!*

*Was mir noch positiv auffällt, dass das Verhältnis zu Laura viel schöner ist, einfach entspannt. Sie kam immer wieder auf mich zu, plauderte, erzählte auch von ihrem neuen Freund. Hatte sie schon lange nicht mehr gemacht.*

*Habe keinen Bock auf Freddis Anwesenheit. Kein Mief, kein Dreck durch Lisa (Hündin), kein Qualm von Freddi, und nicht sein ständiges Gewusel, seine ständige Unruhe. Und auch nicht diese Gleichgültigkeit mir gegenüber, die ich immer wieder spüren musste.*

*03.09.03 (4. Tag ohne Freddi)*

*Als ich heute nach Hause kam, lag ein Brief (und ein Stück Kuchen) von Freddi auf dem Küchentisch. Erster Eindruck: sehr schönes, gleichmäßiges Schriftbild. Freddi schreibt, dass die Idee mit dem Abstand für eine Woche gut war. Dass er reichlich Zeit hatte in sich ‚reinzuhören.*

*Naja. Klingt alles sehr schön. Nur ist in mir schon viel zerbrochen, und ich weiß nicht, ob ich das noch so kann. Ich kann nicht so tun, als sei nichts gewesen. Es war einfach zu viel!*

*Und das Schlimmste für mich überhaupt - dass für Laura keine Ruhe einzieht, ich erwische doch ständig die falschen Männer! Sie bekommt dieses ganze Auf und Ab meiner Gefühle mit.*

*04.09.03 (5. Tag ohne Freddi)*

*Wir haben viele schöne Sachen miteinander erlebt, hatten Zeiten, in denen wir uns sehr gut verstanden, aber auch andere, wo mich Freddi sehr oft sehr tief verletzt hat.*

*Ob es schöner wäre wieder allein zu sein oder schöner wieder mit Freddi zusammen zu sein, ich weiß es nicht. Ich freue mich nicht auf Lisa, obwohl sie sehr lieb ist, aber der Mief und Dreck gehen mir so schrecklich auf den Keks. Und ich habe Horror davor, dass diese Wutausbrüche von Freddi wegen Kleinigkeiten wieder losgehen. …*

*Freddi hat angerufen, zwei Mal. Wollte wissen, wie's steht.*

*05.09.03 (6. Tag ohne Freddi)*

*Letzter Tag. Morgen wird Freddi wiederkommen. Am Tag war er auch wieder hier, hat mir einen schönen Blumenstrauß hingestellt. Aber irgendwie will kein Gefühl für ihn aufkommen, zwar ist ein freundschaftliches da, aber ich sehne mich nicht nach ihm.*

Ja, Freddi ist im Grunde ein lieber Kerl, aber seine Alkoholkrankheit, seine Sucht, macht aus ihm einen anderen Menschen. Er ist nicht trocken, er nimmt immer wieder mal ‚nen Schluck. Tut er's nicht, ist er angespannt bis sehr gereizt, aufbrausend, schreit mich an, wird verbal verletzend und ungerecht.

Ich will diese Probleme nicht mehr mit dem Alkohol, die er nie loskriegen wird, ich will diese Angst nicht mehr, selbst an Hepatitis C zu erkranken, erneut angesteckt zu werden, diese Angst, was durch den Alkoholismus noch auf mich zukommen könnte.

Ich bin wie in einem Gewissenskonflikt - ich möchte ihn mit seinen Problemen nicht allein lassen, nicht hängen lassen, und doch fehlt mir die Kraft als Partnerin an seiner Seite damit zu leben. Ich kann es nicht!

Ich weiß, dass ich, um diese Probleme loszuwerden keine Wahl habe, nur die, mich von ihm zu trennen.

Aber es wird keine andere Lösung geben, so weh es tut. Ich bin nicht stark genug, diese, seine Last mitzutragen!

Ich würde den Mann – Freddi – ohne sein Alkoholproblem und ohne diese Hepatitis lieben können, würde sicher bei ihm bleiben können und wollen. Aber den gibt es leider nicht!

*Tagebuchauszug 26.09.03*

*Das Schlimmste für mich ist, dass ich mich mit dieser Hepatitis
C infiziert habe bei ihm, da komme ich einfach nicht drüber hinweg.
Ich habe große Zukunftsängste, ich weiß nicht, ob ich noch infektiös
bin – lt. Hausarzt nicht, aber Beate bezweifelt das, fragt immer, ob
ich noch Antigene habe. Ich weiß es nicht! Aber ich muss
vierteljährlich zur Untersuchung, da – wie mein Hausarzt meinte –
das Virus sich verändern könnte. Was aber bedeuten würde, dass
ich noch Träger bin! Meine Angst ist, durch eine winzige Blutung
andere infizieren zu können, z. B. Laura. Meine Angst ist, dass ich
meine Arbeit verlieren könnte, weil ich mir nicht vorstellen kann,
dass man mich weiter im medizinischen Bereich arbeiten lässt,
wenn man das erfährt. Ich befürchte, dass andere – wenn sie davon
erfahren – sich von mir distanzieren, aus Angst sich zu infizieren.
Ich mag es überhaupt nicht groß erzählen. Obwohl ich mir
vorgenommen habe demnächst mit den Eltern darüber zu sprechen.
Und allen behandelnden Ärzten bin ich verpflichtet, es mitzuteilen.*

*Weitere Unsicherheit – wenn ich mich von Freddi trenne. Ich
habe durch den Job im Klinikum und die Aushilfsstelle beim
Zahnarzt nicht viel Geld. Schaffe ich es mit den paar Kröten selbst
eine Wohnung zu finanzieren??*

*Bin ich dann glücklich, oder wird alles nur noch schlimmer??*

*Ich weiß es nicht! Habe Fehler gemacht, viele, viele, wünsche
mich aus alledem nur noch raus!!*

Ich war froh meine Freundinnen zu haben, mit ihnen
konnte ich über alles reden. Ich erzählte ihnen von meiner
Hepatitis-Infektion, trotz Angst, sie würden sich daraufhin
von mir zurückziehen. Auch was meine Beziehung zu Freddi
betraf und die damit zusammenhängenden Sorgen – ich fand
immer ein offenes Ohr bei ihnen und sie versuchten mir zu
helfen. Barbara war wie ich der Meinung, dass Freddi eine

Therapie machen müsste, aber das lehnte Freddi vehement ab. Er habe es bisher immer wieder alleine geschafft, war sein ständiges Argument.

07.10.03

*Habe auch schon nach Wohnungsinseraten geschaut, die ich finanziell in Erwägung ziehen könnte. Aber die Umgebung stieß mich ab. Balkon will ich auch wieder.*

*Freddi schränkt mich zum Teil sehr ein. Z. B. was Philipp betrifft. Für mich gäbe es keine Frage, dass Philipp hier schläft. Freddi will es nicht. Er ist eiskalt. Dass Philipp dadurch Geldprobleme hat, interessiert ihn nicht!*

13.10.03

*Irgendwie fühle ich mich noch immer nicht an der richtigen Stelle. Mein Job ist interessant (die psychischen Themen), aber nur als Sekretärin fühle ich mich nun nach einem Jahr, wo die Routine da ist, unterfordert. Um im therapeutischen Team mitzuarbeiten, fehlt mir leider die entsprechende Ausbildung, da bringt mich meine als Betriebswirtin nicht weiter.*

*Würde gerne Statistiken auswerten, selbstständig arbeiten können, etwas tun, wo ich gefordert bin und dazulernen kann – möglichst auf medizinischem Gebiet. Bin noch am Suchen. Muss eine Lösung finden, um einen Weg vor mir zu haben.*

*Und – nicht weniger wichtig – genug Geld zu haben, um auch allein klar zu kommen, eine Wohnung finanzieren zu können usw.*

*Freddi lässt sich in letzter Zeit wieder mehr gehen. Hatte es ihm vor einiger Zeit mal gesagt, da schrie er mich an, er sei schließlich zu Hause. Mich stößt das ab, das weiß er aber.*

*Tagebuchauszug 02.02.04*

*Dass ich bei der Team-Besprechung nur stumme Zuschauerin sein darf, kann ich ja vielleicht noch nachvollziehen. Als ich aber dann bat, in meiner Freizeit den verschiedenen Therapien mal beisitzen zu dürfen, interessehalber – schließlich arbeite ich ja auch hier - bekam ich von der zuständigen Oberärztin ein eindeutiges Nein! Das würde die Patienten durcheinanderbringen, wenn plötzlich eine fremde Person dabei ist!*

*Eine fremde Person bin ich für die Patienten nicht, denn von der Anmeldung an läuft vieles über meinen Tisch, so dass ich immer wieder Kontakt zu vielen von ihnen habe. Außerdem wäre es je Therapiegruppe eh bloß 1 x gewesen. Ich war enttäuscht.*

*Gut, dass ich mich für eine ehrenamtliche Tätigkeit bei der Telefonseelsorge beworben habe!*

*25.02.04*

*Soeben hatte ich ein längeres Telefonat mit Philipp. Ist schon bedenklich - angeblich wird man oder soll man doch je älter umso weiser werden. Bei mir scheint's nicht zu funktionieren, lasse mich von meinem Sohn beraten.*

*Irgendwann sagte ich was von Beruhigungsdragees. Er erschrak, dass ich die schon nehme und meinte, dann hat es aber keinen Sinn. Er mag Freddi und beide wären wir ok. Wenn es aber schon so weit wäre aus den verschiedensten Gründen, wenn mich das alles so sehr* belastet, dass ich ohne zu nervös bin, dann sollte ich es mir ernsthaft überlegen.

Von vielen Seiten hörte ich das nun, es klingt einleuchtend, sehr einleuchtend!

12.03.04
Genossenschaftswohnungen waren ausgeschrieben. Montag bewarb ich mich und hoffte sehr, Dienstag sollte die Entscheidung fallen. Leider kein Anruf! Nun heißt es wieder einen Monat warten.

18.03.04
Ich bin ruhiger geworden, nehme das Johanniskraut schon einige Zeit nicht mehr und kann schlafen. Vielleicht, weil ich meinen Weg immer deutlicher vor mir habe.

28.04.04
Morgen schaue ich mir wieder eine Wohnung an. Dass Freddi netter ist, ist angenehm, aber ändert nichts mehr.

09.05.04
Habe viele Wohnungen angeschaut, auch am Samstagvormittag noch welche. Dieses Mal wollte ich so viele wie möglich angeben, damit es endlich klappt. Natürlich sollten sie mir schon gefallen, auch Balkon haben. Habe 10 Stück gelistet. Hoffentlich klappt es, ich wünsche es mir so sehr. Termin 01.07., manche eventuell früher, eine ab 01.06. Ich möchte nicht mehr länger warten!
Nur schade, dass durch mich auch Laura nicht zur Ruhe kommt. Das tut mir am meisten weh. Sie hat nie eine richtige Familie gehabt, immer bin ich an den Falschen geraten. Nun ist sie 19 und wird irgendwann das Haus verlassen. Und ich habe keinen Mut mehr, noch einmal mit einem Mann zusammen zu ziehen.
PS: Freddi hat heute wieder getrunken!

*21.05.04*

*HURRA! Heute komme ich nach Hause, liegt da ein Brief. Ich öffne ihn und lese. Ich traue meinen Augen kaum!*

*Die Wohnung war schön, zwar nur zwei Zimmer, aber sehr schön. Schlafe ich halt im Wohnzimmer, das Schlafzimmer bekommt Laura für sich. Nicht die Wohngegend, die ich mir gewünscht hätte, aber egal. Wäre für meine gegenwärtigen finanziellen Verhältnisse wahrscheinlich optimal.*

*Habe heute auch das Packen angefangen.*

*28.05.04*

*Schlüsselübergabe mit Vertragsbeginn 01.07. stand da. Habe gleich angerufen und wir haben sogar den 15.06. festgelegt. Ehe dann alles soweit ist, hat Laura ihr Abi fertig und die Abifeier werden wir auch noch stressfrei genießen. Dann kann's losgehen!! Als Umzugstermin haben wir das Wochenende 03.07. angedacht. Vielleicht geht's auch schon unter der Woche, mal sehen, wie die Renovierung läuft. Hoffentlich geht das recht schnell! Auf alle Fälle am 15.06. kann ich rein und schauen und messen und planen! Inzwischen ausmisten, packen. Kann's kaum erwarten!*

*Tagebuchauszug 25.06.04*

*Morgen ist Lauras Abifeier. Nun hat sie's also auch geschafft, die Schulzeit ist vorbei, 13 Jahre. Mal sehen, hoffentlich klappt es mit dem Studienplatz, den sie sich wünscht.*

*Philipp will jetzt im Sommer auch fertig werden, dann das Diplom machen. Und vielleicht kommen dann bald Bambinis?? Jetzt komme ich in das Alter, wo ich mich darauf freue.*

*Ich machte Lauras Geschenk fertig, muss morgen nur noch Geld holen. Schenke ihr 500 Euro für eine kleine Urlaubsreise, ein Glücksbüchlein und eine Glücksschweintasse.*

*Philipp hatte ich damals ein schönes Geschenk machen wollen - ein Album über seine Schulzeit. Aber ich bekam es nicht gebacken, schaffte noch voll und viel. Beschämend!*

*Damals hatte ich die Einstellung – schön essen gehen, nicht mit Geld belohnen. Aber da ich's bei Laura nun doch anders mache, kriegt es Philipp natürlich auch.*

*Ja, jetzt haben's beide geschafft, toll! Bin stolz auf meine Kinder!*


24.07.04

*So, nun wohne ich schon eine Woche hier, letzten Samstag war Umzug. Hat alles prima geklappt; dank Barbaras Initiative waren wir 10 Leute: Philipp – der ja inzwischen im Saarland wohnte, Laura, Barbara mit Mann, Silke mit Mann, Birgit, Freddi und ein Freund von ihm und ich. Freddi hat sehr viel geschafft – Kisten umgezogen, Laminatboden verlegt, tapeziert, Schrank aufgebaut, … Trotz allem will er nichts dafür, nur die Strickjacke, die ich für ihn mal zu stricken angefangen hatte.*


25.07.04

*Hier ist es wunderbar ruhig, stehen auch viele kleine Häuser (1- oder 2-Familienhäuser).*

*Bruno fällt mir ein - nun hat er geheiratet, der alte Junggeselle.*


17.08.04

*Es ist angenehm, so zufrieden zu sein, kein Streit, keine Provokationen, Ruhe, Frieden, saubere Luft, saubere Wohnung, angenehme Atmosphäre. Einfach herrlich. Ich genieße es.*

*Sorgen macht mir Laura. Sie nimmt sich für die wirklich wichtigen Dinge – ihre Praktikumsplätze (Voraussetzung für die*

*Zulassung zum Studium) – viel zu wenig Zeit! Hat noch 14 Tage und nichts wirklich in der Hand, nur die Hoffnung.*

Nun galt es die Wohnung schön und gemütlich einzurichten, ohne dass ich mich zu sehr in die Schulden stürzen musste. Gott sei Dank hatte ich wirklich Glück mit der Miete, auf dem freien Wohnungsmarkt hätte ich wesentlich mehr bezahlen müssen.

*23.08.04*

*Momentan fühle ich mich hier sehr wohl, und immer wohler, wenn ich mich nach und nach mehr einrichte. Es kostet viel, viel Geld! Es reißt mich hin und her so viel Geld zu investieren. Die Küche, die wir am Samstag reserviert haben, 2200 Euro!! Der Hammer, aber was soll ich machen. Ich möchte mich auch wohlfühlen. War sehr nett von der Verkäuferin uns darauf hinzuweisen, dass ab Montag alles billiger sein wird, auch die von uns ausgesuchte Küche ca. ein Drittel. Das macht viel aus! Oder doch nicht so viel in die Küche investieren, dafür mehr ins Wohnzimmer?*

*Ach ist das schwer, alles allein zu entscheiden! Jetzt, wo ich's kann, hätte ich gerne Ratschläge.*

*Übrigens – Laura hat heute die eine Praktikumsstelle bekommen in einem Baubetrieb. Vertrag wurde aber nicht ausgehandelt, nur Arbeitszeit von 7 – 17 und freitags 7 – 14 Uhr. Finde ich sehr lang. Was sie bekommt (Geld) wurde nicht angesprochen. Hoffentlich klappt es Mittwoch beim Architekten auch noch! Wäre toll!*

*Ja, jetzt wird's ernst Mädel!*

Die Arbeitszeiten auf der Baustelle waren schon heftig, aber ich fand es gut, dass sie auch diese Erfahrung machte, damit sie die Arbeit schätzen lernte. Bisher hatte sie ja nur die Schulbank gedrückt.


*24.08.04*
*Küche bestellt, jetzt für 1773 Euro statt, 2213, 440 Euro Einsparung! Super!*


Nachdem Ikea die Küche geliefert hatte, natürlich alles in Einzelteilen, kamen die Eltern mich besuchen. Und zusammen mit Philipp waren sie sofort bereit, mir bei der Montage der Küchenteile zu helfen. Mutti hatte die Konstruktionsanleitung vor sich liegen und richtete die Teile, Philipp und Vati montierten und bauten die Küche auf, es lief alles wie am Schnürchen. Es war schön, eine so geschickte und hilfsbereite Familie zu haben.

Als alles stand, wurde noch von Mutti und mir geputzt und dann alles eingeräumt. Sah richtig gut aus, ich war glücklich! Nun mussten wir nicht mehr aus den Umzugskartons leben, es wurde immer wohnlicher.

Ja, meine Eltern! Sie halfen mir während ihres Besuches mit einer großen Selbstverständlichkeit. So sind sie, hilfsbereit, sofort zur Stelle, wenn sie gebraucht werden.

Und auch mein Philipp scheute sich nicht, in seiner sehr bemessenen Freizeit zu mir zu kommen, um zu helfen.

Ich habe mich sehr gefreut und bin ihnen allen sehr dankbar!

*Tagebuchauszug 05.10.04*

*Heute schläft Philipp das erste Mal in unserer neuen Wohnung. Schön! Er rief an - er sei hier in der Stadt und ich sagte ihm, dass er ja auch hier schlafen kann, Laura war zurzeit eh bei ihrem Freund, sodass er in ihr Zimmer konnte.*

*Bei der Gelegenheit habe ich ihm auch gleich einen Schlüssel gegeben, damit er bei Bedarf jederzeit rein kann. Zeigte ihm, wo alles ist. So gefällt es mir. Er ist schließlich mein Sohn!*

*Bei Freddi fühlte sich Philipp unwohl, hier sagte er: „Ich habe lange nicht zu Hause geschlafen." Das tat gut! Ich möchte, dass er sich einfach wohlfühlt. Schade, dass die Wohnung nicht wenigstens 2 ½ Zimmer hat. Aber ich sagte trotzdem zu Philipp, dass er – wenn er möchte – jederzeit gern hierher kommen könne. Tagsüber würde ihn niemand stören, es ist keiner da. Er kann schlafen, arbeiten, essen, duschen, …, was er will. Und mit dem Schlafen ist es auch kein Problem wenn Laura da ist, kriegen wir schon hin.*

*Ich habe ein Riesenproblem, was ich mit mir rumschleppe, diese Sch…-Hepatitis C, das Geheimnis, was ich kaum zu lüften wage, aus Angst gemieden zu werden oder noch viel schlimmer – jemanden zu infizieren!*

*Wie gerne hätte ich diese übelste Infektion wieder los!! Ich gebe die Hoffnung nicht auf, dass es mein Körper schafft. Ich habe mich früher immer sehr gesund gefühlt.*

*Auf, auf, meine Selbstheilungskräfte, werdet aktiv!!*

12.10.04

*Möchte wieder mal 'nen Adrenalinschub in Sachen Liebe! Aber es ist nicht einfach, ich habe auch durch diese Hepatitis C an Selbstsicherheit verloren!*

*Nun muss ich damit leben!*

*Nächste Woche muss ich wieder zum Arzt.*

*PS: Freddi hat mit einer Therapie (gegen die Hepatitis C) angefangen. Gestern sei es ihm schlecht gegangen, wie eine Grippe mit 40 Fieber habe er sich gefühlt.*

15.10.04

*Ich hätte so gern einen lieben Mann an meiner Seite, einen, mit dem ich gut harmoniere, den die Kinder auch mögen und mit dem ich für immer zusammen bleiben kann.*

*Mir fällt der eine ein, den ich nach der Scheidung von Wolfgang kennengelernt hatte. Er war so ein netter, positiver Typ. Philipp fand ihn gleich sympathisch, ich auch.*

*Aber ich wollte nicht. Noch keinen Bock gehabt. Philipp war damals traurig, als ich sagte, dass er nicht mehr kommen würde. Er hatte mich ein oder zwei Mal besucht. War ein sehr angenehmer Mann.*

17.10.04

*Das große Wohnzimmer ist noch immer so leer! Ich möchte es langsam einrichten - es wirkt so nüchtern, so ungemütlich! Kann keine Bilder aufhängen, weil ich noch kein Möbel stehen habe.*

*Habe Mühe etwas zu finden. Was mir gefällt, ist vom Material her schlecht, nur von der Form her gut, oder es stimmt alles, aber ich kann es nicht bezahlen.*

*Tagebuchauszug 29.10.04*

*Ein neues, ein anderes Tagebuch: Meine Oberärztin sprach heute davon, man sollte doch täglich einmal aufschreiben, was man Schönes erlebt hat (ein Freudetagebuch führen). Ich fand den Gedanken super!*

*Ja, das muss es sein! Nicht an das Negative denken, daran festbeißen, sondern an das Positive erinnern, was ich erlebt habe. Es sind so viele Kleinigkeiten, die Freude bereiten, aber zu schnell wieder vergessen sind oder zu wenig Beachtung finden.*

*Laura steht spät auf, wir frühstücken zusammen. Ist zwar nicht viel Zeit, aber da es selten klappt, freue ich mich darüber.*

*Sie geht mit mir, fährt mit mir zusammen Straßenbahn und wir unterhalten uns angenehm.*

*Ich sehe eine Mutter mit ihrem Sohn (vermutlich) sitzen. Er - ca. 12/13 Jahre alt – wirkt traurig. Sie hat ein sehr ernstes Gesicht, ihre Gesichtsmuskeln arbeiten. Ich erinnere mich an einen Tag mit Philipp, wo er auch so traurig schaute. Sicher hatten die beiden keinen schönen Morgen, warum auch immer.*

*Ich bin froh mit Laura einen schönen Morgen zu haben. Ein liebevolles Verabschieden, ein Lächeln auf Lauras Gesicht, so fängt der Tag wunderschön für mich an!*

*Nach der Arbeit trank ich im Scheck-In noch gemütlich einen Espresso. Als ich so saß und schaute kam plötzlich ein Mann auf mich zu und schenkte mir eine kleine Figur mit Kürbiskopf. Ob ich wüsste, was das sei. „Ein Kürbiskopf", antwortete ich. „Ein Glücksbringer", erklärte er.*

*(Ähnliches war mir übrigens schon einmal passiert, als mir ein älterer Herr türkisfarbene Käfer (Skarabäus – ägyptischer Glückskäfer) in die Hand drückte, mit den Worten, sie würden mir Glück bringen.)*

*Zu Hause genieße ich alles, was ich in der Wohnung schon getan habe, jeden Farbkleks, jeden Blumenstock, alles. Ich fühle mich wohl. Lasse mir noch ein Entspannungsbad ein. Nach dem Bad schreib ich meine heutigen vielen Freuden in mein Tagebuch ein, die ich erlebt habe. Vorher stelle ich den Zimmerspringbrunnen an, mache die Duftlampe an, Kerzen, vorher schon ein Sandelholzduftstäbchen und lege eine schöne Kassette mit Entspannungsmusik ein.*

05.11.04

*In meinen Gedanken die alte Frau, die wieder als Bettlerin in einer belebten Straße in der City saß. Ich sprach mit ihr. Tat gut, dass ich ihr eine kleine Freude machen konnte. Es schockiert mich immer wieder, diese Frau da sitzen zu sehen.*

*Zugleich bekümmert es mich auch - was ist das für ein soziales System, wenn sich so alte Leutchen zum Betteln hinsetzen müssen!!*

15.11.04

*Morgen kommt Philipp, bringt den E-Herd in Ordnung. War leider beim Umzug beschädigt worden. Philipp hatte eine neue Backofentür bestellt, ist jetzt geliefert worden.*

*Super, es wird!*

*Übrigens – ich lese ja zurzeit das Buch von Clemens Kuby ,Unterwegs in die nächste Dimension. Meine Reise zu Heilern und Schamanen'. Es ist mehr als beeindruckend, mir fehlen da echt die Worte, was er schreibt. Und es klingt wahr, da C. Kuby ebenfalls vor Rätseln steht, es so beschreibt, wie auch ich es versuchen würde zu verstehen, hinterfragen würde.*

*Ja, wir sind in Europa in der Medizin sehr von Wissenschaft und Technik geprägt. Nur was wissenschaftlich begründet werden kann, das kann und darf sein. Alles andere, was wir uns nicht erklären und vorstellen können, glauben wir nicht, hinterfragen wir. Aber da gibt es etwas, was mit dem normalen Menschenverstand nicht nachzuvollziehen ist.*

*Wenn aber trotzdem Dinge geschehen, auch wenn wir sie nicht erklären können ... Es muss da also noch etwas geben, was außerhalb unseres Verstandes existiert. Es ist so schwer vorstellbar für mich (und viele andere hier). Wiederum schmunzeln aber z. B. Tibeter darüber. Der Vergleich Bewusstsein - Technik: Tibeter z. B. kennen nur wenige Wörter für Technik aber x für Bewusstsein, wo wir nur ein Wort dafür haben. Sie haben einfach bereits 5000 Jahre in einer anderen Richtung geforscht und Erfahrungen gesammelt. Bei uns in Europa kommt man langsam, sehr langsam, aber zunehmend wieder dahin, sich mehr mit sich selbst zu beschäftigen, den Einklang zu suchen. Man hat festgestellt, dass viele Erkrankungen durch Stress entstehen. Mit anderen Worten – wenn Körper, Geist und Seele nicht im Einklang sind. Auch wenn man es nicht so formuliert, kann man doch das Zusammenspiel nicht mehr von der Hand weisen. Psychosomatik gewinnt mehr und mehr an Bedeutung! Und mich interessiert das Thema so sehr!*

*Ich freue mich auf die Ausbildung, die ja vielleicht jetzt im Januar beginnt (Telefonseelsorge). Ich suche mein Ziel, meine Aufgabe. Ich habe jetzt das Gefühl, auf dem richtigen Weg zu sein. Ich fühle mich in diesem Beruf wohler, aber ich meine noch mehr geben zu können.*

*Mir reicht meine Zeit nicht, um alles zu tun, was ich tun möchte: entspannen, zu mir kommen, Nachbearbeiten von Erlebnissen, lesen, weiterbilden, neue Erkenntnisse gewinnen, aber auch Zeit nehmen für meine Kinder, für Leute, die mir lieb sind, für Mitmenschen, ...*

*Jetzt habe ich sicher schon die Hälfte meines Lebens überschritten. Eine private Weiterbildung (z. B. Heilpraktikerin) kostet Geld. Ist aber vielleicht auch noch nicht das Richtige.*

*Mich interessiert die menschliche Psyche, ich möchte das Zusammenspiel zwischen Körper, Geist und Seele ergründen, erfahren, wie wir unser Dasein bewusster gestalten können, positiver für uns selbst, weg von diesen äußeren Zwängen. Wie wir stark genug werden, um uns gegen Menschen, die uns nicht gut tun, aufzulehnen.*

*Ich bin auf der Suche nach meinem Weg. Aber auch ihn werde ich noch finden, das spüre ich. Es ist wie ein Feuer, was in mir brennt und mich vorwärts treibt.*

*Tagebuchauszug 16.11.04*
*Die Küche sieht schon ganz gut aus. Philipp und Freddi haben die Seite mit den Geräten nun passend verkleidet, Regale zugeschnitten - viel geschafft. Toll!*

*Tagebuchauszug Januar 2005*

*Morgen hat Laura-Schatz Geburtstag - den Zwanzigsten! Die Zeit vergeht, ich kann es kaum begreifen. Für das Architekturstudium an der FH hat sie auch am Freitag schon (nach nur einer Woche) die Zusage erhalten. Toll! Na mal sehen, wie es ihr gefällt!*

*29.01.05*

*Heute Ausbildung bei der Diakonie (ehrenamtlich). War supertoll, ich bin begeistert. Begeistert über die Art der Gestaltung der Ausbildung, begeistert über das, was ich erfahren habe, über die Leute, die ich kennenlernen durfte und die sehr interessant sind, über mich – wie kreativ ich doch bin! (Habe ich gar nicht gewusst!)*

*Trotz frühen Aufstehens bereute ich es nicht, meinen ganzen Samstag dort verbracht zu haben, im Gegenteil!*

*Am Samstag bei der Ausbildung war ich während der Mittagspause mit einem Kollegen unterwegs. Er meinte, wir wollen mal bei der Diakonie oder Caritas schauen, ob wir nicht bezüglich Ausbildung für mich was finden. Eine Bekannte hätte auch in Darmstadt eine Ausbildung gemacht, mit diesem Zertifikat dürfe sie praktizieren, sagte er. Wäre ja geil!*

*Tagebuchauszug 01.02.05*

*Ich spüre seit einiger Zeit, dass Laura und ich ein ganz tolles Verhältnis bekommen haben. Ist superschön! Ich bin so glücklich, wie es jetzt ist, es tut echt gut! Ich merke, wenn ich ausgeglichener bin, mit mir im Reinen bin, komme ich auch besser rüber, bin offener, geduldiger, verständnisvoller, feinfühliger im Umgang.*

*Habe den Eindruck, dass sich Laura zu Hause wohl fühlt, auch Philipp sagte, er fühle sich hier auch wieder bisschen wie in unserer damaligen Wohnung. Ein schönes Gefühl für mich!*


*21.03.05*

*Mein Hausarzt rief vorhin an. Mein einer Leberwert sei angestiegen: 116! Müsse man beobachten, nicht dass wir jetzt doch behandeln müssten, meinte er. Aber ich soll mich nicht beunruhigen, die Werte würden immer mal schwanken. Trotzdem sicherheitshalber im Mai (also etwas früher als sonst) nächste Überprüfung. Ich hoffe das Beste!*


*14.07.05*

*Mit dem Geld sieht's zurzeit übelst aus. Die Eltern hatten mir schon 2000 Euro geborgt, meine Aktien (waren Firmenaktien, die wir damals sehr günstig kaufen konnten) habe ich auch verkauft, und trotzdem! Das Einrichten war schon teuer! Jetzt steht noch meine Geburtstagsfeier an, da kann ich bestimmt mit 500 Euro rechnen. Und Geburtstagsfeier mit Freundinnen und bei der Arbeit was ausgeben, und Urlaub! …*

*Ansonsten: endlich 75%-Stelle – es wird langsam. Hätte auch für einen Vollzeitjob genug Arbeit! Langsam kommt wieder Struktur rein, nachdem ich nun für zwei Stationen zuständig bin.*

*Die Kollegen der neuen Station sind irgendwie viel zugänglicher! Von Anfang an bezogen sie mich überall mit ein. Jetzt kam der Vorschlag, ob ich mit an der Supervision teilnehmen möchte. Zu den Teambesprechungen laden sie mich auch ein. Und ich darf was sagen! Sie bewerten mein Interesse eher als positiv – ich fühle mich angenommen und wertgeschätzt!*

Mein 50. Geburtstag – alle kamen, nur leider mein Bruder nicht. Es war eine sehr schöne Feier. Und von den Eltern habe ich ein großes Geldgeschenk bekommen, sodass ich den Kredit für meine neuen Schränke im Wohnzimmer nun abbezahlen konnte. Habe mich sehr darüber gefreut!

*Tagebuchauszug 03.09.05*

*Es fällt mir schwer ‚nein' zu sagen, wenn Freddi mir so viel hilft! Dieses Ringen belastet mich dann, da ich immer wieder Kompromisse eingehe. Nehme zu oft seine Angebote an. So auch wieder, als ich wegen Urlaubs eine Betreuung für unsere Vögel brauchte. Oder auch, als im Kino ein guter Film lief, ich davon erzählte und er mich fragte, ob wir ihn uns zusammen anschauen wollen.*


*25.09.05*

*Ich wünschte ich würde bald einen Mann kennenlernen, damit das Thema Freddi endlich abgehakt ist.*

*Hätte gern einen Mann, der mit beiden Beinen im Leben steht, der weiß was er will, der mit sich im Reinen ist, der Liebe und Zufriedenheit ausstrahlt und zu allem noch ein Typ ist, wo ich nicht überlegen muss, ob er etwas für mich wäre, sondern wo ich es einfach weiß.*

(Ausbildungswochenende Ehrenamt – unser Leben mit seinen Krisen)

*Tagebuchauszug 25.09.2005*

*Habe ein sehr anstrengendes Wochenende hinter mir….*

*Es waren sehr viele Krisen bei mir, Krisen, die schlimm waren, die Zeit brauchten, ehe es nur noch Erinnerungen waren, weniger Schmerz. Doch gestern war alles wieder präsent. Als ich dann erzählte, fing ich plötzlich an zu weinen. Erstmalig sprach ich auch die Hepatitis C an als meine letzte Krise.*

*Ja, es nahm mich sehr mit, es war zu geballt! Und ich habe – ganz ehrlich – keinen Bock mehr, in meinen bewältigten Krisen rumzuwühlen.*


Oktober 2005

Laura ist ausgezogen. Wohnt jetzt mit ihrem Freund zusammen in dessen Wohnung.

Jetzt ist ihr Zimmer leer.

Nach und nach richte ich mir nun hier mein Schlafzimmer ein.

Und wieder bieten mir meine Eltern während ihres Besuches sofort an, meinen Schrank im Schlafzimmer aufzubauen. Sie sind wirklich unglaublich hilfsbereit!


*Dezember 2005*

*Anfang Dezember rief mich Laura an - todunglücklich – ihr Freund wisse nicht, ob er die Beziehung noch will. Tut bestimmt weh, wenn sie das erste Mal mit einem Freund zusammenzieht, auch der 1. Auszug aus der Familienwohnung, und dann nach einem viertel Jahr so eine Reaktion!*

Ich war immer wieder sehr ambivalent bezüglich der Beziehung zu meinen Eltern. Einerseits – es sind meine Eltern, es gab so vieles, was mich mit ihnen verband und sie waren immer sehr fürsorglich, hilfsbereit, unterstützten mich finanziell. Ich habe sehr vieles gelernt, was ich in meinem Leben gut umsetzen kann.

Aber meine Erziehung war sehr streng, militärisch streng, es galt gehorsam zu sein ohne Widerrede. Meine Meinung war nicht gefragt, wurde als Widerwort gesehen, was nicht geduldet wurde.

Mir fällt wieder dieser Junge ein, Bodo, der in einer der oberen Klassenstufen zu uns in die Klasse kam und den Unterricht durch seine ‚unbequemen' Fragen immer aufmischte und dadurch eigentlich erst interessant machte. Sein Vorbild waren wohl seine älteren Brüder, die ihre Meinung äußerten, sich den Mund nicht verbieten ließen - weder von dem Vater, der ein großer politischer Funktionär war, noch von anderen - leider mit bitteren Folgen für sie in der DDR.

Ja, ich war gespalten, was die Beziehung zu meinen Eltern betraf. Wenn ich ihre Hilfe benötigte, standen sie mir sofort zur Seite, sie unterstützten mich auch immer wieder finanziell, wenn sie bei mir zu Besuch waren, war es immer richtig schön und harmonisch.

Kam ich zu den Eltern zu Besuch, war es selbstverständlich für sie, mich abzuholen, worüber ich mich auch immer sehr freute. Und sie waren immer sehr fürsorgliche Gastgeber.

Andererseits – besonders wenn sie auf die ‚Wessis' zu sprechen kamen – prasselte ihr ganzer Frust, ihre ganze

Enttäuschung, dass sich nicht alles nach ihren Vorstellungen entwickelt hatte, auf mich nieder. Im Westen war der Klassenfeind, das war immer die deklarierte Politik der DDR gewesen und gegen diesen Klassenfeind hatten sie ihr Leben lang gekämpft. Und ich hatte dieser DDR den Rücken gekehrt und war in den Westen geflüchtet ...

Trotz allem versuchte ich zu verstehen, was der Hintergrund von so viel Hass und Wut war. Wahrscheinlich – dachte ich - fühlten sie sich verletzt, ihre Ideale missachtet. Aber nie fragten sie nach den Gründen für meine Flucht. Und ich sprach das Thema auch nicht an, befürchtete, dass sie meine Gründe eh nur bagatellisieren würden. Sie hatten ihre Meinung und glaubten sich wohl damit im Recht, mich zu verurteilen. Das tat mir immer wieder sehr weh!

Januar 2006

Mein Philipp hat sein Studium abgeschlossen, alles mit ,sehr gut bestanden' - alle Achtung! Bin stolz auf ihn! Nun hat er's geschafft und ein neuer Abschnitt in seinem Leben kann beginnen.

*Tagebuchauszüge 2006*

*Meine jetzige Tätigkeit gefällt mir besser als die vorherige, weil mich der Inhalt meiner Arbeit einfach interessiert, also das, was ich über die Patienten erfahre, über ihr Leben, über ihre Erkrankung (psychische), über Therapien, die zur Besserung ihres Befindens durchgeführt werden. Das ziehe ich mir förmlich rein. Und darüber kann ich nicht genug erfahren. Muss ich irgendetwas kopieren, was neue Erkenntnisse bezüglich Therapiemöglichkeiten betrifft oder Beschreibungen der verschiedenen psychischen Erkrankungen, so bin ich glücklich, wieder etwas für mich gefunden zu haben.*

*In meiner Freizeit würde ich gern mal wieder ein schönes belletristisches Buch lesen oder einen historischen Roman (zurzeit bin ich besonders bin an Indien interessiert), aber immer wieder fällt mir ein Buch über Heilmethoden o. ä. in die Hände, das mich so fesselt, dass ich zu wenig Zeit finde, mich anderen Sachen zu widmen. So zeichnet sich also für mich eigentlich schon ein Weg ab: ein Beruf, in dem ich mich mit diesen Dingen beschäftigen kann, so dass ich mehr Zeit dafür habe einerseits und andererseits mein Wissen auch anwenden kann. Wenn ich eine entsprechende*

Weiterbildung machen würde auf dem Gebiet, würde ich letztendlich auch wesentlich besser verdienen, als gegenwärtig.

Der Verdienst ist dabei nicht mal das Wichtigste, ich habe mehr drauf und möchte nicht mehr neidvoll auf die Kollegen schauen, die Gespräche mit Patienten führen, Therapien mit ihnen durchführen, die ihre Eindrücke wiedergeben und ihre Gedanken zu den Patienten äußern dürfen. Zwar bin ich schon ganz glücklich, dass ich nun so ein tolles Team von Kollegen habe, die mich nicht ausschließen, sondern die mich teilhaben lassen. Das war für mich damals fast nicht zu glauben, als man mich sogar mit in der Supervision dabei haben wollte, mir sagte, dass auf meine Meinung Wert gelegt wurde. Was für ein Gefühl! Endlich gehörte ich dazu (nicht das therapeutische Team und die Sekretärin, sondern ein Team)! Ich war unendlich dankbar, ich fühlte mich angenommen.

Dann mein Gedanke Heilpraktikerin zu werden, zwei Jahre Abendschule. Ich vereinbarte Termine beim Arbeitsamt und bei der Krankenkasse, erkundigte mich nach Finanzierungsmöglichkeiten, auch danach, welche Chancen ich bei einem Einstieg überhaupt hätte, da das Ziel eine eigene Praxis ist.

Finanzielle Unterstützung durch das Arbeitsamt wird es keine geben. Leider ist es so, dass nur Leute, die arbeitslos und schwer zu vermitteln sind die Chance einer Umschulung bekommen und diese Kosten von der Agentur für Arbeit übernommen werden.

Bei der Krankenkasse habe ich dann auch nachgefragt, ob Heilpraktikerleistungen übernommen werden. Die Antwort war, dass das momentan leider noch nicht möglich ist, ein Umdenken aber schon beginne, dass die Patienten zumindest die Möglichkeit hätten über eine Zusatzversicherung derartige Leistungen abzurechnen. Ich habe mir dann Unterlagen zuschicken lassen und leider feststellen müssen, dass diese Zusatzversicherungen, die ja noch zu der regulären Pflichtversicherung dazu kommen, ganz schön hoch sind. Woraus ich schließe, dass leider nicht viele Leute sich diese Versicherung leisten können werden. Leider.

Nachdem ich das alles so recherchiert hatte, trat mein Wunsch zunächst für ein paar Monate in den Hintergrund, ehe ich ihn in den vergangenen Tagen aufs Neue ausgrub und mich darin festbiss. Ich las nochmals die Unterlagen durch, war wieder irgendwie fasziniert, was ich da noch alles lernen würde (Basiswissen Medizin) und rief dann auch in einer Paracelsus-Heilpraktikerschule an, ließ mir einen Termin für ein Gespräch geben und war ganz happy.

Leider änderte sich das schlagartig, es war wirklich wie ein Schlag, als ich mir die Bedingungen für die Aushändigung einer Heilerlaubnis nochmals genauer durchlas (hätte ich schon viel früher tun sollen!). Da stand nämlich, dass u. a. ein Ärztliches Führungszeugnis benötigt würde! Und dieses soll bestätigen, dass keinerlei chronische Erkrankungen vorliegen, die an der Ausübung der Tätigkeit als Heilpraktiker hinderlich sein könnten! Sofort fiel mir meine Hepatitis C ein!! Mist! Wie soll ich mit so einer Erkrankung denn diesen Beruf ausüben?? Ich meine, wenn ich auf die Schiene Psychologische Beraterin oder Heilpraktikerin für Psychotherapie gehen würde, dürfte das ja nicht ausschlaggebend sein. Aber ein Heilpraktiker muss eben auch notfallmäßig behandeln, muss auch mal eine Injektion verpassen.

Ich sah meine Felle davon schwimmen. Wieder war mir die Luft ausgegangen, nachdem ich nach einigen Monaten erneut mit viel neuem Elan erneut Hoffnung geschöpft hatte, endlich beruflich einen Schritt weiter zu kommen.

Abgesehen von allen äußeren Faktoren habe ich ja auch noch eine innere Bremse, die mich an meinen Fähigkeiten zweifeln lässt. Bin ich so gut, dass ich überhaupt eine Chance hätte? Bin ich mit meinen 51 Jahren nicht doch zu alt, noch mal neu anzufangen? Und noch dazu mich auf eigene Beine zu stellen? Stürze ich mich da nicht in ein Unterfangen, das mir den Boden unter den Füßen wegreißen könnte?

Mir fällt gerade wieder ein, dass ich letztens mal so einen Traum hatte, wo das Haus, in dem ich wohnte, plötzlich zusammensackte, weil eine unterirdische Gasexplosion stattgefunden hatte. Der Traum war für mich sehr beängstigend gewesen und ich fragte mich, was er mir wohl sagen will. Vielleicht steht das Haus für mein Leben und ich war in Gefahr, mir mein Fundament zu zerstören, deutete ich mir aus dem Traumtagebuch.

Vielleicht ist es nicht der richtige Weg.

Ich spüre meine Unruhe, da ich ständig am Suchen bin. Es gibt viele Sachen, die mich unheimlich anziehen, mich förmlich in ihren Bann ziehen; so z. B. entdeckte ich heute, als ich Freddi besuchte, ein Buch ‚Krankheit als Weg, Deutung und Be-Deutung der Krankheitsbilder‘. Es zog mich an wie ein Magnet. Mich interessieren auch andere Bücher, derzeit lese ich zum Beispiel gerne Bücher über Indien oder Afrika, aber wenn ich so was in die Hand kriege, lege ich alles andere zur Seite. Schon aus diesem Grunde, weil mich diese Literatur derartig anzieht und fasziniert, ebenso wie alles, was ich in meinem Beruf als Arztsekretärin in der Psychiatrie darüber erfahre, vermute ich, dass ich mich auf einem, meinem, Weg befinde, mir selbst immer näher komme. Manchmal meine ich – das ist es, nun weiß ich's, ich bin am Ziel. Doch dann fängt es wieder etwas an zu verschwimmen. Es gibt so viel! Ich bin noch am Sondieren. Viele Sachen sprechen mich an, finde ich interessant (Entspannungsübungen, Heilen mit Steinen, Traumdeutung, Akupunktur/Akupressur, Reiki, Selbstheilung, die Psychologie an sich, …). Aber was ist es, was ist das, was hundert pro meins ist?

Irgendwie stelle ich eines immer wieder fest: Die Liebe, die Liebe zwischen den Menschen, scheint mir unwahrscheinlich viel Bedeutung zu haben. Wie viele Menschen erkranken, weil sie die Liebe, die sie sich wünschen würden, nicht bekommen. Wie viele

Kinder welken dahin wie eine Blume, der das Wasser fehlt, um die Nahrung überhaupt aufnehmen zu können. Wie viele Erwachsene erkranken in dieser kalten, herzlosen, von Geldgier geprägten Gesellschaft.

Ich möchte gern gut tun, es freut mich, wenn ich in das traurige Gesicht eines Menschen der mir begegnet allein durch einen Gruß ein Lächeln zaubern kann.

Fast jeden Morgen begegnete mir ein Mann, wenn ich zur Straßenbahn ging. Er hatte ein sehr ernstes, nach innen gekehrtes Gesicht. Da ich ihm immer wieder begegnete, grüßte ich ihn eines Morgens einfach. Der Mann schaute auf, schaute mich an und seine Augen strahlten plötzlich, als er zurückgrüßte. Wie toll er doch aussieht, wenn er lächelt, dachte ich. Es gab mir ein schönes, warmes Gefühl, diesen alten Mann, der immer mit hängendem Kopf und Schultern und in Schwermut versunken daherkam, zum Lächeln zu bringen. Von da an grüßte ich ihn jeden Tag und erfreute mich jeden Tag an dem erwachenden Strahlen in seinen Augen. Ich bin mit ihm inzwischen ins Gespräch gekommen. Er wohnt in einer sozialen Einrichtung. Zumindest scheinen die Leute, die dort wohnen, wenig Geld zu haben. Einige der Leute, die aus dieser Richtung kommen, holen sich hauptsächlich Alkohol. Viele haben diese beschämte Haltung (ich weiß, ihr verachtet mich, ich bin ein Säufer, renne schon morgens nach Alkohol, aber ich kann nicht anders). Aber es sind trotzdem auch Menschen. Ja, Menschen, die aus irgendeinem Grund ihr Leben nicht in den Griff gekriegt haben und dem Alkohol verfallen sind. Sicher sind sie nicht glücklich, sie siechen nur noch dahin von Tag zu Tag und Flasche zu Flasche.

Egal. Jeder hat doch das Recht auch ein bisschen glücklich zu sein. Und es tut mir so gut, wenn ich es schaffe, ein bisschen von meinem Glück in andere Herzen zu zaubern.

Aber kann man so etwas beruflich umsetzen? Vielleicht muss man das gar nicht, denn man hat ja an jedem Tag in jeder

Begegnung diese Möglichkeit. Früher sagte man mal zu mir, wenn man mich sehe, gehe die Sonne auf, oder ich sei die gute Seele im Team. Sehr schöne Komplimente für mich. Aber es reicht mir nicht! Ich will noch mehr.

In dem Buch ‚Krankheit als Weg' von Thorwald Dethlefsen und Ruediger Dahlke las ich heute, dass in der Schulmedizin nur die Symptome an sich gesehen werden und das Ziel darin besteht, diese zu beseitigen, ohne nach den Ursachen zu forschen. Stimmt nicht ganz, dachte ich. Jedenfalls bekomme ich durch meine Tätigkeit und die Briefe, die ich dort u. a. schreibe, mit, dass sehr wohl nach den möglichen Ursachen gesucht wird. In den meisten Fällen, die ich bisher mitbekommen habe, sind es zwischenmenschliche Beziehungen, die, so wie sie erlebt werden und wurden, diese Erkrankungen auslösten. Man versucht dem Ganzen auf den Grund zu gehen, deckt auf, führt Gespräche, versucht zu bestärken. Finde ich toll, fasziniert mich. Obwohl nur der Betreffende selbst eine Änderung herbeiführen kann, der Arzt oder Psychologe kann ihn nur auf den Weg bringen, gehen muss er ihn allein.

Oftmals, gerade bei älteren Menschen, scheint es offensichtlich, was ihnen ‚fehlt', wirklich fehlt. Sie sind einsam, haben kaum oder keine sozialen Kontakte mehr. Es fehlen Erlebnisse, es fehlt Liebe, Zuneigung. Es fehlt ‚Lebenswertes'? Einen Sinn im eigenen Dasein wieder finden, sehen. In der Zeit, wo sie in der Klinik sind, blühen sie auf, es geht ihnen besser. Entlassung - das Wort schreckt sie ab. Denn es ist keine eigentliche Entlassung aus einer Klinik, für sie bedeutet es Entlassung in die häusliche Einsamkeit, in das triste Dahinsiechen, Ausharren. Man weiß, was diesen Menschen fehlt und sie selbst wissen es auch.

Gestern Abend bin ich spät noch zu Freddi gefahren. Er hatte wieder Nachtdienst und war erst gegen 22:45 h zu Hause. Aber ich habe es nicht bereut, es war wunderschön! Und ich freue mich schon ganz sehr auf unser kommendes Wochenende, wo wir noch mal einen Kurztrip nach Frankreich machen wollen. Es ist ein so herrliches Gefühl, wenn wir uns gut verstehen, es gibt mir so viel Kraft, so viel Lebensfreude. Und ich sehe es auch Freddi an, dass es ihm gut geht, dass er glücklich und zufrieden ist.

Es kann so wunderschön mit ihm sein! Die Erinnerungen an das, was ich Negatives mit ihm erlebte, verblassen langsam. Manche Tage holen sie mich ein, da fange ich wieder an zu zweifeln, ob es richtig ist, wieder mit ihm eine Beziehung zu haben. Aber jetzt, heute, wo ich so glücklich und zufrieden bin (auch spüre, wie ich über einigen Sachen förmlich stehe, die mich manchmal sehr wütend auf ihn machen), heute sage ich mir: Warum immer den Verstand einbeziehen? Warum immer abwägen, immer Entscheidungen treffen wollen? Warum sollte ich mich jetzt gegen ihn entscheiden, bloß weil es irgendwann vielleicht (hoffentlich nicht!) wieder schlimmere Zeiten geben könnte. Nein! Ich lebe jetzt, heute. Und heute ist es wunderschön. Und ich genieße es. Und es gibt mir Kraft und Freude, lässt mich vor Glück erstrahlen. Was weiß ich, was morgen ist. ‚Carpe diem'- nutze den Tag! Ich nehme mit, was ich kriegen kann. Warum soll ich die Blume am Wegrand nicht beachten, wo sie doch mein Auge erfreut und meine Sinne betört mit ihrem berauschenden Duft! Nur weil sie morgen blass und verblüht sein kann? Heute duftet und blüht sie, also werde ich mich heute an ihr laben!


Oh Gott, ich schreibe und schreibe und schreibe, sehe mal kurz auf die Uhr – 00:58 h! Hilfe, in 5 ½ Stunden muss ich schon wieder aufstehen! Und da bin ich noch nicht einmal im Bett.

Oder sollte ich es doch mit der Schriftstellerei versuchen? Ich schreibe gern, es ist mir sogar ein Bedürfnis. Schon seit Jahren, genauer seit 33 Jahren! Es gibt schon etliche Tagebücher von mir. Wenn ich damit mein Brot verdienen könnte? Oder ein Zubrot?

*Wäre nicht schlecht. Jetzt muss ich aber erst mal ganz schnell ins Bettchen!*


08.04.06

Laura zieht wieder nach Hause, ist sehr unglücklich. Philipp, Larissa, Freddi und ich helfen beim Umzug.


*Tagebuchauszug 24.04.06*

*„… Ergänzend zu meiner Tätigkeit … suche ich in den Nachmittagsstunden eine Aushilfstätigkeit auf 400-Euro-Basis. Da ich mich zunehmend für alternative Heilmethoden, …, interessiere, würde ich mich über eine Mitarbeit bei Ihnen sehr freuen, um meine Kenntnisse auf diesem Gebiet erweitern zu können. …"*

*Leider nur für 3 Wochen möglich, zur Überbrückung, da eine Kollegin gerade eine Fortbildung machte. Aber besser als nichts, beginne ab Folgewoche 3x/Woche 15 – 18:00 Uhr.*


*Anfang Juli 2006*

*Andererseits reizte mich aber auch dieses Buch über ‚Die Kunst des Schreibens', was ich demnächst auch mal wieder zurückgeben sollte, oder noch viel wichtiger – was ich umsetzen sollte. Stimmt wirklich, was da steht: ‚Warum trauen sich viele Schreibende nicht zu veröffentlichen? Weil sie durch die Angst blockiert sind, die Leser zu langweilen'. Mir geht es auch so. So viele Bücher habe ich schon geschrieben, aber von Hand. Und ich habe nicht den Mut, sie zu veröffentlichen. Angst vor Blamage? Aber warum sollte es nicht auch Leser geben, die sich dafür interessieren?!*

*Ich bin mir noch immer nicht schlüssig, ob ich eine Ausbildung zur Psychologischen Beraterin auf der Basis Heilpraktiker mache, oder ob etwas anderes mehr Sinn macht.*

*Was mir auch auffällt ist, dass alte Leute, besonders Alleinstehende, zu wenige Möglichkeiten der Freizeitgestaltung haben.*

*Ja, eigentlich sind die zwei wichtigsten Fragen – 1. Job, 2. Partner (oder umgekehrt) – für mich noch immer unklar. Und das mit 50! Ich werde demnächst meinem ‚inneren Kind' nachfühlen – was waren meine Ziele, als ich jung war?*

*Nach der Scheidung habe ich bisher noch nicht den richtigen Mann für mich gefunden. Ich wünschte mir einen Mann, dessen Beruf mich interessiert, vor dem ich Achtung habe, auf den ich stolz bin, mit dem ich mich gerne zeige und über den ich gerne spreche. Gegenseitige Achtung vorausgesetzt, Liebe erwünscht, möglichst auch Leidenschaft (das Salz in der Suppe). Und gewisse Dinge sollten halt einfach stimmen – gepflegt, soziale Einstellung, …*

13.07.06
*Bereits heute Morgen hatte ich ständig Ideen, Geistesblitze, wie ich ein Buch beginnen könnte. Immer wieder rannte ich ins Wohnzimmer, um diese zu notieren. Schade, dass ich nicht dableiben und schreiben kann, dachte ich.*

28.09.06
HP-Schule vorsprechen

Okt 2006
*Habe vorhin wieder ein Stückchen in einem Manuskript ergänzt.*

*Ich bin sehr daran interessiert tiefere Einblicke in die Medizin zu gewinnen, aber halte auch sehr viel von Psychotherapie. Und da viel*

*Übel bereits im Kindesalter beginnt, finde ich die Richtung Kinder-, Jugend- und Familientherapeutin ganz interessant. Nur – die Ausbildung kostet eben eine Riesenstange Geld, was ich nicht habe. Und – ich müsste damit auch etwas anfangen können, d. h. ich müsste auch eine Einrichtung finden, in der ich damit arbeiten könnte. Vielleicht frage ich mal im Klinikum in der Personalabteilung nach, oder bei der Diakonie?*

*Auf alle Fälle möchte ich mir mehr Zeit nehmen, ein Buch zu schreiben. Stoff und Material habe ich genug! Sogar für ganz verschiedene Themen. Aber erst mal das eine fertig machen und schauen, ob ich einen Verlag finde.*

*Tagebuchauszug 08.01.2007*

*Wichtigste: Ich habe endlich meine Gedichte und Anschreiben (Ausdruck und CD) fertig und drei Verlage angeschrieben. Morgen schicke ich es weg. Natürlich wünsche ich mir Erfolg! Genial wäre eine Geldspritze, die nicht mehr versiegt und mich finanziell gut dastehen lässt bis ans Lebensende. Mal schauen. Wenn es nicht klappt, werde ich die nächsten Verlage anschreiben.*

*15.01.07*

*Laura bewirbt sich in Wien und Berlin für's nächste Praxissemester. Bin gespannt.*

*Heute von Verlag in Hamburg (der Brigitte-Kalender rausgibt) Gedichte zurück. Zeitgenössische Gedichte seien nicht vorgesehen. Schrieben aber: ‚Schönen Dank für die schönen Gedichte', was mich doch ermutigt, weiterzumachen. Werde morgen an Emma-Verlag schreiben.*

*16.01.2007*

*Laura fragt immer wieder, wann ich mal mein Buch fertig schreibe, dass es garantiert viele Interessenten geben wird. Auch sie würde sich ein Buch mit so einer Thematik kaufen. (Sie meint da sicher das Thema DDR, sie würde oft danach gefragt werden, wüsste ja aber auch nur aus Erzählungen davon, da sie , als wir flüchteten - erst 4 Jahre alt war.) Nun ja. Eigentlich wollte ich das Buch über die Alkoholproblematik zuerst schreiben, aber DDR scheint wohl doch noch interessanter zu sein.*

01.02.07

*Mutti hat angerufen – nettes Gespräch, warm, herzlich.*

*Von 2 Verlagen Absage erhalten.*

*Hurra! Habe 700 Euro Lohnsteuer zurückbekommen! Fast nicht zu glauben!*


10.02.07

*Ich hatte Nachtdienst (Ehrenamt), bin danach zur Straßenbahn gerannt und gestürzt, voll auf die Nase gefallen (schwere Tasche zog mich nach unten). Nasenbluten, Nase dick angeschwollen. Polizei war gerade in der Nähe, aber keine Reaktion, Passanten halfen mir auf, gaben mir Taschentücher. Wollten Krankenwagen rufen, aber ich wollte nach Hause.*

11.02.07

*Mit Freddi in die HNO-Klinik zum Arzt, Nase total dick, Augen blutunterlaufen. Ärztin schaute mich komisch an, als ich ihr erklärte, wie es passiert sei. Erklärte mir, dass es eine Prellung sei, nur Riss und Brillenhämatom. Schrieb dann ‚vermeintlicher Sturz‘. Sollte am nächsten Tag röntgen lassen.*

12.02.07

*Erschrockene Blicke, wenn mich jemand anschaute. (Auch ich hätte vermutet, hätte ich eine solche Frau wie mich gesehen, sie sei geschlagen worden.) Peinliches Gefühl!*
*HNO-Arzt stellte auch nur Riss und keinen Bruch fest und empfahl das Röntgen sein zu lassen. Verschrieb mir noch Tabletten zum Abschwellen, weiter kühlen, nicht schnäuzen, aber ich erhielt*

*keine Krankschreibung. Als ich diese erbat, erhielt ich eine für zwei Tage!*

Sa, 10.03.2007
*Laura fährt nach Wien wegen Wohnung und Vorstellungsgespräch am Montag.*

13.03.2007
*Anruf von Laura – Wohnung und Vorstellungsgespräch im Architekturbüro geklappt! Büro 5 min von Wohnung entfernt. Schöne Wohnung, Küche und Bad neu, fast 600 Euro Miete und 3 Monatsmieten Kaution!*

19.03.2007
*Mache einen Kurs Hot-Stone-Massage (Theorie und Praxis) in einer Heilpraktikerschule.*

So, 01.04.2007
*Umzug Laura und ihr Freund (und Studienkollege) nach Wien, Freddi fährt Umzug.*
*Morgen kommen sie zurück und am Mittwoch geht es dann endgültig nach Wien. Am 10.04. ist Praktikumsbeginn bei Coop und Himmelblau – ein großes, bekanntes Architekturbüro. Freue mich für Laura!*

Durch meinen damaligen Umzug wohnte ich nun am anderen Ende der Stadt, weiter entfernt von meinen Freundinnen und dem Turnverein. Wenn wir nach dem Jazztanz noch irgendwo einkehrten, wurde es für mich aufgrund des langen Nachhauseweges sehr spät und am nächsten Morgen fiel mir das zeitige Aufstehen schwer, sodass ich mich immer häufiger ausklinkte oder auch gar nicht mehr zum Jazztanz ging.

Trotzdem fanden wir immer wieder Gelegenheiten uns zu sehen. Auch organisierten Birgit und Barbara schöne, mehrtägige Fahrradtouren, an denen ich nach Möglichkeit teilnahm.

Einmal, als die Eltern hier zu Besuch waren, nahmen sie auch Freddis Einladung war, obwohl sie nicht so begeistert sind, wenn sich große Hunde mit in der Wohnung aufhalten. Aber ich sah ihnen dann ihre Überraschung an, denn bei Freddi war es ordentlich und sauber.

Und als Vati seinen 70. Geburtstag feierte, war auch Freddi das erste Mal mit eingeladen worden und auch dabei.

*Tagebuchauszug August 2007*

*Eine Traumhochzeit! Anders kann man es nicht formulieren. Es war einfach alles wunderschön!*

*Als ich mit Philipp vor der Kirche wartete um die Braut zu empfangen, bekam ich eine Gänsehaut trotz Hitze, als das Brautauto einfuhr. Eine wunderschöne Braut war Larissa, so eine schöne Braut habe ich noch nie gesehen! Auch mein Philipp sah superschick aus, hat sich tolle Sachen rausgesucht!*

*Auch die Feier war super - die Italiener verstehen zu feiern! Und dazu die wunderschöne Atmosphäre, so herzlich, so warm, schnell waren wir uns alle ganz nah gekommen.*

*Wolfgang und seine Freundin haben den beiden eine Hochzeitsreise nach Mauritius geschenkt, schon toll! Ich fand aber nicht so toll, dass sie ihr Geschenk extra mit Mikrofon auf der Bühne übergaben, das hatte einen bitteren Beigeschmack, denn das hat kein anderer gemacht! Und es gab sehr viele schöne Geschenke für das Brautpaar, und wir – Larissas Eltern, die Patentante und ich – hatten auch sehr viel Geld in die Hochzeit investiert.*

*Was nicht schön war – ich hatte total zu schlucken – war Vatis Bemerkung. Mutti hatte gesagt, dass Wolfgang oft nach mir schauen würde. Darauf antwortete mein Vater: „Der Wolfgang wäre zu schade für Petra!"*

*Ich glaubte nicht recht zu hören, aber er bekräftigte es noch einmal. Es war wie ein Schlag ins Gesicht! Mutti sagte noch zu ihm, dass er gemein sei, aber ich ging erstmal ins Hotelzimmer, denn ich schluckte. Das war also die wahre Meinung, die er von mir hatte! Ich konnte es nicht fassen, war unwahrscheinlich enttäuscht und verletzt. Mir liefen die Tränen. Warum tat mir mein Vater das an, mir, seiner Tochter!! Warum erniedrigte er mich so sehr??*

*Doch dann dachte ich nur: Die Hochzeit meines Sohnes versaust du mir nicht!! Ich schüttelte es ab und ging weiter feiern, ohne ihn noch groß zu beachten!*

Mein Vater hatte es leider immer wieder drauf, mir bei Feierlichkeiten weh zu tun, mich zu verletzen, entweder durch Sticheleien, zynische Bemerkungen oder auch sehr direkt, indem er mir mit Worten seine Verachtung und Missbilligung voll entgegenschleuderte, er mir das Gefühl gab, nichts wert zu sein, es zu nichts gebracht zu haben, von mir enttäuscht zu sein, unwürdig zu sein.

Da er dann immer schon etwas mehr Alkohol zu sich genommen hatte, gab er mir das Gefühl, dass er sich sonst nur zusammenriss, aber auch nicht anders von mir dachte.

Sicher war nicht alles gut und richtig, was ich getan hatte. Aber er war doch mein Vater, wie brachte er es nur übers Herz, mir so weh zu tun!

*Fortsetzung Tagebuchauszug*

*Zu fortgeschrittener Stunde, ziemlich am Ende der Feier, war dann der Brauttanz mit Vater, danach der Bräutigam mit Mutter – traditionell als Verabschiedung aus der Ursprungsfamilie. Es ging mir sehr nahe, mir liefen die Tränen, Philipp auch. Ich war so stolz auf ihn, dankbar für diesen Sohn und glücklich, dass er seine Frau gefunden und geheiratet hatte. Am Ende kamen Wolfgang und Laura noch zu uns, wir tanzten zu viert zusammen.*

Wenige Wochen nach Philipps Hochzeit trennte ich mich endgültig von Freddi. Mit ihm war vieles sehr schön gewesen, er hatte sehr viele Eigenschaften und Fähigkeiten, die mich begeisterten. Freddi war ordentlich, sauber, geschmackvoll gekleidet, seine Wohnungseinrichtung hatte Stil. Er war handwerklich sehr geschickt, intelligent, interessiert, aufgeschlossen, sozial. Urlaube mit ihm waren immer wunderschön und eine Bereicherung. Wir und haben viel miteinander gelacht und viel Schönes erlebt.

Wir hatten gleiche Interessen, den gleichen Geschmack in der Musik, gingen ins Theater, ins Kino, auf Konzerte und wir fühlten uns körperlich angezogen, es tat gut, wenn er mich in die Arme nahm, alles schien zu passen.

Natürlich war nicht immer alles rosarot, es gab auch Streitpunkte, aber die gibt es wohl überall.

Aber Freddis riesengroßes Problem war der Alkohol. Der hat alles zerstört! Ich dachte immer meine Liebe sei stark genug, um diese Sucht mit ihm durchzustehen. Aber ich spürte mehr und mehr, wie ich selbst daran kaputt ging. Freddi wurde ein anderer Mensch, wenn ihn die Sucht plagte, verletzte mich mit seinen Äußerungen so sehr, dass ich nur noch eins wollte – weg von diesem Mann.

Höre ich von Queen – ‚I was born to love you' – was wir immer gemeinsam mitgesungen hatten, oder von Mariah Carey ‚Without you', rollen mir die Tränen.

Ich war in meinen Gefühlen zerrissen, aber ich musste gehen.

*Tagebuchauszug 03.10.07*

*Mit einer ehemaligen, befreundeten Arbeitskollegin telefoniert. Sie und ihr Mann würden sich öfters mal wegen meiner Flucht unterhalten. Ich muss das Buch schreiben! Mir Zeit dafür nehmen!*

*09.10.07*

*Regina hatte angefragt, ob ich Lust hätte, mal mit ihr zusammen eine Woche Urlaub zu machen. Heute angerufen und mitgeteilt, dass ich eher nicht mitfahren möchte, obwohl ich sehr gern mal mit ihr Urlaub machen würde. Fiel mir sehr schwer, wollte sie nicht verletzen. Noch lange telefoniert.*

*14.10.07*

*Übelst gefühlt, so richtig beschissen. Ich – einerseits kein Geld, andererseits wegen einer Woche Urlaub total hin- und hergerissen, ob ich nicht doch mit Regina in den Urlaub fahren sollte. Dann war mir das Geld plötzlich sch...egal! Jetzt lebe ich, dachte ich, wer weiß, was später ist. Und jetzt habe ich die Chance, mit Regina Urlaub zu machen!*

*Regina angerufen, dann bis weit nach Mitternacht im Internet gesucht. Reise nach Mallorca gefunden, 5 Tage 277 Euro!! Und gebucht! Hurra! Freu mich ganz sehr! Schön, mit Regina Urlaub zu machen! (Ich glaube die Urlaubswoche nur zu Hause wäre ziemlich trostlos geworden.)*

*27.10.07*

*Von Mallorca zurück, war toll! Super Idee gewesen! Ich war danach entspannt, als hätte ich 10 Tage Urlaub gehabt, nicht 5, trotz dass wir sehr viel unternommen haben.*

*November 2007*

*Ich wünsche mir, dass ich den Job im Chefarztsekretariat kriege!!! Vollzeitjob = mehr Gehalt, anspruchsvoller, viel mehr Kontakte zu Ärzten, Pflegern, mehr Kontakte zu Patienten. Vielleicht will ich dann gar nichts anderes mehr, bin glücklich und ausgefüllt?*


*01.11.07*

*Hatte heute wieder einen Tag, wo ich richtig unzufrieden mit mir war! Wo stehe ich? Was habe ich erreicht?!*

*Was hat mir die …-Flucht gebracht?? Die Grenzen öffneten kurz danach, aber ich habe alles verloren gehabt – Wohnung, Arbeit, …, bei null angefangen.*

*Es ging mir schon viel besser, ich hatte einen Job, wo ich zumindest keine Geldsorgen hatte, wenn ich mich auch gestresst und unterfordert und nicht anerkannt fühlte. Jetzt habe ich einen Job, der zwar inhaltlich interessant ist, aber ich bin nach wie vor gestresst, unterfordert, dazu ständig Geldsorgen!*

*Ich weiß nicht, was ‚meins' ist, wo ich meine Energie hinwenden soll! Will ich wirklich Heilpraktikerin für Psychotherapie werden? Oder lieber HP für Naturheilkunde?*

*Mir fehlt die Energie das Buch weiterzuschreiben.*

*Andererseits Angst, den Zug zu verpassen!*

*Ich möchte endlich wieder richtig Spaß an meiner Arbeit haben, etwas tun, wo ich auch den Kopf anstrengen darf, denken darf und wo ich so viel verdiene, dass diese blöde Rechnerei aufhört, ich mir wieder was leisten kann, was unternehmen kann, was mir Spaß macht, was Gescheites zum Anziehen kaufen kann!*

*Sch…-Schulden! Wenn ich dagegen Regina höre! Und so ging es mir auch mal! Wo bin ich hingeraten! Ich will da raus, so schnell wie möglich! Wo ist mein Job???*

Mein erster Chef hier in BW hat damals erkannt, dass Sekretärin nichts für mich ist, er hat mich gefordert und gefördert, habe dann die Buchhaltung gemacht. Das fand ich interessant.

Ein Job in der Personalabteilung würde mich auch interessieren, oder auch im Berufs- und Bildungszentrum. Oder Filialleiterin. Auch die Marktforschung ist interessant.

Ich muss weiter suchen!

03.11.07

Heute mit Regina telefoniert, gutes Gespräch. Unter anderem auch Arbeit angesprochen - Regina sei mit ihrer sehr zufrieden. Meinte – Chefarztsekretärin (wofür ich mich bewerben wollte) sei auch Sekretärin. Aber evtl. doch anspruchsvollere Aufgaben, auf jeden Fall aber Vollzeitstelle, also mehr Geld. Dann müsse ich mich eben weiter umsehen.

08.11.07

Mit Philipp telefoniert. Philipp ist wieder sehr fertig von der Arbeit – ich mache mir große Sorgen um ihn!

*Tagebuchauszug 09.11.2007*

Regina hat angerufen, mitgeteilt, dass Sven gestorben ist. Schock! Unfassbar! Unglaublich! Sei auf Baustelle umgefallen, noch Notarzt, Krankenhaus, dort verstorben!

Er hätte in letzter Zeit sehr viel Stress gehabt und ständig Geldsorgen. In letzten Tagen Herz- und Magenschmerzen beklagt (für ihn sehr ungewöhnlich gewesen).

Es ist noch immer unfassbar für mich! Sven war erst 49 Jahre!!

*Tagebuchauszug 10.11.07*

*War heute in einer Heilpraktiker-Praxis. War eine Neueröffnung und ich habe die Gelegenheit genutzt, um mir mal so eine Praxis anzuschauen. Ganz interessant. Aber mir wurde dabei auch klar, dass halt jeder seinen Heilpraktiker finden muss, die Methoden anwendet, die ihn selbst überzeugen.*

*Hörte sich zwar interessant an, aber die Kosten! Da stand z. B. 12 x Teilnahme = 150 Euro. Mal bei der Krankenkasse nachfragen, inwieweit da Kosten übernommen werden.*


*28.11.07*

*Habe heute bei meinem Nebenjob-Chef angerufen. Und er freute sich! Er habe heute schon an mich gedacht, habe wieder einiges zum Erfassen, dauere aber noch bisschen, er würde sich melden.*

*Ich sagte, dass ich mich auch freuen würde und auch Geld bräuchte – viele Ausgaben dieses Jahr.*

*Super!! War total froh, einfach angerufen zu haben!*

*Tagebuchauszug 29.03.08*

*Es ist für mich immer wieder mit Staunen verbunden, wie ernst ich von den Anrufern (Ehrenamt) genommen werde, und wie auch ich meine, ihnen doch ein Stückchen Hilfe gegeben zu haben.*


*16.04.08*

*Ab hier im Chefarztsekretariat. Hatte die Kollegin, mit der ich hier zusammenarbeiten werde, anders eingeschätzt(netter!). Sie hat einen arroganten Ton. Ich muss aufpassen, dass ich mich nicht wie einen dummen Lehrling von ihr behandeln lasse, denn das versucht sie ständig: „Sie machen jetzt mal die Post", „gehen Sie das mal kopieren", ... Bin nicht ihr Buttler! Mit unserem Chef hatte ich was anderes abgesprochen, als er fragte, ob ich mir vorstellen könnte, mit ihr zusammen zu arbeiten, nämlich, dass ich eigene Aufgabengebiete haben werde und mein Wissen bzgl. diverser Softwareanwendungen, welches ich mir bei meiner früheren Tätigkeit umfangreich angeeignet hatte, hier einsetzen kann. Aufgaben, die mich fordern, keine Buttlertätigkeiten für die andere Sekretärin!*


*10.05.08*

*Schön war Philipps Überraschungsbesuch zum Muttertag. Nur leider wollte ich mich gerade heute mit einem Mann (aus einer Anzeige) treffen, musste mich gerade fertig machen, als Philipp kam. War dann mit Philipp noch Eis essen in der Stadt, dann ging ich zu der Verabredung, in der Hoffnung, dass ich endlich mal einen gescheiten Mann treffe. Aber es war eine Enttäuschung.*

*Und erst hinterher wurde mir klar, dass ich wegen eines Unbekannten mir keine Zeit für meinen Sohn genommen hatte, der 150 km gefahren war, um mich zum Muttertag zu überraschen! Was bin ich für eine Mutter!!!*

*20.05.08*

*Nun habe ich mir wieder einen Zahn durchgebissen, schon mal zwei Zähne Anfang der 90er Jahre. Ich beiß mich also wieder mal durch etwas durch (Zähne zusammenbeißen und durch!).*

*Hatte auch wieder einen Alptraum heute Nacht.*

*13.07.08*

*Letzte Nacht wieder Alptraum!! Den mit Wasser, was die Wände schon runterläuft, Stromgeräte unter Wasser. Das Wasser lief in den Flur, kam von oben durch die Decke. Als ich die Tür öffnete, schlug mir ein Balken entgegen, die Dielen brachen schon,*

*…*

*Tagebuchauszug 10.10.08*

*Wieder ein bedeutender Abschnitt: Laura ist heute mit Sack und Pack nach Stuttgart gefahren. Jetzt ist es soweit, am Montag beginnt ihr neues Studium. Hoffentlich ist es dieses Mal das Richtige, damit sie zum Abschluss ihrer Ausbildung kommt und auch zufrieden damit ist.*

*Gestern Abend sah ich Laura nur kurz. Als ich von Arbeit kam hatte sie nur noch wenige Minuten, dann musste sie los.*

*Als sie weg war, wurde mir auf einmal ganz anders! Sie beginnt einen neuen Lebensabschnitt, und wir haben uns verabschiedet, als wenn wir uns am nächsten Tag wieder sehen! Ich schob richtig Panik. Man, dachte ich, warum wird mir das erst jetzt so richtig bewusst! Zwar hatten wir uns über alles unterhalten – sie hatte mir ihr Zimmer beschrieben, hat mir von ihren Plänen erzählt, wie sie es evtl. gestalten will, überlegt, was sie mitnehmen muss, usw. Trotzdem, das gestern war eigentlich ein Abschied in einen neuen Lebensabschnitt, und das war mir zu dem Zeitpunkt nicht richtig bewusst!*

*Heute Morgen schrieb ich ihr dann noch einen Zettel, aber auch den Wunsch darauf, dass ich sie gern noch einmal in den Arm nehmen würde. Und sie kam dann auch noch mal kurz zu mir zur Arbeit. Freute mich sehr darüber!*

*Ja leider äußerte Laura nach dem 2. Praktikum starke Zweifel, ob sie das Studium überhaupt noch fortsetzen will. Laura sagte, dass sie sich so ihre Berufstätigkeit nicht vorstellte, in beiden Architekturbüros war es stressig, obwohl beide grundverschieden waren. Wenn Zeitdruck war, gab es keinen Feierabend. Bei ihrem Freund sei es sogar noch extremer gewesen, er musste vier Wochen am Stück täglich arbeiten, auch am Wochenende, und jedes Mal bis spät in die Nacht hinein. Dazu kam, dass Laura meinte nicht gut genug zu sein und, dass man in diesem Beruf wirklich sehr gut sein müsse, um überhaupt eine Chance zu haben.*

Ich hatte da so bisschen meine Bedenken diesbezüglich, hatte das Gefühl, dass sie sich nun ständig mit ihrem Freund verglich, den sie für diesen Beruf für außerordentlich geeignet hielt.

Ich hielt Laura schon für gut. Sie hatte auch keine einzige Prüfung verhauen, obwohl die Prüfungszeit für sie immer unwahrscheinlich stressig war, da sie einerseits lernen musste, andererseits Modelle bauen. Trotzdem hat sie alles gut gemeistert!

Es war schon auch schade, schließlich hatte sie schon 5 Semester gemeistert, nach 3 Semestern das Zwischendiplom gemacht. Aber es war ihr Leben und ihre Entscheidung, ich konnte nur meine Gedanken dazu äußern.

Laura ließ sich dann auch viel Zeit, um richtig zu entscheiden und tendierte dann immer mehr Richtung Biologiestudium, recherchierte viel im Internet, bewarb sich schließlich und bekam eine Zusage. Also, das hatte sie dann schon mal in der Tasche!

Nächstes Thema war dann WG oder eigene Wohnung, wo Laura auch unwahrscheinlich am Rudern war. Ist schon totaler Wahnsinn, was in der Landeshauptstadt für paar qm verlangt wird! Dann hat sie am Ende noch eine kleine schnuckelige Wohnung entdeckt, aber Miete, Kaution und Ablöse diverser Einrichtungsgegenstände – allein dafür wären schon mal locker 1400 € zusammen gekommen. Und demnächst wird sie sich einige Bücher fürs Studium kaufen müssen, sie sprach von 300 €! Hilfe ist das viel! Bei dem Gedanken wurde mir bald schwindlig! Laura hatte das Geld nicht. Sie hatte schon die Ersparnisse aus ihrem Aushilfsjob als Eisverkäuferin aufgebraucht (Studiengebühr 500 € für ein Semester, die Semesterfahrkarte 180 € und ständig anfallende Fahrten zum Studienort), was bedeutete, dass es zunächst an mir hängen bleiben würde. Obwohl meine Eltern ihr auch einen Kredit angeboten hatten (sie sollte ihn ja nicht bei den Banken holen, sagte meine Mutter) - fand ich ganz lieb.

Doch dann flatterte von der Uni ein Brief ein, dass sie einen Wohnheimplatz bekommen könnte. Das bedeutete: möbliertes

Zimmer in 4-er WG mit drei anderen Mädchen, Balkon, gemeinsame Küche, 2 Bäder, Miete 250 €, Waschmaschine mit Trockner im Keller für alle zur Nutzung, nur 10 min. zur Uni. Ich sah nur Vorteile. Auch glaube ich, dass so eine WG besser ist für Laura. So ganz alleine zu wohnen - ich weiß nicht, ob ihr das gut getan hätte. Gott sei Dank, so ist es doch vieeel besser!

Ja mein Schatz, dann wünsche ich dir mal einen guten Start, dass du dich gut einlebst, es dir Spaß macht und du dieses Mal das Richtige für dich gefunden hast!!

Ja und sonst: Larissa ist schwanger. Einerseits schön, und ich freue mich auch sehr auf mein erstes Enkelchen, bin ganz gespannt!

Nur – ich mache mir wegen Philipp Sorgen! Er schuftet und schuftet und schuftet. Larissa hatte ihren Job wieder gekündigt, so dass sie am Ende nur einen Aushilfsjob hatte, den sie dann auch noch kündigte.

Und Philipp schafft wie blöd und will zu allem noch einen Nebenjob annehmen, damit das Geld reicht! Ich habe immer Angst um ihn, dass er mal 'nen Herzkasper kriegt, weil er nicht nein sagen kann, versucht es allen Recht zu machen.

Manchmal denke ich, dass es nicht gut war die Kinder allein groß zu ziehen, der Vater oder Mann im Hause hat eben gefehlt. Immer nur die Mutter - wie sollten sie lernen mit dem Partner zu diskutieren, eigene Bedürfnisse ansprechen ohne zu verletzen, wenn sie es doch gar nicht kennengelernt haben?

Aber ich habe mich ja nicht gegen eine Partnerschaft gewehrt, der Richtige war nicht dabei. Leider! Ich bin vielleicht auch inzwischen zu anspruchsvoll, weiß was ich will und nicht will in einer Beziehung.

Bezüglich Bruno denke ich manchmal noch leicht wehmütig an sein Haus, in dem ich mich eigentlich sehr wohl gefühlt hatte. Es war immer wunderschön für mich, aus dem Küchenfenster zu schauen und einfach nur viel Land zu sehen, viel Natur – Wiesen, Bäume, Vögel. Das war so entspannend, so friedlich. Oder wenn ich in seinem Garten war, in den Beeten buddelte. Wenn Philipp und Laura in den Ferien bei Wolfgang waren, fuhr ich manchmal direkt nach der Arbeit zu ihm, spürte, wie ich dort zur Ruhe kam und fühlte mich danach so ausgeglichen, als sei ich in Urlaub gewesen. Aber er war nicht der Partner, den ich mir wünschte, es reichte nur für eine Freundschaft.


19.10.08

Den Dienst (Ehrenamt) am Samstag empfand ich als unwahrscheinlich anstrengend, war froh, als ich dann nach Hause konnte. Dabei spielte ich ja immer wieder mit dem Gedanken, eine Ausbildung zur Heilpraktikerin für Psychotherapie, Psychologischen Beraterin oder dergleichen zu machen. Gestern dachte ich dann – das wäre aber dann mein Los, lauter traurige Menschen, kaputte Schicksale, psychisch Kranke, … Wenn es mich so belastet, kann es doch nicht die richtige Wahl sein, oder?!?

Am Sonntag war herrliches Wetter und ich fuhr mit dem Fahrrad zum Segelflugplatz. War total interessant zuzusehen, wie die Segelflieger hochgezogen wurden, am Himmel kreisten, unmittelbar über mir zum Landeanflug ansetzten und bereits wenige Meter später aufsetzten. Ja, bald werde ich mich auch in die Lüfte erheben, habe ja zum Geburtstag einen Gutschein geschenkt bekommen! War eine Superidee von meinen Kindern! Ich glaube das wird ein herrliches Gefühl sein, so durch die Lüfte zu schweben, hoch oben, unter mir alles nur noch ganz klein und weit weg. In Ruhe am blauen Himmel dahin zu schweben, weit weg von allen Problemen.

Zu Hause trank ich dann noch mit Laura kurz Kaffee auf dem Balkon(sie musste schon bald wieder zum Zug).

Später rief ich Bettina noch an, um ihr einen schönen Urlaub zu wünschen. War schön mit ihr zu reden, ich spüre, dass mir das gut tut, dass die Mundwinkel wieder nach oben gehen, nachdem ich mich vorher wieder so allein gefühlt hatte. Bettina erzählte, dass sie wieder mit der Clique in den Urlaub fahren würden. Ich beneidete sie darum.

Lauras Kater hat es sich soeben auf meinen Füßen gemütlich gemacht und döst zufrieden. Tut so gut, wenn er bei mir liegt.

Auch die Vögelchen tun gut. Obwohl ich oft über den Schmutz, den sie machen, fluche, sie mir auch oft zu laut sind, dachte ich doch gerade heute Morgen, als ich wieder so allein am Frühstückstisch saß – Gott sei Dank, dass sie da sind. Die Totenstille wäre ja sonst kaum zu ertragen. So höre und sehe ich die Vögel, kann mich ihnen widmen, mit ihnen sprechen oder ihnen einfach nur zuschauen, mich daran erfreuen, wenn ich ihnen ein Salatblatt, Gurke oder Apfel gebe, und sie sich freudig darauf stürzen.

Nach dem Essen spülte ich das Geschirr von Hand. Das tun wir seit einiger Zeit, obwohl wir eine Spülmaschine haben. Aber unser Verbrauch und die Stromkosten sind so immens gestiegen (ich muss monatlich statt 48 € nun 60 € zahlen), sodass ich mir was einfallen lassen musste. Als ich dann einmal sah wie schnell sich der Zähler drehte als die Spülmaschine lief, beschloss ich da zu sparen.

Seit einiger Zeit gerate ich auf meinem Konto immer weiter ins Minus! Und das, obwohl ich auch hin und wieder durch das Schreiben von Gutachten einen kleinen Zuverdienst habe und zudem seit Juni wieder zusätzlich ab und zu in meinem Nebenjob arbeite. Dabei bin ich nicht verschwenderisch, gönne mir nicht viel. Ich verdiene einfach zu wenig!

Insgesamt spürte ich heute wieder ganz deutlich, dass ich noch nicht die richtige Tätigkeit habe. Es sind zwar zum Teil interessante Aufgaben, aber es ist stressig, die Zusammenarbeit mit meiner Kollegin ist nicht gut, eher belastend (früher war ich wenigstens mein eigener Chef) und das Gehalt ist bescheiden (vorsichtig ausgedrückt). Somit bin ich mit diesem Arbeitsplatzwechsel insgesamt nicht glücklicher geworden.

Ich bin am Überlegen, ob ich meinen Chef nochmals wegen der Arbeitszeiterhöhung anspreche (habe ich bereits mehrfach getan und – wie von ihm gewünscht – schriftlich aufgeführt, wie viele zusätzliche Aufgaben ich seit Beginn dieser Tätigkeit übernommen habe), ihn zunächst um eine Gehaltserhöhung bitte (ist immer noch mein Anfangsgehalt seit Einstellung im Klinikum, abgesehen von Tariferhöhungen, die alle betrafen), oder ob ich mich nach einem anderen Job im Klinikum oder sogar außerhalb umschaue.

Dabei ging mir heute auch durch den Kopf, dass ich doch eigentlich froh sein kann, dass ich einen festen Job habe. Wie viele müssen sich ständig auf dem Arbeitsamt melden!

Und trotzdem - wo bin ich heute!?! Marion, die mit mir studiert hat und sehr ehrgeizig war (aber keine besseren Noten als ich hatte), ist heute Hauptbuchhalterin und verdient damit sicherlich auch gutes Geld, abgesehen davon, dass ihr der Job Spaß macht. Ich hatte damals auch einen schönen Job in der Markt- und Bedarfsforschung, der mir Spaß gemacht hatte. Auch in der Informations- und Dokumentationsstelle hätte es mir sehr gut gefallen.

Und was mache ich jetzt?!?
Weder Spaß, noch genug Geld – was soll das dann!?

Im Übrigen bin ich ganz froh, dass ein Nachbar immer wieder fragt, ob ich Lust hätte dies oder jenes mit ihm zu unternehmen. Es macht Spaß mit ihm. Muss auch mehr unter die Leute. Merke, dass mir Musik gut tut. Nur habe ich noch niemanden gefunden, der mit mir tanzen geht.

14.10.08
Werde ab morgen wieder zum Jazztanz gehen! ☺

15.10.08
Freue mich wieder Sport zu machen. Fühle mich körperlich wohler und freue mich, wieder mehr Kontakte zu haben!

21.10.08
Am Abend kommt ‚Eine Nacht im November‘ im Fernsehen, eine Dokumentation über das Ende der DDR. Ich schaue es mir an. Zu diesem Zeitpunkt waren wir bereits im Westen. Die Bilder ergreifen mich wieder sehr. Wie kann man nur ein ganzes Volk regelrecht einsperren? Es war, als wurden Gefängnistüren geöffnet, als der Schlagbaum an der Berliner Mauer sich öffnete! Mein Herz fing wieder wie wild an zu schlagen, wie damals, als ich diese Aufnahmen im Fernsehen sah. Wie viel Angst da doch auch noch war und Unsicherheit! Keiner wusste, was in den nächsten Stunden, nein sogar in den nächsten Minuten passieren könnte. Dabei wurde im Hintergrund darüber diskutiert, ob man auf die Menschen schießen sollte, das muss man sich mal durch den Kopf gehen lassen! Menschen, die einfach nur über die Grenze wollten, die nach Westberlin wollten oder in die Bundesrepublik, auf die konnte geschossen werden!! Ich begreife das bis heute noch nicht, wie man es fertig brachte, Grenzsoldaten und ihre Befehlsgeber

*davon zu überzeugen, dass es moralisch gerechtfertigt war, Menschen zu erschießen, die die Grenzen der DDR überschreiten wollten!*

*Aber das war ja u. a. ein Grund für mich, die DDR zu verlassen, dieser unwürdige Umgang mit den Bürgern der DDR, diese angsteinflößende Gewalt, die die Machthaber in der DDR ausübten, dieses Brutale, Heuchlerische, Falsche, ... Ich sah keine Möglichkeit, mich dem zu widersetzen, ohne mich und meine Familie mehr und mehr zu gefährden und damit auch meinen Kindern die Chance auf eine schöne Zukunft zu nehmen. Also flüchtete ich letztendlich aus dieser DDR, als für mich damals einzigen sichtbaren Weg, dem allen endlich zu entkommen.*

*Mir war damals klar, dass wir – nur ausgestattet mit unserem Urlaubsgepäck – es zunächst nicht einfach haben würden, aber das nahm ich gern in Kauf. Und – nachdem uns dann schließlich meine Freundin Carmen in ihrer Wohnung aufnahm, konnte ich das erste Mal aufatmen.*


*Ich nahm viel in Kauf, um mich aus diesen Fesseln zu befreien, auch, dass ich keine meiner Qualifikation entsprechende Arbeit fand. Aber ich musste mich zunächst eh erst einmal in einem anderen Wirtschaftssystem einfinden, somit war ich einfach froh, Arbeit gefunden zu haben, die mir noch dazu Spaß machte und wo ich mich wohl fühlte. Wir waren nicht viele und verstanden uns alle ganz gut.*

*Aber inzwischen bin ich unzufrieden geworden.*

*Zwar glaubte ich einen Schritt in die richtige Richtung getan zu haben, als ich damals aus einem großen Unternehmen zur Stadt ins Klinikum wechselte, fand wenigstens das, worum es letztendlich bei meiner Arbeit ging, sehr interessant, aber mittlerweile habe ich das Gefühl, mich auf einer Abwärtsspirale zu befinden. Und das insgesamt, nicht nur beruflich. Als ich wegen Unterforderung ins Chefarztsekretariat wechselte, hatte ich mir einen höheren*

Anspruch erhofft. Aber ich fühle mich auch hier unterfordert. Noch dazu empfinde ich die Sekretärin, mit der ich unmittelbar zusammen arbeiten muss, als sehr unkollegial!

Eigene Schuld! Ich hätte vorher auf eine Probewoche bestehen sollen! Bringt jetzt alles nichts mehr. Nur mir ist bewusst, dass ich auch auf diesem Platz nicht glücklicher werde, da war ich bei meiner vorherigen Tätigkeit doch noch zufriedener!

Und insgesamt ist es so, dass ich alleine dastehe, hier viele gute Bekannte, aber eigentlich keine richtige Freundin mehr habe, zu der ich jederzeit kommen kann. Beate hat einen neuen Partner gefunden und sich auch nicht mehr gemeldet, auch nicht mehr auf meine Anrufe oder Nachrichten reagiert, nachdem wir uns einmal gestritten hatten. Mit ihr hatte ich früher immer mal wieder was unternommen. Und alle anderen, zu denen ich eine gute Beziehung habe, haben einen Partner, sodass ich mich ohne auch nicht so wohl fühle oder mich auch gar nicht aufdrängeln will. Ja, schade!

Hin und wieder zieht es mich auch in Richtung meiner Heimat, aber das kommt für mich nicht infrage, da meine beiden Kinder hier sind, ich sie hierher gebracht habe, sie hier sesshaft geworden sind und es mir somit total widerstrebt, ohne sie nun wieder zurück zu gehen.

PS: Morgen früh habe ich mich fürs Labor angemeldet, da dieses Unwohlfühlen immer häufiger kommt. Hoffe es liegt nur an meiner gegenwärtigen Lage, in der ich mich nicht mehr wohl fühle und nach meinem Weg suche, dass es nicht gesundheitliche Ursachen hat! Habe da immer noch Angst wegen der Leber!

*Heute war wieder ein wunderschöner Herbsttag. Die Blätter sind in den letzten Tagen unwahrscheinlich bunt geworden, es sieht faszinierend aus.*

*Ein eigenartiges Gefühl überkommt mich, so eine große Ruhe. Es ist meine Jahreszeit, denke ich. Auch ich bin langsamer geworden, ruhiger. Ich bin froh, dass die Natur langsam zur Ruhe kommt, auch wenn ab und zu noch Herbststürme toben werden. Aber insgesamt wird es ruhiger, der Stress, den heiße Sommertage mit sich bringen, verebbt, das tut gut.*

*Trotzdem, ich bin auch traurig! Traurig, weil ich immer noch nicht angekommen bin. Wo ist der Mann an meiner Seite, mit dem ich alt werde? Mit Sicherheit will ich nicht alleine bleiben. Ich habe das Gefühl, dass noch irgendetwas geschehen wird in nächster Zeit, dass ich dann endlich ans Ziel komme, irgendwo hin, wo ich richtig glücklich werde, wo ich mich richtig wohl fühle und das Gefühl haben werde, dass ich nun meinen Platz im Leben gefunden habe.*

*Ein Foto aus einem Kalender beeindruckt mich noch immer sehr. Damals, als ich es das erste Mal sah, fühlte ich mich von diesem Foto sofort unwahrscheinlich angezogen, mein Herz begann schneller zu schlagen, mir wurde heiß. Was war das? Wieso reagierte ich so darauf?*

*Auf dem Bild ist ein Haus zu sehen, kein neues, protziges, sondern ein altes, wahrscheinlich ein altes Bauernhaus. Ringsherum ist alles in Schnee getaucht, die Sonne scheint. Auf dem Weg, der zu dem Haus führt, sind Autospuren zu erkennen, die sich in den Schnee gegraben haben, Fußstapfen führen quer durch den Schnee, ein kleiner Zaun ist zu sehen, ein Schuppen, im Hintergrund verschneite Nadelbäume, entlang des Weges Laubbäume. Es wirkt alles so herrlich friedlich.*

*Das Kalenderblatt habe ich noch immer und noch immer fühle ich mich von diesem Bild angezogen, noch immer spüre ich, wie mein Herz schneller zu schlagen beginnt, wenn ich es mir* anschaue. Als Betrachter wirkt es auf mich so, als würde ich auf diesem Weg, der zu dem Haus führt, stehen. Es zieht mich an, lädt mich ein, so, als soll ich meinen Weg fortsetzen und in das Haus hineingehen. In meiner Phantasie male ich mir aus, wie es wohl in diesem Haus aussehen könnte. Es wirkt gemütlich auf mich, eine Wärme kommt zu mir herüber, ich möchte mich auf die Couch im Wohnzimmer legen oder aus dem Fenster auf die herrliche Landschaft schauen oder mich in den Schnee fallen lassen.

Ich brauche nichts, denke ich, ich brauche keinen Luxus und dies und das und jenes. Mir ist diese Harmonie, die dieses Bild auf mich ausstrahlt, viel mehr wert. Ich könnte auf so vieles verzichten, mich mit wenigem begnügen. Ich brauche auch nicht Unmengen von Geld, um mir alles Mögliche und Unmögliche anzuschaffen. Ein ruhiges, friedliches Leben wäre mir viel, viel mehr Wert, ein Leben, wo ich so viel habe, dass ich mir keine Existenzsorgen machen muss, keine Gedanken machen muss, weil ich arbeite und arbeite und arbeite und gleichzeitig sehe, dass mein Konto immer mehr in die Knie geht, weil alles immer teurer wird. Dabei muss ich morgens zeitig aufstehen, wenn ich eigentlich noch müde bin und habe den ganzen Tag nur Stress bei der Arbeit. Das macht einfach keinen Spaß.

Es muss doch auch möglich sein seine Arbeit zu tun und zufriedener sein zu können!

*Tagebuchauszug 27.01.2009*

*Nachdem ich einen Kurs für Hot-Stone-Massage in der Heilpraktikerschule abgeschlossen hatte, versuche ich nun damit Fuß zu fassen, mir also ein weiteres Standbein aufzubauen. Habe im Wohnort in einem Massagestudio nachgefragt. Sie könnte es sich vorstellen, nur räumlich schwer. Müsste mir Schlüssel überlassen – Vertrauensfrage. Eventuell aber an Miete, Strom, Wasserverbrauch beteiligen. Würde Kundschaft nach Interesse an Hot-Stone-Massage fragen, ich soll mich melden.*

*Ich habe ein komisches Gefühl, da das ganz andere Kontakte sind (freier, aber auch eigenverantwortlicher). Muss mir nochmal Gedanken machen, denn ein Verlustgeschäft sollte es ja auch nicht werden.*

*30.01.09*

*Ich spüre immer einen Neid in mir aufkommen, wenn ich höre, dass andere eine Fortbildung machen, die ich auch gerne machen würde, wo ich aber kein Geld dafür habe und auch nicht den Mut habe, einen Kredit dafür aufzunehmen.*

*Ursprünglich hoffte ich im Chefarztsekretariat auch einen Vollzeitjob zu kriegen und ging von einem höheren Gehalt aus. Wollte dann nebenher eine Ausbildung zur Heilpraktikerin machen oder Heilpraktikerin (HP) für Psychotherapie. Natürlich kam alles ganz anders, so dass ich diesbezüglich die Felle langsam davonschwimmen sehe. Manchmal bin ich nahe dran, mich an einer Fernakademie einschreiben zu lassen. Aber irgendetwas hält mich letztendlich immer wieder davon ab. Vielleicht auch die Tatsache,* dass ich dann für etwas viel Geld ausgeben würde, was mich aber letztendlich nicht weiterbringt? Denn dass HP für Psychotherapie irgendwo eingestellt werden, habe ich noch nicht gehört. Was bedeuten würde, dass ich mich selbstständig machen müsste. Und da habe ich letztendlich doch meine Zweifel, ob ich das mit den Finanzen hinbekommen würde.

Habe den Katalog der VHS durchforstet und mich u. a. für einen Salsa-Kurs eingetragen! Und darauf freue ich mich! Ich tanze gern. Ich merke beim Tanzen, wie Sorgen kleiner werden. Die Bewegungen zur Musik machen mir einfach Spaß. Auch singen würde ich gern wieder. Und – womit ich auch geliebäugelt habe – Klavierspielen lernen. Das würde mich auch sehr reizen. Ich hätte auch gern ein Klavier in der Wohnung. Aber alles kostet Geld. Obwohl – ich habe von meinen Eltern zu Weihnachten viel Geld geschenkt bekommen. Sicher freuen sie sich, wenn ich mit dem Geld etwas mache, was mir Spaß macht - so sind sie eben auch.

Naja, ich weiß nicht, ob das mit dem Alter zusammenhängt, vielleicht möchte ich einfach das tun, was mir wirklich Spaß macht und gut tut. Ich kann nicht nur geben, ich muss auch irgendwo auftanken. Und dafür werde ich nun sorgen – ganz egoistisch und ohne dabei ein schlechtes Gewissen zu haben!

März 2009

Ich habe ein Enkelchen! Mein erstes Enkelchen ist auf die Welt gekommen, ein Junge. Mir läuft das Herz über vor Glück! Mein Philipp ist nun Papa!

Laura und ich fuhren am nächsten Tag in die Klinik, um Larissa, die Mama, und Philipp zu beglückwünschen und natürlich, um mein Enkelchen zu bestaunen und in den Arm zu nehmen. Ein wunderschönes, unbeschreibliches Gefühl! Und ein wunderschönes Baby!

Larissa hatte es nicht leicht, es gab Komplikationen. Aber – Gott sei Dank – haben sie und unser kleiner Schatz alles gut überstanden!

Jetzt habe ich also ein Enkelchen! Wie schön! Ich wünsche ihm das Allerbeste und viel Glück und Freude der jungen Familie. Ein neuer Lebensabschnitt hat begonnen, auch für mich! Einer, der Licht und Freude in mein Leben bringen wird!

*Tagebuchauszug*

*Heute ins Saarland zu meinem ersten Enkelchen, Larissa und Philipp gefahren. Es war so irre, so beeindruckend, den Sohn meines Sohnes im Arm zu halten, ihn zu spüren, die Freude, als er sein Gesichtchen mir zuwendete - ich spürte so viel Glück!*

Sehe Film „Comedian Harmonists", u. a. handelt er von der Nazizeit. Ich spüre nicht so einen Hass (wie meine Eltern), sondern eher so viel Traurigkeit, dass Menschen so viel Unheil anrichten können.

Tagebuchauszug 02.05.09

Mit Laura bei Philipp gewesen. War schön! Ganze Familie war da und viele Freunde. Meine Kinder tun mir einfach immer wieder gut!

05.06.09

Mag nicht mehr! Keinen Bock mehr auf Arbeit! Würde mich so gerne ausklinken, schön durch die Welt reisen (mit Wohnmobil?), mal hier, mal da verweilen. Oder mal ein ganz anderes Leben kennenlernen wollen, wo alles ruhiger ist, andere Werte zählen, ne Weile nach Afrika oder Nepal oder so, einfach weg von diesem blöden Stress und materiellem Leben.

07.06.09

Sonntag, aber ich kann nicht richtig entspannen, nicht richtig auftanken, mir fehlt eine gewisse Vorfreude auf etwas, was mir die nötige Kraft gibt, den Alltag zu meistern. Sicher habe ich immer wieder Freuden, aber die reichen mir in Summe nicht. Da fehlt was Großes, Entscheidendes. Ich spüre, dass ich ausbrechen möchte, diesen öden Alltag hinter mir lassen möchte, ganz! Ich denke mit Grauen daran, morgen wieder zur Arbeit zu müssen, es macht mir keinen Spaß! Ich fühle mich wie eine Maschine, wie ein Roboter. Ich muss zur Arbeit gehen, es geht nicht anders, das weiß ich. Und ich weiß auch, dass ich froh sein kann, eine Arbeit, noch dazu einen ziemlich krisenfesten Arbeitsplatz, zu haben, weiß ich alles. Und *trotzdem ist da dieses große Gefühl der Leere, das Gefühl - ich will nicht mehr!*

*Und was mich dabei so schockt ist die Tatsache, dass ich klar spüre, viel lieber mit Freddi und seinem Wohnmobil durch die Welt fahren zu wollen. Mit Freddi!!*

*Warum komme ich einfach nicht von ihm los?? Es ist ganz eigenartig. Ich spüre eine unwahrscheinlich große Sehnsucht in mir. Ich versuche mich an alles Schlechte, was ich mit ihm erlebt habe, zu erinnern, um dieses Gefühl loszuwerden, aber es gelingt mir nicht.*

*Was soll ich nur tun?? Alles spricht dagegen mit Freddi wieder eine Verbindung einzugehen, und doch sehne ich mich danach. Immer wieder denke ich, dass es doch funktionieren könnte.*

*Ich weiß auch, dass ich davon weg muss zu glauben, wenn ich ihm ganz viel Liebe gebe, dass sich etwas ändern könnte. Ich weiß, dass ich ihn (sein Alkoholproblem) nicht ändern kann. Trotz allem kommt immer wieder dieses tiefe Gefühl für ihn durch, was ich mir bloß damit erklären kann, dass ich ihn ganz tief im Innern wirklich liebe.*

Was machst du, wenn dein Herz noch weiterhin bei ihm ist, dein Verstand dich aber warnt, du könntest daran kaputtgehen?!

*Was soll ich nur tun? Leider lernte ich bisher auch keinen anderen Mann kennen, mit dem ich zusammen sein wollte. Oder lerne ich keinen kennen, weil Freddi doch noch in meinem Kopf oder Herz ist?*

*Aber auch so; ich sehne mich nach einem schönen Haus mit Grundstück, so in etwa wie Brunos Haus. Manchmal denke ich, da vielleicht einen Fehler gemacht zu haben, als ich ihm einen Laufpass gab. Andererseits war es nicht leicht mit ihm. Abgesehen davon, dass die Klamotten einer anderen Frau, von der er sich angeblich* getrennt hatte, noch überall im Haus waren, stieß mich auch einiges von ihm ab. Ich konnte mir schwer vorstellen mit ihm z. B. in einer Wohnung zu wohnen. Dieses Problem hatte ich bei Freddi wieder gar nicht, in der Beziehung harmonierten wir sofort miteinander, so, als wären wir schon ewig zusammen. Mit ihm funktionierte es auf kleinstem Raum (Wohnmobil), ohne dass es mir zu eng wurde.

Ein Kollege hatte letztens, als wir einen Fall auswerteten (Ehrenamt), mal in Frage gestellt, ob wir wirklich stark sind, wenn wir unseren Partner verlassen und schwach, wenn wir zu ihm zurückkehren. Das fand ich sehr interessant, hat mir sehr zu denken gegeben.

Es zieht mich immer wieder zu Freddi hin. Dieses Gefühl kommt von innen und ist sehr, sehr stark. Manchmal möchte ich diesem Gefühl einfach nachgeben, denke, dass es mir diesen Druck nehmen würde, aushalten zu müssen, dass es nicht geht. Nicht geht, weil ich ja schon so viel Belastendes mit ihm erlebt habe, nicht geht, weil ich vor fast zwei Jahren allen erklärt habe, die Beziehung nun endgültig beendet zu haben, nicht geht, weil ich immer diesen und jenen erkläre, warum ich nicht mehr mit Freddi zusammen sein will.

Und doch kommt diese Sehnsucht immer wieder. Und ich weiß, dass sie irgendwann auch wieder so schwach sein wird, dass ich sie nicht mehr spüre, dass dann mein Verstand wieder Vorderhand hat, mir wieder alles Schlechte, was ich mit Freddi erlebt habe, wie einen Film vor der Nase ablaufen lässt und ich dann darüber froh sein werde, dass ich wieder mal nicht nachgegeben habe. Und irgendwann geht dieses Spiel wieder von vorne los. Und das noch immer, nach fast zwei Jahren!

Manchmal frage ich mich, ob ich nicht – wider aller gut gemeinten Ratschläge – einfach mein Gefühl sprechen lassen sollte, einfach mein Gehirn ausschalten sollte.

*Ich spüre, dass ich immer weniger Lust und Kraft bzgl. einer neuen Partnerschaft habe und auch, dass ich nicht mehr länger allein sein will und endlich diese Spannungen in meinem Körper los sein will, die sicher da sind, weil ich mich ständig zu irgendetwas zwinge, was ich meine tun zu müssen, weil es andere von mir so erwarten.*

30.06.09

*Urlaub! Ein Sommertag begrüßte mich! Und so beschloss ich, diesen zu genießen, alles andere (Farbe kaufen und Küche vorrichten) konnte ich bei schlechtem Wetter.*

*Also frühstückte ich, hängte dann noch die Wäsche auf, ordnete noch paar Sachen und fuhr gegen 12:30 Uhr an den Baggersee.*

*Und das war genau richtig! Es war wundervoll, ich genoss es voll! Beim Schwimmen im See oder beim Sonnen kann ich wunderbar entspannen. Wieder zu Hause schön Kaffee und Kuchen, dann noch Regina, Eltern und Marion angerufen.*

*Froh, dem Alltag entflohen zu sein!*

*Tagebuchauszug 14.07.09*

*Vor zwei Tagen zurückgekehrt, Mutti hatte am Sonntag ihren 75. Geburtstag gefeiert. Logisch, dass dann nicht alle kommen bzw. ewig bleiben können.*

*Leider waren bei der Geburtstagsfeier wieder einige Situationen, in denen ich mich einfach nur zurückhalten musste. Ich schluckte, um ihre Feier nicht zu schmeißen.*

*Als ich wieder nach Hause kam, war ich ziemlich fertig, dachte nur: ich will nicht mehr, ich kann nicht mehr!*

Sie hatten mir bereits wehgetan, als sie die wiederholten Anrufe von Philipp immer wieder wegdrückten, wahrscheinlich, weil er ihre Einladung nicht angenommen hatte. Seine Begründung schienen sie nicht zu akzeptieren. Als dann aber in einem Spiel, wo der Name eines Enkels gesucht wurde, ihnen angeblich der von Philipp nicht einfiel, auch nicht, als sie von allen mit „euer erstes Enkel!" hingewiesen wurden, fühlte ich mich unwahrscheinlich verletzt. Was sollte das?! Was hatten sie gegen meinen Sohn?! Warum wollten sie mir immer wieder wehtun?! Warum luden sie mich überhaupt ein? Was wollten sie mit ihrem Verhalten mir und allen Gästen mitteilen? Vielleicht, dass ich nur geduldet war, mehr nicht?

Und warum nahm ich überhaupt noch Einladungen von ihnen an!! Am liebsten wäre ich sofort mit Laura nach Hause gefahren. Aber ich hatte bei Regina übernachtet, dort meine Sachen …

*Fortsetzung Tagebuchauszug*

*Als ich dann die Yoga-CD anmachte und die erste Übung ausführte, fing es mich plötzlich an zu schmeißen. Ich musste schrecklich weinen bei der Übung, mir rannen die Tränen wie Bäche übers Gesicht. Zunächst war ich sehr erstaunt darüber, was diese Übung bei mir auslöste. Dann war mir aber klar, dass ich*

*entspannte, dass Anspannung von mir fiel, dass mir die Übung*
*also unwahrscheinlich gut tat.*


22.07.09

*Anzeige gelesen, dass bei uns jemand gesucht wird:*
*Vollzeitstelle, Abteilung Qualitätsmanagement. Alles, was dann*
*aufgeführt war, sprach mich sofort an. Ich sah eine Chance, bewarb*
*mich und bekam auch einen Vorstellungstermin.*

*Ich erhielt einen Anruf: Das Bewerbungsgespräch sei ,topp'*
*gewesen, ich hätte eine ,sehr gute Figur gemacht', ,überzeugend'.*
*Die Entscheidung fiel zwischen mir und einer zweiten Person, die*
*den Vorzug hatte, auf diesem Gebiet schon Erfahrungen zu haben,*
*da die Zertifizierung unmittelbar bevor stand. Das sei der einzige*
*Grund gewesen, wurde mir noch einmal bestätigt. Schade!*

*Tagebuchauszug 02.11.09*

*Dieses Mal bin ich – auf Wunsch der Eltern – wieder mal bei ihnen einquartiert und sie baten mich, doch mal bisschen länger zu bleiben, für fünf Tage. Eine lange Zeit, noch viel länger, wenn man gewisse Themen, bei denen unsere Meinungen entschieden auseinander gehen, nicht ansprechen kann.*

*Vor zwei oder drei Jahren war ich auch bei meinen Eltern einquartiert. Bereits am 2. Tag konnte ich fast nicht schlafen, so sehr schmerzten mich ihre feindseligen Äußerungen und Sticheleien. Es war so ein schrecklicher Widerspruch für mich – einerseits waren sie sehr fürsorglich, holten mich vom Bahnhof ab, hatten das Zimmer, in dem ich schlief, schon hergerichtet, stellten mir schmackhaftes Essen hin, - andererseits diese ewigen Sticheleien.*

*Statt genug ‚A… in der Hose' zu haben und zu sagen, dass ich gehen werde, wenn sie nicht aufhören, fraß ich lieber – wie immer - alles in mich hinein, um die wenigen Tage, die wir uns sahen, keine Auseinandersetzung vom Stapel zu brechen.*

*Warum nahm ich immer nur auf meine Eltern Rücksicht, nicht aber auf mich?! Wieso hackten sie ständig auf mir herum? Ihnen war doch sicher bewusst, was sie da taten!!*

*Ja, und dieses Mal war ich nun - wieder mit gemischten Gefühlen - der Einladung meiner Eltern gefolgt, zu ihnen zu kommen.*

*Und es baute sich auf, Stück für Stück für Stück. ‚Steter Tropfen höhlt den Stein!' Immer wieder Beleidigungen, Unterstellungen, Abwertungen! Schluck, schluck, schluck, … Und auf einmal war der Hals voll, es ging nichts mehr rein!*

Plötzlich ertrug ich es nicht mehr und es sprudelte alles aus mir heraus, was ich die ganzen Jahre in mich hineingefressen hatte. Die Tränen liefen mir wie ein

Wasserfall übers Gesicht, mein Herz schlug wie wild, mein Kopf drohte zu platzen und meine Stimme überschlug sich, sodass ich keinen vernünftigen Ton mehr herausbrachte. Verzweifelt warf ich die Tür, lief in das Kinderzimmer, schloss ab und warf meine Sachen in den Koffer. Ich konnte nicht mehr und wollte nur noch weg, so schnell wie möglich.

Meine Mutter war mir nachgelaufen, klopfte immer wieder an die verschlossene Tür, weinend, ich soll bitte aufmachen, nicht gehen, wir wollen reden.

Nach einer Zeit öffnete ich, ließ sie rein. Sie weinte sehr, ich soll nicht gehen, wir wollen reden.

Das taten wir dann. Ich schüttete mein Herz aus und meine Mutter hörte mir die ganze Zeit zu, während ihr Tränen über das Gesicht liefen. „Ich möchte nichts mehr schlucken", sagte ich schließlich, „wir müssen ehrlich miteinander sein und reden". Dem stimmte meine Mutter zu und wir nahmen uns ganz fest in die Arme.

Mein Vater stand mit verschränkten Armen in der Küche, als ich ihn erfreut darüber informierte, dass ich mich mit Mutti ausgesprochen hatte und dass wir beschlossen hatten, zukünftig ehrlich miteinander zu reden. Aber er hüllte sich in Schweigen dazu. Und auf einige vorwurfsvolle Fragen von mir, reagierte er abwehrend. Ich kam bei ihm nicht weiter, beließ es aber dann dabei, erleichtert darüber, dass ich mich meiner Mutter gegenüber endlich hatte aussprechen und diesen riesigen, belastenden Kloß in mir hatte loswerden können.

09. November 2009

Ich wurde zu den Projekttagen der Fachkonferenz Geschichte zum 20. Jahrestag der Maueröffnung an ein Gymnasium eingeladen. Die 11. Klassen hatten das Projekt mit Zeitzeugen, ich war eine(r) von insgesamt vier.

Initiatorin war Birgit, eine Freundin von mir, die an diesem Gymnasium unter anderem Geschichte unterrichtete.

Es war für mich auch sehr interessant die anderen Zeitzeugen zu hören, die jünger und auch älter waren als ich. Was hatten sie erlebt, wie hatten sie es erlebt.

Besonders die Eindrücke des jungen Mannes – er war nur wenige Jahre älter als Philipp – beschäftigten mich sehr. Er schilderte unter anderem, dass es in der Schule plötzlich sehr ungeordnet und chaotisch zugegangen sei, die Disziplin der Schüler stark nachgelassen hätte und die Lehrer seien sehr verunsichert gewesen - keiner habe so richtig gewusst, wie es weitergehen solle.

Der ältere Zeitzeuge erzählte, wie er es damals erlebt habe, als er an einem Morgen plötzlich diese Mauer sah.

Die junge Zeitzeugin zählte auf, was in der DDR gut gewesen sei, betonte dabei hauptsächlich, dass die Mütter arbeiten gehen konnten, da genügend Kinderkrippenplätze zur Verfügung gestanden hätten. Aber da regte sich in mir der Widerstand. Ja, davon gab es wirklich genügend. Aber ich hatte als Mutter nur Anspruch auf einen Krippenplatz, wenn ich Vollzeit arbeitete. Was eben bedeutete, dass ich mit meinem Kind morgens um 6:00 Uhr an der Kinderkrippe sein musste, um pünktlich 6:30 Uhr am Arbeitsplatz aufschlagen zu können. Ich empfand das für die Kinder, die ja zwischen 1 und 3 Jahren waren, mehr als anstrengend. Wenn sie abends abgeholt wurden, waren sie sehr müde, konnten nur noch essen, dann ins Bett. Sie kannten die Krippenerzieherinnen besser als ihre eigenen Eltern. Ja, es gab diese Möglichkeit, wenn man den Wunsch hatte, Vollzeit arbeiten zu gehen, aber es hätte auch Alternativen für verkürzte Arbeitszeiten geben müssen, sodass die Kinder auch eine weniger gehetzte und gestresste Zeit (denn so ging es in der Regel morgens zu) mit ihrer Familie hätten verbringen können. Aber auf dieses Problem bin ich ja an anderer Stelle schon einmal eingegangen.

Die Fortbildungen meiner ehrenamtlichen Tätigkeit sind immer sehr interessant und bereichernd. Auch die letzte – Thema: Change your mind – oder überhaupt alle, an denen ich bisher teilgenommen habe. Regen immer sehr zur Selbstreflektion an.

*Tagebuchauszug 15.11.09*

*Herbsttagung – Thema: Partnerschaft/Beziehungen*

*Es ist unglaublich für mich feststellen zu müssen, wie hilflos ich mich in gewissen Situationen bei meinen Eltern zum Teil fühle. Dabei versuche ich selbst anderen Menschen zu helfen, die verzweifelt versuchen aus einem Eltern-Kind-Konflikt herauszukommen, kann ich bei anderen auch ganz gut. Selbst meinen Geschwistern kann ich wunderbare Ratschläge geben. Als Außenstehende höre ich genau, wo die Schwachstellen sind, kann andere bestärken, sie daran erinnern, dass sie keine Kinder mehr sind, und, und, und. Nur bei mir selbst, da ist es immer wieder schwer. Aber trotzdem stelle ich fest, dass ich einen Schritt weiter gekommen bin als vor Jahren, dass ich nicht mehr so verzweifelt um Gehör ringe, dass ich nicht mehr so sehr verletzt bin, weil immer nur ich verstehen soll und es um meine Gefühle und Probleme überhaupt nicht geht. Ich merke, wie ich inzwischen gelernt habe innezuhalten, stopp zu sagen zu mir selbst.*

*Und doch war ich verwundert, dass in Mutti immer noch – nach so vielen Jahren – so viel Hass, soviel Wut ist. Woher kommt dieser Hass in ihr??*

*Aufgrund der vielen Jahre, die inzwischen seit der Wende vergangen sind, wo wir uns nach langer Zeit auch langsam wieder näher gekommen sind, hatte ich gehofft, dass wir irgendwann mal ganz normal diskutieren können, so, wie man mit anderen Leuten auch reden kann. Aber leider funktioniert das nicht. Schade, dass meine Eltern vermutlich jede Kritik am System der DDR als*

*Angriff auf ihre politischen Ideale empfinden. Ich habe leider nicht das Gefühl, dass sie versuchen auch uns, die Generation ihrer Kinder, zu verstehen.*

*Schade, das Verhältnis könnte so viel besser sein zwischen uns! Aber ich glaube, dass dieser Zwiespalt nicht nur mir zu schaffen macht.*

*Habe übrigens in letzter Zeit sehr viel unternommen, um mehr Positives in mein Leben zu bringen und mich endlich gefühlsmäßig von Freddi lösen zu können. Es tat mir sehr gut!*

*Tagebuchauszug 21.02.2010*

*Partnersuche. Wieder einmal habe ich bei einer Partnerbörse für einen Monat gebucht. Hatte ich schon einmal, letztes Jahr. War anfangs auch sehr euphorisch, zwei Männer gefielen mir auf Anhieb, aber der eine wollte sich dann nur bezüglich seiner Partnerprobleme austauschen, der andere suchte eine Frau in unmittelbarer Wohnortnähe. Schade.*

*Dann war da noch einer, mit dem ich mich auf sein wiederholtes Drängen dann auch traf, das was er schrieb fand ich einfach süß. Leider lebte er erst in Trennung, wovon ich nicht so begeistert war. Trotzdem, er hatte was Liebenswertes an sich. Aber leider erwartete er wenn er sich meldete, dass ich sofort Zeit für ihn hatte. Und da ich ihm das nicht jederzeit ermöglichte, beendete er alles recht schnell wieder.*

*Schade, aber etwas tun, nur um die Wünsche anderer zu erfüllen und wozu ich nicht bereit war, kam für mich nicht in Frage.*

*Mein Gefühl sagte mir dann, dass das alles ein Krampf ist mit der Partnerbörse, dass ich viel lieber durch Zufall einem Mann begegnen will.*

*PS: Was anderes: Habe den Film ‚Das Streben nach Glück' angeschaut. War beeindruckt, besonders auch von folgendem Rat: ‚Lass dir nie von jemandem einreden, dass du etwas nicht kannst, dass du für etwas nicht gut genug bist! Wenn du etwas wirklich willst, dann tue es, egal, was die anderen sagen! Du musst an dich glauben!'*

28.02.10

Übrigens sagte mir ein Kollege einmal, dass wir ehemaligen DDR-Frauen anders seien, selbstbewusster und selbstständiger, dass die Männer hier damit ihre Schwierigkeiten hätten. Da kann was dran sein.

Apropos - Freddi – er gibt nicht auf: Letztens schickte er mir eine Karte: „Jeder Mann verdient eine 2. Chance!". Am 13.02. lud er mich zum Indisch Essen ein, bot mir dann an bei ihm zu schlafen. Als ich dankend ablehnte, schenkte er mir einen Strauß Blumen zum Valentinstag.

Und er wollte wieder mit mir in den Urlaub fahren, mit dem Wohnmobil, drei Wochen!

Nein, er hatte mehr als eine 2. Chance. Freunde – ja, er ist mir auch nicht egal, deshalb habe ich mich auch um ihn gekümmert, als er wieder „nass" war und alleine nicht mehr rauskam, nur noch gesoffen hat, nichts gegessen, sich krankgemeldet, die Fensterläden zugelassen hat, als er lebensmüde Gedanken äußerte und auf keinen Fall in die Klinik wollte. Aber einen Partner an meiner Seite wünsche ich mir nicht mit einer derartigen Problematik. Und hätte ich, als ich ihn kennengelernt hatte, mehr darüber gewusst, wäre ich diese Bindung wahrscheinlich nicht eingegangen.

Trotzdem besuche ich ihn gerne mal. Warum auch immer – er ist mir irgendwie ans Herz gewachsen.

Ja, und sonst? Bekomme nun für Laura kein Kindergeld mehr und übernehme ja Studiengebühren und einiges mehr für sie. Ich selbst war letztes Jahr nicht mal im Urlaub, habe einen Kredit abzuzahlen und mein Kontostand ist so schlecht, dass ich was tun muss. Das heißt – auch Laura muss sich mal nach einem Job umsehen, den sie nebenbei machen kann. Ist sicher neben dem Studium nicht einfach, aber es geht nicht anders, ich kann sie nicht immer nur unterstützen, Philipp hat auch viel neben dem Studium gemacht.

Habe letztens erst wieder ein Gespräch mit meinem Chef geführt, damit meine Arbeitszeit entsprechend meines erhöhten Arbeitsvolumens mal verlängert wird und ich außerdem leistungsgerecht entlohnt werde. Mal sehen, ob sich was tut, die Mühlen mahlen sehr langsam. Aber ich habe mich schon einmal auf eine andere Stelle beworben und ich scheue mich nicht, es wieder zu tun, falls nichts passiert. Oder auch, wenn ich was Anspruchsvolleres bekomme!

Bezüglich Nebenjob bin ich auch auf der Suche.

Und dann habe ich ja auch noch mein Buch, was ich eigentlich Ende Januar als ‚Gerippe‘ fertiggestellt haben wollte. Da muss ich auch wieder ran.


02.03.10

Habe tatsächlich (nach Gespräch mit Laura) den Dauerauftrag an sie gelöscht. Es musste sein. Wenn ich Laura weiterhin die 200 Euro überweisen würde, wäre spätestens in 5 Monaten mein Überziehungskredit ausgeschöpft, ein Ding der Unmöglichkeit bei meinen vielen Lastschriften. Es geht also nicht mehr. Es fiel mir überhaupt nicht leicht, aber es muss sein. Laura muss begreifen, dass auch sie etwas dazu tun muss, um so lange studieren zu können.


Übrigens – Philipp und Larissa haben sich ein Haus gekauft. Wahnsinn! Aber es soll nicht so teuer gewesen sein, ein altes Haus, was aber wohl von den Vorbesitzern gut in Schuss gesetzt wurde. Bin mal gespannt, wenn ich es demnächst sehe. Sie wollen schon bald einziehen! Philipp und Larissa freuen sich sehr darüber. Die

Lage soll auch nicht schlecht sein. Hoffentlich kriegen sie das mit der Finanzierung gut hin.

So, nun muss ich mich aber mal meinem Manuskript ‚Sackgasse' weiter widmen, sonst wird das gar nicht fertig. Und ich bin schon ganz heiß darauf eine Fortsetzung zu schreiben, wie es mir dann hier – im westdeutschen Teil Deutschlands – nach meiner Flucht ergangen ist und jetzt geht, und ob ich mit meiner damaligen Entscheidung glücklich geworden bin.

Auch mein unfreiwilliges Single-Dasein wäre ein Thema, verbunden mit der Beziehung zu Freddi. Also dann!


05.03.10

Habe das Buch ‚Zusammen ist man weniger allein' ausgelesen. Bin sehr beeindruckt.

Hatte das Buch bei Laura im Zimmer stehen sehen, es sprach mich an. Warum wohl? Sicher, weil ich mich manchmal schrecklich alleine fühle. Birgit sprach mich auch mal wegen einer Frauen-WG an, aber das ist nicht so meins. Ich möchte meine Tür schließen können und meine Ruhe haben, wenn ich das Bedürfnis habe. In der WG muss so vieles abgesprochen werden, …

Und trotzdem bekam ich das Gefühl, dass ich mich in dieser WG, wie sie im Buch beschrieben war, auch hätte wohl fühlen können.

Beeindruckend war für mich auch, wie so ganz unterschiedliche Menschen - unterschiedlich von der Bildung, der Herkunft, der Mentalität, des Alters, der persönlichen Situation, des Gesundheitszustandes usw. - so miteinander harmonierten. Und wahnsinnig interessant war es für mich festzustellen, wie leichtfertig und schnell wir doch beurteilen und den Menschen eigentlich nur oberflächlich kennen, zum Teil gar nicht hinter die ‚Maske' schauen können.

*Toll, toll geschrieben, sehr bereichernd.*

*Trotzdem – Frauen-WG?? Klingt für mich in meinem Alter wie abgeschlossen, damit abgefunden, dass ich alleine bleibe, … Und das will ich nicht! Habe die Hoffnung noch nicht aufgegeben, irgendwie, irgendwo, irgendwann (hoffentlich bald) den Mann kennenzulernen, mit dem ich zusammen alt und glücklich werde.*

*Sollte mir das – was ich nicht hoffe – nicht gelingen, dann werde ich vielleicht doch irgendwann in eine 'Alt-Weiber-WG' einziehen, um nicht im Alter alleine zu sein.*


17.03.10

*Jedes Mal, wenn ich bei den Eltern zu Besuch bin, gehen diese politischen Sticheleien wieder los. Schade, das trübt die Stimmung.*

*Sie haben als Kinder durch den 2. Weltkrieg Fürchterliches erlebt, das wünscht man keinem Menschen, erstrecht keinem Kind! Sie haben viel Kraft, Hoffnung und Zuversicht in den Wiederaufbau gesteckt. Sie sind enttäuscht, dass ihre Ideale zerschlagen wurden. Das alles kann ich nachvollziehen. Und deshalb empfinden sie jede Kritik an der Politik der DDR als Angriff auf ihre politischen Ideale. Aber es ist doch nicht alles richtig gewesen!*

*Es ist so schade, dass wir uns diesbezüglich noch immer nicht unterhalten können.*

*Tagebuchauszug 02.05.10*

*Hatte mich bei der Ev. Erwachsenenbildung zu dem Fachtag „Das Weinen abgewöhnt, die Angst vergraben" – Kriegstraumata bei Betroffenen und ihren Nachkommen mit Prof. Dr. Hartmut Radebold, Kassel, angemeldet.*

*Ich sah dieser Tagung mit großem Interesse entgegen, sah ich mich doch als Nachkomme immer wieder mit dieser Thematik konfrontiert, besonders durch meine Eltern, und versprach mir Hilfe, besser damit umgehen zu können.*

*Die Fachtagung setzte sich aus Vorträgen am Vormittag und Workshops mit unterschiedlichen Themen am Nachmittag zusammen, sollte bis 17:00 Uhr andauern. Ich hatte mich nur für die Vorträge angemeldet, den Workshops widmete ich nicht so viel Interesse.*

*Nach einer Begrüßung begann die Tagung. Der Saal war voll besetzt, ich schätze es waren mindestens 200 bis 250 Leute.*

*Prof. Dr. Radebold (Jahrgang 1934) hielt unwahrscheinlich ergreifende Vorträge, in dem ich vieles aus der deutschen Geschichte erfuhr, was mir bis dahin völlig unbekannt und unbewusst war. Z. B., dass man während des 2. Weltkrieges keine Fotos von Toten in der Heimat gemacht hatte, um den Soldaten an der Front ein heiles Bild vorzugaukeln, dass auch aus diesem Grunde alles, was in der Zwischenzeit in Deutschland an Schrecklichem passierte, nicht veröffentlicht wurde, selbst noch im Jahr 1943.*

*Er zeigte Fotos von Kindern aus dieser Zeit, die sich nicht von anderen Kindern unterschieden, äußerlich glücklich erschienen.*

*Die Mütter seien nicht in der Lage gewesen, den Kindern seelisch zu helfen, sie waren voll damit belastet, sich um die notwendigsten Lebensgrundlagen für die Kinder zu kümmern.*

*Außerdem habe es keine Trauer gegeben! Weder wurde im Staat getrauert, noch konnten Frauen und Mütter trauern, da erst 15 Jahre nach Kriegsende Soldaten für tot erklärt wurden.*

Das bedeutete, dass die Kinder niemanden hatten, mit denen sie über alles sprechen konnten, sie mussten alleine damit zurechtkommen, sodass sich dann eine Veränderung des Verhaltens bei den Kindern einstellte - sie wirkten sachlich und nüchtern. Sie bauten sich selbst Abwehrmechanismen auf wie Generalisierung – haben ja alle erlebt, Relativierung – war gar nicht so schlimm, und Verkehrung ins Gegenteil – Abenteuer, Verdrängung – keine Erinnerung mehr. Und letztlich Aufspaltung von Inhalt und Affekt – der Inhalt blieb übrig, Gefühle wurden verdrängt. So konnten sie nach außen hin funktionieren.

Prof. Radebold erzählte von einer späteren Studie, in der die Wissenschaftler festgestellt hätten, dass die Kriegskinder sich alle körperlich, geistig und in ihren sozialen Beziehungen ganz normal entwickelten und daraus schlussfolgerten, dass keine Folgen bei den Kriegskindern festzustellen waren, was dann die Kinder selbst stolz mitteilten.

Einzelberichte hingegen (z. T. Tagebuchauszüge) seien katastrophal!

Das Schlimmste für mich war aber als Resultat dessen zu hören, dass damit die Forschungen auf diesem Gebiet eingestellt wurden. Historiker entschieden 1948, dass nur schriftliche Unterlagen Verwendung finden könnten, keine mündlichen Erfahrungsberichte.

In den 68ern hätte es noch einmal ein Aufbegehren der Kinder gegen ihre Väter gegeben (nicht gegen die Mütter). Danach sei die Thematik verschwunden gewesen.

Selbst in der Psychoanalyse gab es sie nicht. Die Lehranalyse war, dass der Krieg für die Menschen unbedeutend war.

Erschreckend!!

*Andererseits berichtete Prof. Radebold aus seiner beruflichen Tätigkeit als Psychiater, Neurologe, Psychotherapeut und Psychoanalytiker, dass er ab 1985 zunehmend über 50-jährige Patienten hatte, die ihr Leiden nicht mit dem Krieg in Zusammenhang gebracht hatten. Affekte brachen auf.*

*Ehen brachen auseinander, wenn ein Partner (kein Kriegskind) kein Verständnis hatte, da er sich nicht in den anderen einfühlen konnte.*

*In Zeitungsberichten zeigen Zeitzeugen keine Affekte, wirken sachlich, nüchtern.*

*Es sei gewesen, ‚als ob es nicht passiert ist‘, ‚als ob es keine Rolle gespielt hätte‘. Man schlussfolgerte, dass Kinder es nicht mitbekommen hätten.*

*Kriegstraumatisierungen waren ein Tabuthema.*

*Prof. Dr. Radebold stellte unterschiedliche Traumata bei Erwachsenen und Kriegskindern vor. Erwachsene zeigten Vermeidungsverhalten, Kinder hingegen würden affektvoller reagieren (Depressionen etc.). Besonders die Kriegskinder der Jahrgänge 1937/38 mit vorsprachlichen Traumatisierungen seien im Alter 4 x so häufig depressiv!*

*Die Kinder Jahrgang 1934 waren mit der Angst behaftet, absolut hilflos zu sein, überhaupt nichts machen zu können.*

*Traumatisierungen dauerten teilweise über Monate bis Jahre an. Im Gegensatz zu heute gab es keine Betreuung.*

*Erschreckende Ergebnisse!*

*Im zweiten Teil seines Vortrages ging Prof. Dr. Radebold auf Forschungen zur Thematik Kriegskinder ein. Er berichtete u. a., wie schwierig das sei, da keine Gelder zur Verfügung ständen. Ebenso problematisch sei, dass diese Kriegskinder die heute (2010) 60- bis 80-Jährigen seien und viel zu wenige Biographien über diese Generation vorlägen.*

*Aus bisherigen Untersuchungen hatte er schon als Ergebnisse ermittelt, dass*

*- 28 Prozent aller über 60-Jährigen depressiv seien, vorsichtig, misstrauisch, skeptisch, eine psychische Müdigkeit aufgrund der zu langen Überforderung aufwiesen,*

*- keine Rücksicht auf den eigenen Körper nahmen, 83 Prozent gingen zu keiner Vorsorgeuntersuchung,*

*- 7,2 Prozent an posttraumatischen Belastungsstörungen litten.*

*Die Kinder der Kriegskinder wurden nach den eigenen Vorgaben erzogen (aufessen, nicht widersprechen, Licht aus, …), um eine sichere, verlässlich äußere Welt zu schaffen. Im Widerspruch zu ihrer inneren Welt, wo sie dies nicht erreichten, da sie sich abkapselten, kein Austausch erfolgte.*

*20 Prozent der Kinder von Kriegskindern wurden überschüttet, nicht nur sachlich, sondern auch affektiv!*

*Da sich diese Kinder nun nicht genug abgrenzen konnten, wurden sie mit den Ängsten der Eltern identifiziert!*

*Viele Kinder von Kriegskindern erlebten dies in ihren Träumen!*

*Kinder identifizierten sich mit Eltern – keine Trauer, hart, abkapseln.*

*Die Kriegskindergeneration war der Überzeugung, das Beste für eigene Kinder getan zu haben. Oftmals werden Probleme der Kinder als Nichtigkeiten hingestellt, immer gemessen an dem, was sie erlebt haben.*

*Kriegskinder seien tief verletzt, hätten eine hohe Kränkung erfahren. Sie waren nicht bereit mit eigenen Kindern darüber zu reden. Sie sollten sich aber die Fragen und Vorwürfe ihrer Kinder anhören (aber nicht 2 gegen 1 Kind, sondern 1:1). Dies sei die Aufgabe der Kriegskinder, nicht die ihrer Kinder.*

*Kinder von Kriegskindern seien oftmals überfordert, da sie „es" hören sollten.*

*In dem Film ‚Der Hamburger Feuersturm - Brandwunden und Brandnarben' würde deutlich, dass nicht nur Kriegskinder, sondern auch deren Kinder betroffen seien.*

*Ja, Vorträge und anschließende Diskussionen erhielten Informationen für mich in einer Fülle, die mich unwahrscheinlich und nachhaltig beeindruckte. Vieles war völlig neu, in einigen Aussagen erkannte ich meine Eltern, mich oder auch unser Verhältnis zueinander wieder.*

*Diese Vorträge hatten mir so viel an Erkenntnissen über die Generation meiner Eltern gegeben, dass ich das Gefühl hatte, es hätte mir gut getan, das Ganze in einem Workshop fortzusetzen, da auch ich noch viel aufzuarbeiten hatte. Aber diese Möglichkeit bestand inzwischen nicht mehr, eine verpasste Chance!*

*Es war schönes Wetter und so fuhr ich anschließend an einen See. Aber auch am See, mit noch schönem klaren Wasser, Sonne und Vogelgezwitscher, also einem richtigen herrlichen Tag, der sich wie ein Urlaubstag anfühlte, konnte ich nicht abschalten. Ich hatte so viele Eindrücke, die es zu verarbeiten galt.*

Mein Philipp hat zurzeit unheimlich viel zu tun und unheimlich viel Verantwortung zu tragen. Ist ständig unter Zeitdruck und schafft und schafft. Larissa äußert sich auch sehr unzufrieden, wenn er so spät nach Hause kommt, was ihm sicherlich zusätzlichen Druck macht. Tut mir richtig Leid der Kerl!

Zu allem Stress wollte er noch eine Geburtstagsfeier organisieren ….

Als Philipp am Freitag dann traurig die Feier absagte, war ich froh über seine Entscheidung. So kappte er von der für das Projekt eh zu knapp bemessenen Zeitspanne wenigstens nicht noch mehr Zeit. Es wird eine Gelegenheit geben, alles in Ruhe nachzufeiern.

Als ich heute bei den Eltern anrief, um zu fragen, wie es ihnen geht, hatte sich Mutti ein bisschen hingelegt, so dass ich mit Vati sprach. Er fragte dann auch nach Philipps Geburtstagsfeier und ich erzählte ihm darauf, wie es Philipp zurzeit ging.

Vati fragte nur, ob er denn keinen 8-Stunden-Tag hätte. Ich versuchte ihm zu erklären, dass dies in seiner Position nicht immer möglich sei, dass es da Projekte gebe, die zu einer gewissen Zeit stehen müssten, die ganzen Zusammenhänge eben. Aber ich hörte leider unterschwellig von meinem Vater den Vorwurf, dass ich es ja so gewollt hätte.

Ebenso könnte ich meinen Eltern und den vielen Genossen, mit denen sie einer Meinung waren vorwerfen:

‚Warum habt ihr uns nicht zugehört! Wir haben nicht alles verpönt, aber wir konnten auch nicht alles gutheißen und schönreden, was nicht in Ordnung war. Hätte man uns nicht nur Undankbarkeit vorgeworfen, uns ständig versucht ein schlechtes Gewissen zu machen, weil wir die Errungenschaften des Sozialismus nicht genügend würdigten, weil wir immer noch mehr wollten, das Rad der Geschichte einfach weiterdrehen wollten, unseren Beitrag für ein schöneres Leben leisten wollten, in dem es um mehr ging als die Befriedigung der Grundbedürfnisse wie

Essen, Kleidung und Wohnraum - vielleicht hätten wir gemeinsam etwas Besseres erreichen können, als wir heute alle haben. Vielleicht! Aber es wurde uns nicht zugestanden. Wir wurden mundtot gemacht, viele wurden eingesperrt oder sogar – wenn sie aus dieser Bevormundung flüchten wollten – eiskalt erschossen.

Ihr wolltet nicht wissen, was wir denken, habt uns nur verurteilt, uns keine Alternative geboten. Deswegen sind wir heute da, wo wir sind.

Warum wollt ihr nicht eingestehen, dass auch ihr euren Anteil daran habt, dass sich das Rad der Geschichte in diese Richtung bewegt hat?

Wir alle machen Fehler, Fehler, die uns im Moment nicht bewusst sind, weil wir glauben das Richtige zu tun. Erst später, wenn es sich als falsch erweist, merken wir es. Kein Grund zu verzweifeln, aber eine Chance, etwas zu verändern. Ob es dann der richtige Weg ist - wer weiß es? Allein der Lauf der Geschichte wird es zeigen.

*Tagebuchauszug 01.06.10*

*Ich habe heute in dem Buch ‚Die vergessene Generation' von Sabine Bode weitergelesen, wo es hauptsächlich um die Generation der Kriegskinder geht.*

*Es ist einfach nur erschütternd! Erschütternd hauptsächlich, weil damals über die Schicksale, die diese Kinder erlebt haben, so hinweggegangen wurde.*

*Mir schnürt es da immer die Brust zu, wenn ich die Kinder vor meinem geistigen Auge sehe. Und wenn ich dann daran denke, dass auch meine Eltern damals solche oder ähnliche Schicksale erlebt hatten, dann tut mir das so weh und ich möchte weinen.*

*Viele der damaligen Kinder, heute bereits im Rentenalter, hätten vieles vergessen gehabt, dann lediglich die neue Zeit vor Augen gehabt, wieder aufgebaut und, und, und. Erst jetzt, wo sie zur Ruhe kommen, beginnen sie wieder über ihre verlorene Kindheit nachzudenken, werden oft tieftraurig oder sogar depressiv.*

*Ich sehe meine Eltern in diesen Momenten nicht als meine Eltern, sondern als die Kinder, die sie damals waren. Und in mir ist dann eher dieses mütterlich Gefühl, dieser Schmerz, mit ‚ansehen' zu müssen, was diese Kinder ertragen mussten. Ich sehe traurige Kinder vor mir, die nicht lachen können, die ängstlich sind und die kaum jemanden haben, der sie trösten kann, sie in den Arm nehmen kann, weil alle anderen auch traumatisiert sind. Und ich möchte die Kinder in den Arm nehmen, sie streicheln, ihnen Liebe und Geborgenheit geben, möchte, dass sie lächeln können, gelöster werden, möchte etwas tun, was ihnen gut tut.*

*Und doch weiß ich, dass auch ich ihnen ihre verlorene Kindheit nicht zurückgeben kann. Das kann niemand! Leider. Es ist ihr unabänderliches Schicksal.*

*Aber ich möchte ihnen wenigstens jetzt gut tun, möchte ihnen jetzt meine Liebe geben.*

*Es ist so schwer, da ich immer das Gefühl habe, von ihnen angeklagt zu werden. Angeklagt, weil ich eine bessere Kindheit hatte als sie und trotzdem unzufrieden war, ihre Werte für mich nicht die Wichtung hatten, ich andere Prioritäten hatte, die sie nicht nachvollziehen konnten (und können?).*

*Trotzdem - ich möchte hören, dass es ihnen gut geht!*
*Ich müsste es mal hinkriegen, gelassener zu reagieren. Einfach nur zuzuhören, es nicht auf mich zu beziehen, die Bemerkungen nur im Kopf landen lassen, nur erfassen, nicht ‚in den Magen rutschen lassen'.*

*In dem Buch wird auch beschrieben, dass diese Generation zu plötzlichen Wutausbrüchen neigen kann, statt streichelt, eher schlägt, ungewollt, nicht anders kann. Emotionen, die durchbrechen. Und das auch sie von ihren Eltern zum Teil geschlagen wurden, da auch diese vieles nicht verarbeitet hatten.*
*Ich habe das Gefühl, dass mir das Buch sehr viel geben wird. Das ich viel mehr Verständnis für die Reaktionen meiner Eltern erzielen werde.*
*Ich will meine Mutter anrufen, will sie nach dem Buch fragen, wovon sie erzählt hatte, als ich das letzte Mal bei ihnen war. Eine Frau habe eine Autobiographie geschrieben.*
*„Das musst du mal lesen! Das ist so schön geschrieben!", schwärmte meine Mutter, „und so vieles erinnert mich an meine Kindheit."*
*Meine Mutter sagt noch, sie will sich auch mal hinsetzen und ihre Biographie schreiben.*
*Ich will sie anrufen, heute, will nach dem Buch fragen und ihr sagen, sie soll ihre Biographie schreiben.*
*Aber es ist ja inzwischen schon 21:00 Uhr, keine Zeit zum Telefonieren, sie werden nicht begeistert sein.*
*Aber es lässt mich nicht los!*

*21:00 Uhr! Nein, es ist mir egal, ich will wissen, dass es ihnen gut geht, dass Gefühl ist mir ganz wichtig. Ich rufe an!*

*Meine Mutter ist am Telefon. Sie hat eine ganz weiche, liebe Stimme. Sie sei gerade aus dem Bad gekommen, der Vati sei jetzt drin. Wir unterhalten uns ein bisschen, erzählen vom letzten Wochenende. Es geht ihnen gut, es ist alles in Ordnung.*

*Mein Vater kommt aus dem Bad. Jetzt wollen sie ins Bett. Ganz liebevoll verabschieden wir uns voneinander.*

*Es war ein schönes Gespräch. Es tat mir gut und ich hatte das Gefühl, ihnen auch. Jetzt bin ich zufrieden.*


05.06.10

Heute am Telefon, als Mutti fragte wie es mir geht, vertraute ich ihr meine finanziellen Sorgen an. Sie riet mir davon ab, einen Kredit bei einer Bank abzuschließen, sagte, sie könnten mir auch Geld leihen, ich sollte es mir überlegen.

*Tagebuchauszug 13.06.10*

*Ich habe soeben mit Mutti telefoniert. Habe lange überlegt, ob ich sie darum bitte, mich aber dann doch dafür entschieden. Und jetzt stehen mir die Tränen in den Augen! Ich könnte losheulen!*

*Ich hatte mein Problem geäußert, angefragt, ob meine Eltern mich unterstützen könnten und Mutti sagte sofort ja. Es gab für sie nichts zu überlegen.*

*Irgendwie schäme ich mich. Ich schreibe momentan noch an meinem Buch über mein Leben in der DDR. Leider haben mir meine Eltern nicht immer nur gut getan. Und ich wollte ganz ehrlich sein, um es mir von der Seele zu schreiben und, um ihnen meine Gefühle und Gedanken mitzuteilen, mein Handeln zu erklären.*

*Aber jetzt – so viele Jahre später – da sende ich einen Hilferuf und meine Mutter überlegt keine Sekunde. Selbst als ich ihr anbot,* das Ganze zu überdenken, sie müsse nicht gleich entscheiden antwortete sie:

„Da gibt es nichts zu überdenken!"

Und als ich fragte, ob Vati auch damit einverstanden sein wird, war ihre Antwort:

„Vati ist immer einverstanden, wenn unsere Kinder Hilfe brauchen!"

Meine Eltern! Es tut gut zu wissen, dass Hilfe kommt. Und gleichzeitig bin ich zu Tränen gerührt und gleichzeitig beschämt.

Ich danke euch, liebe Eltern! Von mir fällt eine große Last! Eine finanzielle Last, in die ich leider Laura mit reinziehen muss, ungewollt. Ihr sorgt dafür, dass wir es etwas leichter haben werden, dass wir uns vielleicht auch wieder einmal eine Urlaubsreise gönnen können oder ein Kleidungsstück kaufen können, was uns gefällt.

Danke!

Ich erhielt von den Eltern einen Kredit in Höhe von 5000 Euro mit ganz geringen Zinsen für 2 ½ Jahre.

Ende 2012 hatte ich die vereinbarten Raten komplett abgezahlt. Mutti sagte dann, die Zinsen wollten sie nicht haben, ich soll mir was Schönes dafür gönnen!

Auch zu meinem 55. Geburtstag habe ich ein großes Geldgeschenk von den Eltern bekommen, mit den Worten: „Dieser Beitrag soll dir helfen, aus der Krise zu kommen. Dein Geschenk von uns!"

*Tagebuchauszug 12.09.10*

*Noch was, es hat mich heute wieder sehr gefesselt, als ich las, dass die SGD (Studiengemeinschaft Darmstadt) schrieb, dass sie eine staatlich anerkannte Fernschule ist und ebenso die Ausbildung Psychotherapeut HP anerkannt ist. Ich las den Lerninhalt durch und stellte fest, dass ich auf diesem Gebiet ziemlich sattelfest bin durch meine Arbeit in der Psychiatrie.*

*Das merke ich auch immer wieder bei meiner ehrenamtlichen Tätigkeit. Letztens bei der Diskussion nach einem Film (Thema einer psychiatrischen Erkrankung) staunte ich über mich selbst, wie leicht es mir fiel, einiges zu erläutern, ich stand voll im Stoff. Ich sehe dann immer, wie mich die Leute mit großen wissensdurstigen Augen anschauen. Das macht mich auch stolz!*

*Das alles lässt auch mich wissen, dass es für mich nicht allzu schwer sein dürfte, da einen Abschluss zu machen.*

*Ein Psychologiestudium stelle ich mir da schon viel schwerer vor, ist ja wesentlich umfangreicher und tiefgründiger.*

*Die Frage wäre noch, ob es nicht eine Möglichkeit gäbe, das Ganze finanziell unterstützen zu lassen. Vielleicht gibt es ja bei der Diakonie auch Mittel?? Oder Fernstudienplätze?? Ich wäre auch gerne bereit, irgendwann bei der Ausbildung zu unterstützen.*


*13.09.10*

*Bin am Samstag mit der Frage im Kopf, was richtig und was falsch sei, eingeschlafen. Und ich erwachte wieder aus einem 'Überschwemmungsalptraum'. Kann mich nur noch an die letzten Szenen erinnern:*

*Wir – ich und ?? – starteten mit dem Flugzeug, als wir plötzlich sahen, dass der Fluss über die Ufer getreten war. Überall nur Wasser, es war kein Fluss mehr zu sehen, alles glich einem Riesensee. Ich hatte Angst, wir kamen nicht hoch, glitten noch immer über die Wasserfläche, deren anderes Ufer nicht zu sehen*

*war. Ich dachte schon, dass es das gewesen sei, dass wir ertrinken
werden, als der Flieger schließlich abhob.*

*Wieder ein Überschwemmungsalptraum! Hatte immer wieder
mal welche. Habe in einem Traumdeutungsbuch nachgelesen -
Traum soll vor finanziellen Schwierigkeiten warnen.*

*Wobei die Klarheit des Wassers wohl noch eine Rolle spielt. Bei
unklarem Wasser, so hieß es, könne es gefährlich werden.*

## 2013

Nun hat es auch Laura geschafft und ihr Studium abgeschlossen, wie Philipp alles mit ‚sehr gut' bestanden! Ich bin wirklich richtig stolz auf meine beiden Kinder!

Und dann wurde ich zum zweiten Mal Oma! Laura ist nun auch eine Mama, hat ein süßes kleines Mädchen auf die Welt gebracht. Ich bin wieder total verliebt in mein Enkelchen. Habe nun auch mehr davon, da Laura ganz in meiner wohnt und ich oft bei ihnen sein kann, was ich sehr genieße. Es macht mir so viel Freude, tut mir so gut!
Und auch Laura ist dankbar, dass ich sie hin und wieder unterstützen kann.

Um mehr Zeit mit meiner Familie verbringen zu können, hatte ich nun auch meine ehrenamtliche Tätigkeit beendet, die neben meiner Berufstätigkeit doch viel Freizeit in Anspruch genommen hatte.

Im Sommer plante ich an der Hochzeit eines Neffen dabei zu sein und meine Eltern fragten mich, ob ich Lust hätte im Anschluss für ein paar Tage mit ihnen an die Ostsee zu fahren. Ich hatte Lust, war schon ewig nicht mehr an der Ostsee gewesen.
Wir verbrachten dann eine wunderschöne, entspannte Zeit zusammen, ich fühlte mich so wohl wie lange nicht.
Diesen Urlaub werde ich als die schönste gemeinsame Zeit mit meinen Eltern in Erinnerung behalten.

## 2015

Trotz dass ich mich gegenüber meiner Kollegin mit der Zeit etwas besser abgrenzen konnte, bewarb ich mich weiterhin (intern und extern). Dann bot sich mir 2015 die Gelegenheit, an meinen vorherigen Arbeitsplatz zu wechseln. Zwar war dieser auch nicht das Optimale, aber ich hatte mich in dem Team sehr wohl gefühlt, bin gern zur Arbeit gegangen. Ich bewarb mich hierfür und bekam eine Zusage.

Nun hatte ich wieder mein eigenes Büro und konnte meine Arbeit selbst organisieren, was mir wesentlich mehr Spaß machte.


In diesem Jahr überraschte ich meine Eltern anlässlich ihrer Geburtstage. Es war mir plötzlich ein ganz dringendes Bedürfnis, obwohl es keine runden Geburtstage waren.

Ich hatte alles mit Regina abgesprochen und mich bei ihr einquartiert. Und die Überraschung war gelungen, es war nicht zu übersehen, dass sich meine Eltern sehr freuten, als ich plötzlich vor ihrem Garten stand.

Kurze Zeit später, als ich meinen 60. Geburtstag mit meiner ganzen Familie feierte, den alle meine Gäste (Kinder, Geschwister, Eltern) mit liebevollen Ideen vorbereitet hatten und an dem ich wieder ein sehr großes Geldgeschenk von meinen Eltern erhalten hatte – ging es meiner Mutter bereits nicht gut.

Leider wurde bei ihr nicht viel später ein Tumor diagnostiziert und sie musste sich mehreren Operationen unterziehen.

Wenn ich anrief, wurde es immer seltener, dass ich meine Mutter am Telefon hatte. Meinen Vater schien es sehr mitzunehmen, er sagte meistens nur, dass sie wieder im Bett liege, dass sie nachts sehr oft auf sei und dass sie nicht wolle, dass er mit uns Kindern oder anderen darüber spreche.

Kurz vor Weihnachten war ich dann bei meinen Eltern zu Besuch. Obwohl sich meine Mutter bereits sehr schwer auf den Beinen halten und kaum noch richtig essen konnte, fuhren wir noch einmal zusammen in die Gaststätte, in der es uns immer sehr gut geschmeckt hatte. Und am Nachmittag probierte sie von meinem Stollen. Es war mein erster Stollen, ich hatte mir dafür ihr Rezept geben lassen, das Rezept für die Stollen, die meine Eltern immer in unserer Kindheit selbst in großen Stückzahlen für die halbe Verwandtschaft gebacken hatten.

Mutti hatte mich dann gefragt, ob ich nicht noch etwas länger bleiben wollte, als ich für die Heimreise packte. Aber ich hatte das Rückreiseticket so gelöst, dass ich mit meinen Kindern und Enkeln Weihnachten feiern konnte. Sie war enttäuscht.

Als ich mich verabschiedete, wollte Mutti aus dem Auto aussteigen, wollte mich nochmal fest drücken. Da ihr das bereits sehr schwer fiel, sagte ich zu ihr, sie soll sitzen bleiben, da es sie doch so sehr anstrengt aufzustehen, beugte mich zu ihr runter und umarmte sie.

## 2016

Meiner Mutter ging es dann zunehmend schlechter.

Anfang 2016 entschied sie sich dann doch für eine Chemo, aber ihr Körper war inzwischen stark geschwächt.

Wir hatten Hoffnung, aber Mutti war nur kurze Zeit im Krankenhaus - die Behandlung musste abgebrochen werden, man könne nichts mehr machen …

Sie bekam dann Morphium. Meinen Vater nahm es sicher unwahrscheinlich mit, er hörte sich immer sehr erschöpft und traurig am Telefon an, war Tag und Nacht für meine Mutter da, der es zunehmend schlechter ging, und pflegte sie.

Als er mir dann einmal mitteilte, dass meine Mutter nur noch schlief, die Augen gar nicht mehr öffnete, packte ich sofort meine Sachen und fuhr zu meinen Eltern (meine vorgesetzte Oberärztin zeigte dafür absolutes Verständnis, wofür ich sehr dankbar war).

Nach wenigen Tagen verstarb Mutti.

Vati und ich saßen neben ihr, bis sie ihren letzten Atemzug machte und verabschiedeten uns ganz lieb von ihr. Ich sagte ihr noch, dass ich sie immer lieb gehabt hatte, auch wenn wir in manchen Dingen nicht immer einer Meinung waren.

Und dann wurde es plötzlich ganz still im Schlafzimmer. Mutti lag ganz friedlich da, nur eine Träne war noch aus ihrem rechten Augen gelaufen. Und es sah aus, als ob sie lächelte.

Es tat mir unendlich weh. Ich bereute natürlich, dass ich sie damals, nicht noch einmal fest in die Arme genommen hatte, als sie aus dem Auto aussteigen wollte, was ja eigentlich ihr Wunsch gewesen war, denn nun war das nicht mehr möglich gewesen. Auch bereute ich, Weihnachten nicht dageblieben zu sein, als sie fragte. Sicher hatte sie gespürt, dass es kein weiteres Weihnachten für sie geben würde. Und es war noch so vieles zwischen uns nicht ausgesprochen worden, wofür es nun endgültig zu spät war. Jetzt, wo ihr Herz aufgehört hatte zu schlagen, jetzt erst sagte ich ihr, dass ich sie lieb habe.

Aber wenigstens hatte ich meinem plötzlichen, unnachgiebigen Drängen, meine Eltern zu ihrem Geburtstag zu überraschen, nachgegeben, es war ihr letzter Geburtstag gewesen.

Und ich konnte sie die letzten Tage und Stunden bis zu ihrem letzten Atemzug begleiten.


Obwohl ich vor mehr als einem Jahr meinen Arbeitsplatz gewechselt hatte, erhielt ich von meinen damaligen Kolleginnen und Kollegen eine sehr einfühlsame Beileidsbekundung zusammen mit einer großen Geldspende, was mich sehr tief berührt hat.

Wie nah doch Freud und Leid beieinander liegen!!!

In diesem Jahr erblickte mein drittes Enkelchen das Licht der Welt. Wie auch bei Lauras erstem Kindchen, ging die Geburt rasend schnell, aber – Gott sei Dank – haben es Mama und Baby wieder gut überstanden. Ein kleiner Junge, so zart, so süß! Es ist immer wieder so faszinierend für mich, so ein neugeborenes Menschlein im Arm zu halten, man kann es doch nur lieben!

Im Herbst 2016 ergriff mein behandelnder Internist die Initiative gegen meine Hepatitis C-Infektion. Es sei ein neues, hochwirksames Medikament auf den Markt gekommen und einige seiner PatientInnen (schwere Fälle) hatten die Therapie damit bereits nach 8 Wochen erfolgreich abschließen können. Es habe keine Nebenwirkungen gegeben!

Die Krankenkasse bewilligte den Antrag und ich bekam ein Rezept für das Medikament freudestrahlend von meinem Arzt ausgehändigt.

Im November begann ich mit der Therapie. Nach zwei Wochen erfolgte die erste Laborkontrolle und wenige Tage darauf rief mich mein Arzt bei der Arbeit an um mir mitzuteilen, dass das Medikament wirke, alle meine Leberwerte so niedrig wie nie waren und ein Virus zurzeit nicht nachweisbar sei. Die Therapie sollte ich trotzdem bis zum Schluss fortsetzen.

Die Medikation vertrug ich problemlos. Und auch die kurze Zeit später folgende Laboruntersuchung bestätigte erneut, dass alle Werte im Normbereich waren. Somit erhielt ich nach Beendigung der Therapie die wunderbare

Information und schriftliche Mitteilung, dass meine Hepatitis C ausgeheilt war. Auch mein Arzt strahlte!

Ich war überglücklich! Diese Erkrankung war für mich stets eine große Belastung gewesen. Weniger aus Angst, daran einmal schwer zu erkranken, sondern viel mehr, weil ich immer befürchtete, jemanden anstecken zu können, obwohl ich übervorsichtig war. Voller Freude teilte ich diese Information nun meiner Familie, meinem Freundeskreis und meinen behandelnden Ärzten mit.

*Freitag, 21. Juli 2017*

*Früh in den Nachrichten habe ich gehört, dass ein Seebeben auf Kos gewesen sei. Und Philipp mit Familie dort in Urlaub!!*

*Versuchte Philipp über WhatsApp zu erreichen, Handy streikte, konnte nicht schreiben, total nervös und ängstlich. Dann geklappt, angefragt, ob bei ihnen alles ok sei. Philipp: „Zurzeit ja." Erde bebe immer wieder, mal mehr, mal weniger, sei beängstigend, alles bewege sich – Boden, Wände, Gegenstände, ... Habe nachts begonnen gegen 01 Uhr, Stromausfall, im Dunkeln aus Hotel raus ins Freie. Morgens gegen 5 Uhr auf Anhöhe gefahren, versuchen früheren Rückflug zu kriegen – der Kleine sehr ängstlich, weine.*

*Flughafen übervoll, Flüge ausgebucht, horrende Preise – über 3000 Euro für Rückflug nach Deutschland.*

*Sage, ich gebe ihnen das Geld. Eile zur Bank (volles Verständnis meiner vorgesetzten Oberärztin), ist kurz nach 12, stehe Schlange (Überweisungsterminal gibt es nicht mehr!).*

*12:45 bin ich dran und bekomme verkündet, dass heute keine Überweisung mehr rausgeht, da sie 13:00 Uhr schließen. Ich bitte sie eine Online-Überweisung vorzunehmen, verweise auf Dringlichkeit, aber sie ist nicht dazu bereit. Ich war sehr verärgert! Dann kam Info von Philipp, dass sie einen Rückflug von ihrem Reisebüro für 370 Euro bekommen haben. Gott sei Dank!*

*Somit beließ ich's dabei, ansonsten hätte ich einen Riesenkrach gemacht, wenn Philipp mit Familie deswegen nicht hätte zurückfliegen können!!!*

*Am Samstag gegen 14 Uhr Info von Philipp, dass sie glücklich gelandet sind! Alles nochmal gutgegangen, Gott sei Dank!!!*

Ich vermisste meine Mutter, ihr Tod war mir sehr nahe gegangen. Es tat mir sehr weh, sie so leiden zu sehen, so hilflos, trotz ihres starken Willens, wieder gesund zu werden.

Wir hatten am Ende ein gutes Verhältnis, auch wenn ich sicher nie Verständnis für die Gründe meiner damaligen Flucht von ihr erwarten konnte. Aber sie war im Laufe der Jahre viel weicher, viel verständnisvoller und zugänglicher geworden. Dass ich ihr die ganze Zeit über auch nahe gestanden hatte, merkte ich auch besonders, als sie an meinem 60. Geburtstag viele Dinge von mir zum Vorschein brachte, die sie über die Jahre aufbewahrt hatte.

Sie fehlt mir sehr!

Auch das Verhältnis zu meinem Vater änderte sich sehr zum Positiven. Während er mich früher oftmals mit seiner zynischen und abweisenden Art sehr verletzte und eher kurz angebunden auf meine Fragen reagierte, öffnete er sich emotional das erste Mal mir gegenüber, als es meiner Mutter sehr schlecht ging und sie nicht wollte, dass er uns Kinder oder auch andere über ihren Zustand informierte. Ich hörte bei unseren Telefonaten heraus, wie sehr er darunter litt, und versuchte ihm so gut möglich beizustehen.

Wir sind uns mittlerweile wieder viel näher gekommen. Im Gegensatz zu früher interessiert er sich auch mehr für uns und ist verständnisvoller.

Und er öffnet sich zunehmend, erzählt mehr und mehr von sich, was mich ihm gefühlsmäßig wieder immer näher bringt.

Anlässlich seines 80. Geburtstages schenkte ich ihm ein Album, welches ich für ihn zusammengestellt hatte, beginnend mit ihm als Kleinkind und nachfolgend mit vielen für ihn schönen und bedeutenden Ereignissen über die ganzen Jahre. Es hat mir selbst viel Freude bereitet, hierfür überall Fotos zusammenzusuchen.

Mein Vater wirkte überrascht, und ich glaube es hat ihm auch gefallen.

In diesem Jahr unternahm ich auch das erste Mal gemeinsam mit meinem Vater eine große Urlaubsreise nach Asien. Wir verstanden uns sehr gut und ich beobachtete erfreut, wie sich auch mein Vater für fremde Kulturen und Religionen interessierte.

Einmal, als ich meinen Vater besuchte, fuhren wir beide in den Ort, wo er als Kind gelebt hatte und er erzählte mir sehr viel aus seinen Kindertagen in dieser Zeit. Besonders bestürzend war es dann für mich, als er von den Bombenalarmen berichtete und mir zeigte, wie weit er, zusammen mit seinem Bruder und seiner Mutter, laufen musste, um in einen Schutzkeller zu kommen. Allein die Vorstellung, was er da als ein Kind von erst sieben Jahren erleben musste, war für mich total erschütternd.

Es war das erste Mal, dass mir mein Vater so viel über seine Kindheit erzählt hat. Seine Stimme war dabei ganz weich gewesen und ich spürte eine unwahrscheinliche Nähe zu ihm entstehen und eine Dankbarkeit für sein Vertrauen.

Es tat unwahrscheinlich gut.

Mit den Männern, die ich kennenlernte, hatte ich kein Glück.

Irgendwann hatte ich dann selbst einmal eine Anzeige aufgegeben, in der Hoffnung, vielleicht auf diese Weise den richtigen Partner kennenzulernen.

Bei einem Brief überlegte ich eine Weile, denn das sehr kurz gehaltene Schreiben, noch dazu mit dem Computer, wirkte auf mich sehr unpersönlich. Nur die Tatsache, dass er alleinerziehender Vater war sprach für ihn, sodass ich den Kontakt aufnahm.

Aber ich spürte keine große Zuneigung von seiner Seite. Zunächst ignorierte ich Aussagen und Handlungen von ihm, die mir nicht gefielen, meinen Ansichten und Einstellungen widersprachen, ich wollte endlich wieder einen Mann an meiner Seite. Aber nachdem er seine negativen Gefühle zunehmend weniger im Zaum halten konnte und dann auch mir gegenüber cholerisch reagierte, hielt ich es nach einem Jahr schließlich für besser, die Beziehung zu beenden.

Dann lieber alleine bleiben, sagte ich mir!

Habe trotzdem immer mal wieder nach Partneranzeigen oder auch bei Online-Singlebörsen geschaut, aber bisher noch kein Glück gehabt.

Ich hatte meine Vorstellungen von einem Mann, meinte dass diese nicht zu anspruchsvoll waren, aber bestimmte Dinge sollten einfach stimmen. Auf Krampf – bloß um nicht alleinstehend zu sein – wollte ich keine Bindung mehr eingehen.

Ich kam mittlerweile auch ganz gut mit mir alleine klar, konnte das Alleinsein auch genießen. Aber in einer guten Partnerschaft sehe ich eine Bereicherung.

Ich habe die Hoffnung noch nicht aufgegeben.

Alle Namen sind frei erfunden. Ähnlichkeiten mit anderen Personen sind rein zufällig und nicht beabsichtigt.

Auch die Namen in den Tagebuchauszügen wurden entsprechend geändert.

Nun lebe ich hier schon über 30 Jahre, in keinem anderen Ort wohnte ich bisher so lange. Und trotzdem habe ich das Gefühl, noch nicht angekommen zu sein, ich fühle mich nicht verwurzelt. Ich kann mir nicht vorstellen, hier, in dieser Wohnung, bis an mein Lebensende zu bleiben, obwohl ich sehr schön wohne, eine bezahlbare Miete habe, nette Nachbarn, viel Grün ringsherum, Vogelgezwitscher, ich genieße die Ruhe hier. Ich kann herrlich entspannen, wenn ich durch die schönen Grünanlagen entlang des kleinen Flusses oder durch die Wiesen und Felder in der Umgebung fahre, das tut mir unendlich gut.

Aber ich fühle mich nicht verwurzelt.

Nur – wohin mit mir? Wohin zieht es mich? Was ich auch in Erwägung ziehe, ich bin unschlüssig. Hinzu kommt, dass ich nicht so weit weg von meinen Kindern und Enkeln sein möchte.

Dieses Ungewisse zieht natürlich einiges nach sich.

Gern hätte ich zum Beispiel einen Garten, aber wenn ich dann doch wieder wegziehen sollte?

Und die Partnersuche ist ein weiteres Problem. Bleibe ich hier in der Nähe oder nicht? Sollte ich überhaupt weitersuchen, wenn ich das noch immer nicht weiß? Macht es Sinn sich hier auf eine neue Beziehung einzulassen, falls sich die Gelegenheit dafür bieten würde?

Wo werde ich meine Wurzeln schlagen und das Gefühl bekommen, endlich angekommen zu sein?

Nochmal alles auf Anfang?

Quellen- und Literaturverzeichnis:
(Gedanken/Zitate/Informationen)


Thorwald Dethlefsen, Ruediger Dahlke: Krankheit als Weg
Clemens Kuby: Unterwegs in die nächste Dimension
Clemens Kuby: Heilung. Das Wunder in uns
Anna Gavalda: Zusammen ist man weniger allein
Prof. Dr. Hartmut Radebold (Fachtagung): Das Weinen abgewöhnt, die Angst vergraben
Sabine Bode: Die vergessene Generation

# Petra Barlow

## Sackgasse
Mein Weg
DDR- und Familiengeschichte

Im Sinne der führenden Partei, der SED, erzogen, war es für mich selbstverständlich, volljährig dieser Partei beizutreten. Erst Jahre später kamen mehr und mehr Zweifel in mir auf, ob der von mir eingeschlagene politische Weg der richtige war. Immer häufiger wurde ich mit Widersprüchen konfrontiert zwischen dem, was die Partei- und Staatsführung erklärte und dem, was ich tatsächlich erlebte.

Anfangs war ich nur irritiert. Später kämpfte ich noch gegen Ungerechtigkeiten an, doch schließlich war ich nicht mehr bereit, diese Politik zu unterstützen.

2019 Herstellung und Verlag: BoD – Books on Demand, Norderstedt

ISBN: 978-3-7412-2223-8